壊《かい》人《じん》

D1 警視庁暗殺部

矢月秀作

祥伝社文庫

目次

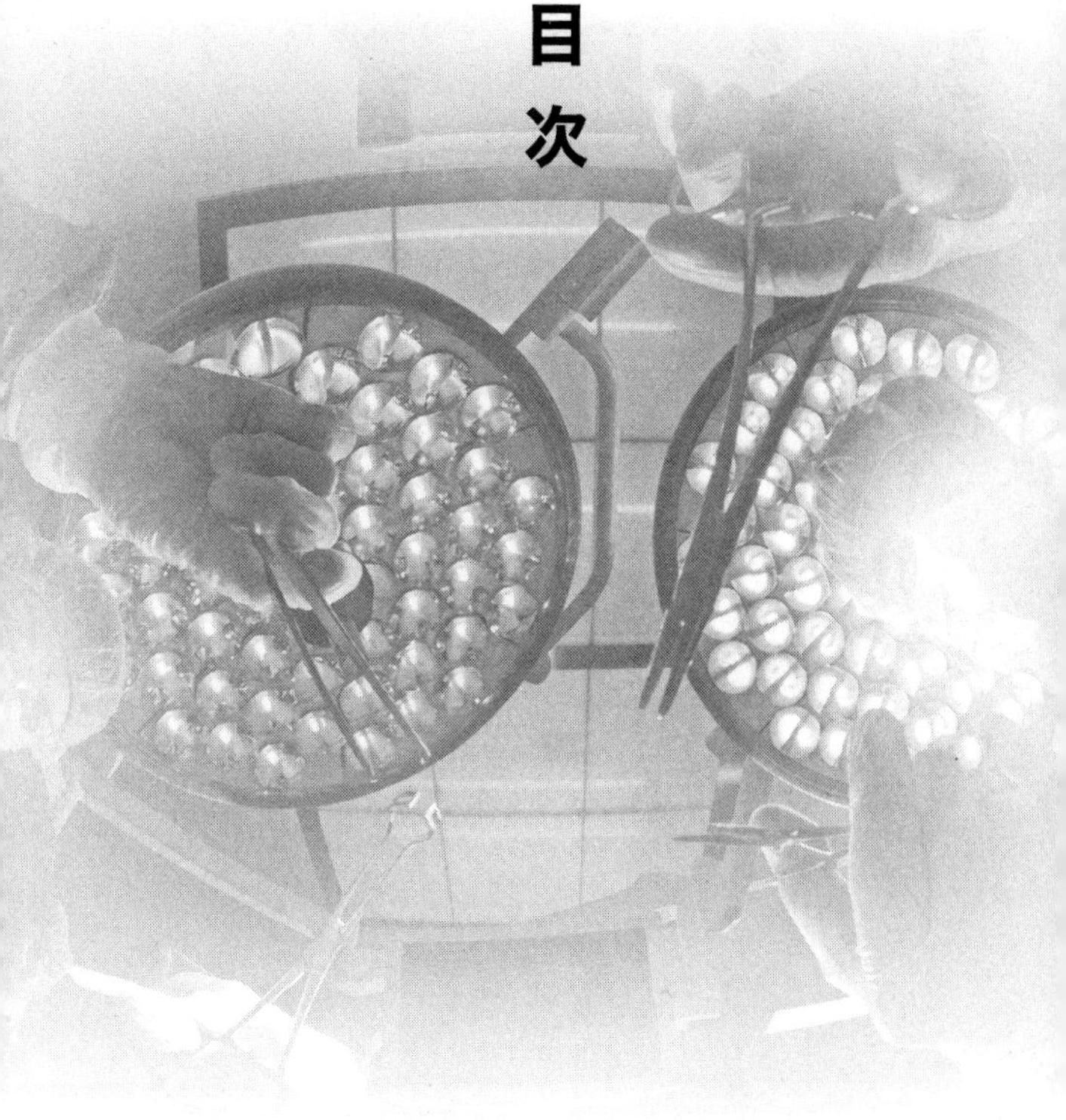

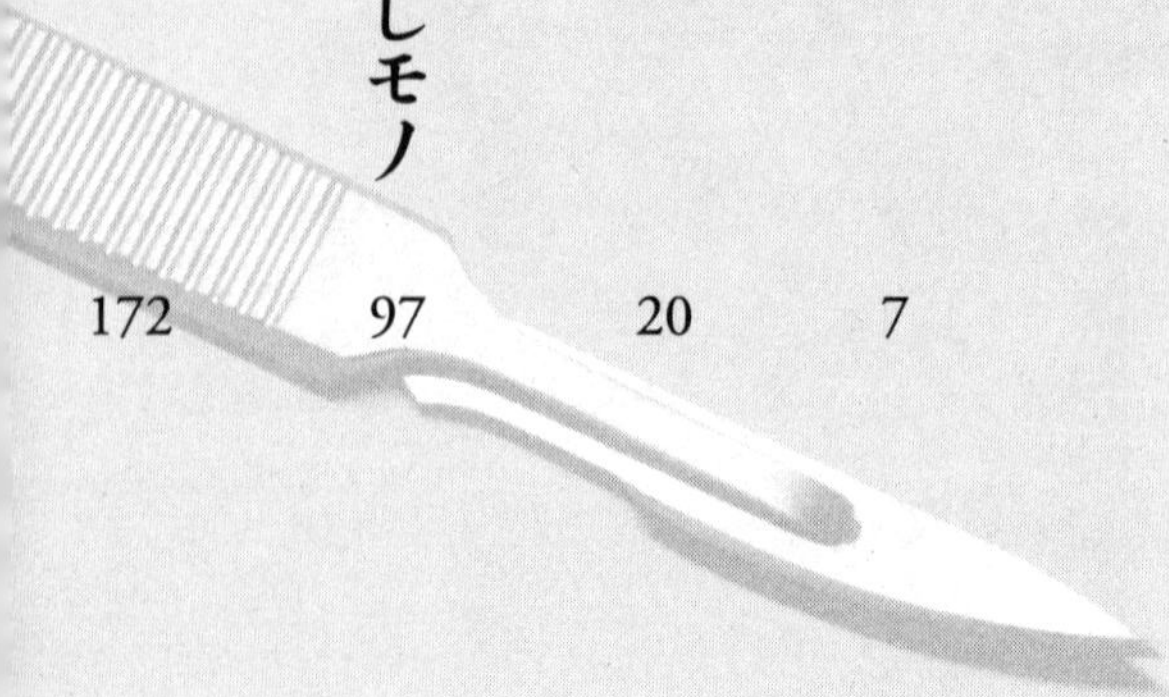

目次デザイン／かとう みつひこ

DELETE-1　D1警視庁暗殺部　主な登場人物

周藤《すどう》一希《かずき》（ファルコン）……処刑執行人兼D1のリーダー。ナイトホークカスタムを愛用する射撃の名手。元警視庁捜査一課強行犯係。

神馬《じんば》悠大《ゆうだい》（サーバル）……処刑執行人。漆一文字《うるしいちもんじ》黒波《くろなみ》という黒刀の仕込み杖《づえ》を操《あやつ》る刃物遣いの天才。元ヤクザの用心棒。

栗島《くりしま》宗平《そうへい》（ポン）……工作班員。武器、火薬、通信機器に加え、インターネットの住人たちについても精通している。元陸上自衛官。

伏木《ふしき》守《まもる》（クラウン）……情報班員。人の印象、記憶力を巧《たく》みに利用した諜報《ちょうほう》活動、潜入捜査を得意とする。元私立探偵。

真中《まなか》凜子《りんこ》（リヴ）……情報班員。世知《せち》に富み人の心理をくすぐる手腕は群を抜いている。元銀座ナンバーワンのホステス。

天羽《あまは》智恵理《ちえり》（チェリー）……連絡班員であり執行の見届け人。普段は優しい笑顔を振りまいているが、元レディースのトップで喧嘩《けんか》の達人。

菊沢《きくざわ》義政《よしまさ》（ツーフェイス）……暗殺部部長で第三会議《だいさんかいぎ》のメンバー。暗殺部の全貌を知る唯一の人物。普段は警視庁総務部の閑職にある。

加地《かじ》荘吉《そうきち》（ベンジャー）……暗殺部処理課〝アント〟の長。平時は警視庁技術職員として窓際の職にいる。

岩瀬川《いわせがわ》亮輔《りょうすけ》（ミスターD）……第三会議の設立者で現議長。通常は大学で防犯のスペシャリストとして教鞭《きょうべん》を執《と》っている。

プロローグ

越川康道《こしかわやすみち》は、テレビ番組の収録を終え、女性マネージャーと共にテレビ局地下の駐車場へ向かっていた。

廊下には、番組の出演者やディレクターがいた。

「先生、今日もありがとうございました」

男性ディレクターが駆け寄ってきて、頭を下げる。

越川は立ち止まり、笑顔を向けた。

「こちらこそ、いつもありがとうございます。そういえば、フロアディレクターの安井《やすい》さん、ちょっとお疲れのようでしたね」

「秋の特番で収録が続いて、追い込んでいましたから」

「本当に、番組のみなさんには頭が下がります。安井さんには、どこかで一日、二日、ゆっくりと休養なさるよう、お伝えください」

「うちのスタッフにまでお気遣いいただき、ありがとうございます。また、来週もよろしくお願いします」

「私の方こそ、よろしくお願いします」

丁寧《ていねい》に頭を下げ、マネージャーと歩きだした。

越川は、教育評論家としてメディアで引っ張りだこのコメンテーターだった。

小学校の教員として長年教育の現場に携《たずさ》わり、その経験を生かして、有名私立小学校の校長に就任し、新しい時代の青少年教育を提唱《ていしょう》したことで知られる。

著作も多く、越川の教育論に心酔《しんすい》している者も多い。現在は、桜林《おうりん》大学の教育学部の教授を務め、政府の教育審議会などにも参画《さんかく》している。

それほどのキャリアを持ちながら、いつも柔和《にゅうわ》な笑顔を絶《た》やさず、腰も低い。周囲への気遣いも抜群《ばつぐん》で、局関係者のみならず、共演者、そして世間からも、人格者として支持されていた。

越川は、エレベーターへ乗り込むまで、様々な人に話しかけられては立ち止まり、一言二言交《か》わし、挨拶《あいさつ》をしてゆく。

別番組のプロデューサーに愛想《あいそ》よくお辞儀《じぎ》をしたところでエレベーターのドアが閉まった。

途端《とたん》、越川の顔から笑みが消えた。

大きなため息をつく。

「この番組も面倒くさくなったな」

先ほどまでのトーンの高い柔らかな口調《くちょう》とはまったく別の、野太い声で漏《も》らす。

「常滑《とこなめ》君。この番組、そろそろ降板したいんだがね」

女性マネージャーに告《つ》げる。

「お気持ちはお察ししますが、昼の番組では最もF1層の視聴率が高いですし、先生がメディアに出始めた頃からの付き合いなので、早計《そうけい》に切ってしまうのはいかがなものかと」

マネージャーはやんわりと制した。

越川はあからさまに唇《くちびる》を尖《とが》らせ、ぶすくれた表情を浮かべた。

「だったら、もう少しギャラ交渉をしろよ。これだけ有名になったのに、ギャラは昔のままじゃないか。他の局もそうだ。講演で百万はくだらない私のギャラが、一回三十万にも満たないというのはどういうこと？　たかが映像屋の分際《ぶんざい》で、どいつもこいつも私を舐《な》めているんじゃないか？」

「各番組のプロデューサーとは話してみます。先生、そろそろ」

マネージャーが上をちらりと見た。エレベーターが一階を過ぎ、B1を表示する。

越川はそれを認め、口を二、三度大きく動かし、笑顔を作り直した。

エレベーターが止まり、ドアが開く。再び柔和な表情の越川が現われた。

通路を行き来するスタッフや芸能関係者に頭を下げ、ドアを出る。マネージャーが手配していたセダンが待っていた。

マネージャーが後部ドアを開け、越川を乗せる。

「先生、私はＣＸの打ち合わせを終えてから、現場に合流しますので」

「そうですか。よろしくお願いします」

越川はマネージャーに会釈《えしゃく》をした。

マネージャーがドアを閉める。

「神南《じんなん》へお願いします」

「かしこまりました」

運転手は返事をし、発進した。

越川はルームミラーに視線を向けた。

「おや、新しい方ですか？」

訊《き》く。

マネージャーが頼む車の運転手は、いつも決まった五十代半《なか》ばの男性だった。が、今回は少し若い男性に替わっている。

「中岡《なかおか》さんは？」

越川はいつもの運転手の名を口にした。

「中岡は体調を崩しまして。私が代役を任されました」

「そうですか。お名前は？」

「納屋《なや》と申します」

「越川です。中岡さんは、ご病気ですか？」

「過労で大事を取って入院しているだけなんです。それでも、先生の送迎があるからと出勤しようとしていたんですが、運転中、万が一のことがあってはならないので、私が臨時で担当することになりました。中岡は、三日もすれば元気になると思いますので」

「それは申し訳ない。いや、中岡さんにお任せすれば、私が細かく言わなくても、現場へ運んでくれましたので、ついつい甘えて、頻繁《ひんぱん》にお願いしてしまいました」

「いえ、中岡も著名な先生に頼りにされていると喜んでいましたので。気になさらないでください」

　納屋が言う。

　越川は殊勝《しゅしょう》な顔を覗《のぞ》かせた。

　しかし、それは表面だけだった。腹の中では、〝移動中の車内まで気を遣わせるんじゃないよ！〟と憤慨《ふんがい》している。が、そうした雰囲気《ふんいき》はおくびにも出さない。

　車は首都高速に入った。

「おや、下道じゃないのかな？」

「今日は上の方が早いので」

納屋はさらっと返事をし、運転を続ける。

「いやしかし、越川先生のドライバーを務められて、光栄です。私、昔からずっと越川先生を存じ上げておりましたので」

「そうですか、ありがとうございます」

ルームミラーに笑みを向ける。

「先生は、本当に子供さんがお好きなんですね。海外の子供さんたちの支援もしてらっしゃると、著作で読ませていただきましたが」

「もちろんです。子供たちというのは、日本のみならず、世界の未来を創《つく》る存在です。国内外関係なく、子供たちが正しい見識と知を持てば、争いもなくなる。私たち大人《おとな》が果たす役割は、彼らに未来を託《たく》せるよう、健全な人格を育《はぐく》むことだと信じています」

越川は、自著で何度も記《しる》した言葉を口にした。

「本当に素晴らしい」

運転手が感嘆《かんたん》の息をこぼす。

持ち上げられ、越川の笑みが濃くなる。

窓の外を見る。いつもとは違う道のようで、景色は異なるが、たいして気に留めなかった。

「納屋さん、お子さんは？」

越川が訊く。

「いました」

「いました、とは？」

「不慮《ふりょ》の死を遂《と》げてしまいまして」

「そうだったんですか……。いや、知らぬこととはいえ、失礼しました」

「いいえ、越川先生には聞いていただきたかったので、うれしいです」

納屋は言い、ルームミラーを見た。

越川は笑顔だった。が、眼の端には迷惑げな雰囲気が滲《にじ》んでいた。

納屋はかまわず、話を続けた。

「うちの息子なんですが、実は、自殺したんです」

「それは……」

越川は驚いてみせる。しかし、あきらかに面倒そうな目の色を覗かせた。

「息子はおとなしい子供でしたが、将来は科学者になりたいという夢を持っていましてね。学校でも家でも、よく勉強していました。夏休みや冬休みに、科学技術館のような場所に連れて行ってあげると、本当に喜んで。私も将来を楽しみにしていました。ところが、息子はとんでもない悪意に遭遇《そうぐう》したんです」

「いじめですか？」

「いじめなら、まだ対処もできました。息子が小学校四年生の時です。外国に触れたいというので、ある教育機関が主催していたフレンドシップ・トリップという企画に参加したんです」

「それ……」

越川の表情が強《こわ》ばる。

フレンドシップ・トリップというのは、かつて、越川が理事を務めていた国際児童教育機構が企画、開催していた国際人育成プログラムだ。

「私は、少しでも国際感覚が身に付くならと、参加費用を捻出《ねんしゅつ》して、息子を送り出しました。一カ月の予定だったんです。主《おも》に東南アジア地域を回る船旅でした。息子が帰ってきて、どんな話をするんだろうと楽しみにしていたんですが、旅の途中、息子が船から転落し、溺死《できし》したという連絡が来ました」

納屋は淡々《たんたん》と語る。

車がスピードを上げた。越川は肘掛《ひじか》けを握《にぎ》った。窓の外を見る。大手町《おおてまち》が映《うつ》った。

「君、方向が違うようだが」

越川が言う。

が、納屋は聞く耳を持たない。

「まさか、息子が死ぬなんて思いもしませんでした。ですが、その時は、引率《いんそつ》していただいたスタッフの方々や他の参加者の子供たちに迷惑をかけてしまったという思いもあったし、遺体は私たちの許《もと》に帰ってきてくれたので、感謝すらしていました。その後、息子の事故があったせいで、フレンドシップ・トリップも中止になったと聞き、申し訳なさすら感じていました」

納屋が話す。

越川は当時のことを思い出した。

フィリピン沖で、小学四年生の男の子が船の甲板《かんぱん》から転落し、事故死した事件は、確かにあった。ほどなく、国際児童教育機構は解散し、フレンドシップ・トリップもなくなったことも。

ただ、死んだ子供の名前は、納屋ではなかった。

確か、江尻天《えじりてん》だったと思うが……。

「あなた、本当に納屋さんですか？」

越川が訊く。

が、納屋は答えず、話を続けた。

「けれど、ある人から情報をいただいたんです」

「情報とは？」

越川が目尻をピクッとさせた。

「ある映像を見つけたといって、私に届けてくれたんです。なんだと思います?」

「いや、私にはわかりませんが……」

「スタッフによる集団レイプです」

納屋の言葉に怒気《どき》がこもった。

越川は目を見開いた。

「驚きました。あるスタッフの部屋に呼ばれた天は、複数の男たちに囲まれ、裸にされ、弄《もてあそ》ばれていたんですよ。天は、散々陵辱《さんざんりようじよく》され、スタッフたちが油断した隙《すき》を突いて、甲板に逃げ、追ってくる大人たちから逃れようと海に飛び込んだ」

「まさか——」

越川の顔が青ざめた。

「先生、ご存じでしたか? そんなことがあったということ」

「いや、知らなかった……。信じられない」

「それはないでしょう」

納屋がルームミラーを見る。その顔に笑みはない。眉《まゆ》は吊《つ》り上がっている。

「情報をくれた人が、別の動画も見せてくれました。驚きましたよ、越川先生」

「な……何がです?」

越川はおどおどしていた。

「まさか、越川先生が、児童性愛者とは」

「何を言うんだ、君は！」

思わず、声が裏返る。

「停《と》めたまえ！　すぐに降ろしたまえ！」

越川は喚《わめ》いた。

「降りていいですよ。停めませんけど」

納屋は大声で笑った。

「子供好きはいいけど、年端《としは》もいかない子供に欲情を抱いちゃダメでしょう」

「何かの間違いだ！　つまらんことを吹聴《ふいちょう》するなら、訴えるぞ！」

「そうですか」

納屋がナビのＤＶＤを操作した。天井に取り付けられた後部座席用のモニターをリモートで出し、ＤＶＤを再生する。

薄暗い船室が映った。子供の泣き叫ぶ声が聞こえる。

子供は何も身に着けず、手足を複数の大人《おとな》に押さえつけられていた。その上に小柄な男が覆《おお》い被《かぶ》さり、犯している。目を覆いたくなるような悲惨な映像だった。

越川は絶句した。シートにもたれる。手足はかすかに震えていた。

「これ、先生じゃないんですか？　他にも同一人物がフィリピンやタイで児童買春している動画もあります。違うというなら、全部ネットに流してみましょうか。そうすれば、警察も動くかもしれませんし」

「こんなもの、流せるわけがないだろう！　児童ポルノ禁止法に抵触《ていしょく》する！」

「ですよね。でも、こういうのを流している連中がいるんですよ、世の中には。先生、まさか撮られているとは思っていなかったんですかね？」

「私ではない！」

怒鳴《どな》り声が上擦《うわず》った。

納屋はコンソールボックスを開いた。中から茶封筒を取り出し、後ろに投げる。

「これでもですか？」

納屋はルームミラーを覗いた。

越川は封筒を拾《ひろ》った。恐る恐る、中身を取り出す。写真が二枚、Ａ４用紙が一枚入っていた。

顔認証の照合結果だった。動画から切り出した写真と宣材に使われている越川の写真の一致率は、九割九分だった。

レポートの端が小刻みに揺れた。

「……どうしろというんだ？」

小声で訊く。

「このまま、私と来ていただきたい」

「どうせ、降ろすつもりはないんだろう？」

「当然です。携帯とスマートフォンの電源を切っておいてもらえますか？　まあ、このままGPSで追跡されてもかまわないんですが、私が警察に捕まれば、先生の所業《しょぎょう》も白日《はくじつ》の下《もと》に晒《さら》されます。私は服役すれば済む話ですが、先生はすべてを失いますね。凄《すさ》まじい社会的制裁を受けて」

納屋は勝ち誇ったように言う。

越川は深いため息をついた。渋々、カバンからスマートフォンや連絡用携帯電話を出し、電源を落とす。

納屋はそれを認め、口を開いた。

「改めて、ご挨拶させていただきます」

ちらっとルームミラーを見やる。

「私は納屋ではなく、江尻天の父親、江尻克正《かつまさ》です。お見知りおきを」

江尻の名を聞き、越川は観念《かんねん》したように両肩を落とした。

第一章　解体

1

菊沢義政《きくざわよしまさ》は、朝から鼻毛が気になっていた。警視庁本庁舎三階にある総務部の自席で、気づけば鼻をいじっている。

鼻毛を抜いた勢いでくしゃみが出ると、周囲からは失笑と冷たい視線が飛んできた。

「ちょっと、ちょっと。菊沢さん！」

総務部長の山田《やまだ》がカツカツと靴《くつ》を鳴らし、近づいてきた。デスク脇に立って、腰に両手を置き、睨《にら》み降ろす。

「朝からずっと、鼻をいじくって！　洗面所で切ってきてくださいよ！」

「いや、鼻毛は抜くのが好きなんですよ」

菊沢はブチッと二本抜いて、吹いた。

山田があわてて避《よ》ける。

「やめなさい！　汚いなあ、もう！」

山田はスーツの裾《すそ》を払った。

デスクの内線電話が鳴った。菊沢は手揉《ても》みをし、受話器に手を伸ばす。

「あー、そんな汚い手で、電話を触らない！」

山田は怒鳴《どな》り、受話器を取った。

「総務部です」

と告げる。

――おや、山田部長ですか？

「私だったらいけないのかね？」

――あー、いえ。菊沢さんはいますか？

「鼻毛抜いてます！」

山田は声を荒らげ、菊沢を見た。

「早く、ティッシュで手を拭《ふ》いてください！」

山田にせっつかれ、菊沢はティッシュを三枚引き出し、指と手を拭いた。

山田が受話器を差し出す。

「すみません」

受け取ろうとすると、山田が受話器をデスクに置いた。

「どうせまた、二人で将棋指《さ》しながらゆっくり昼食でしょう？　さっさと行きなさい！」

有無を言わさず電話を切る。

「ああ！　それはないなあ……」

「それはこっちのセリフです！　早く行ってください！」

「じゃあ、少し席を外します」

菊沢が立ち上がる。

「少しじゃなくて、永遠に外しててもかまいませんよ」

山田が言い捨てると、周りから笑い声がこぼれた。

菊沢は恐縮《きょうしゅく》そうに頭を下げ、総務部を出た。

山田の腰巾着《こしぎんちゃく》の若い職員が駆け寄ってくる。

「いいんですか？」

「かまいません。いてもいなくても変わらないんですから。それより、菊沢さんが触ったところ、消毒しておいてください！」

山田はキンキンと響く声で言うと、自席に戻った。

「なぜ、僕が……」

若い職員はぶつくさ漏《も》らし、ティッシュにアルコール消毒液をかけ、菊沢のデスクや受話器を拭き始めた。


地下二階の空調管理室に顔を出す。加地荘吉《かじそうきち》が待っている。

「お疲れさん。相変わらず、虐《しいた》げられてますな」

「男のヒステリーはかなわん」

菊沢は苦笑した。

「今日も若いのはいないな」

部屋を見回す。

「逃げたわけじゃないですよ。五階の会議室の配線をしてます」

「君は行かなくていいのか？」

「邪魔になると」

加地はやるせない笑みを覗《のぞ》かせた。

「まったく、近頃の若いもんは、年長者に対する敬意というものがないのか」

「まあ、表の顔は、私も菊沢さんもひどいものですからな」

加地が言う。

菊沢は笑った。

加地は菊沢と同じく、普段は昼行灯《ひるあんどん》を演じているが、実は警視庁暗殺部処理課のトップだった。

「鼻毛カッター、あるか?」

「はい」

加地が机から鼻毛切りを出す。

菊沢は、鼻の内回りの毛を刈り、身なりを整えた。

「行こうか」

声をかける。

加地はフロア最奥の壁にディンプルキーを差し込み、壁を横に引き開けた。モニターの並ぶ部屋が現われる。

「終わったら、通知する」

菊沢は中へ入った。

「承知しました」

加地はドアを閉め、その前にパイプ椅子《いす》を並べて寝転んだ。

室内に明かりが灯《とも》った。半円形に並んだモニターが一度に見渡せる中央の席に腰を下ろす。と、自動的にモニターが起動した。

中央のモニターには鷲《わし》鼻と太い眉《まゆ》と口髭《ひげ》が猛々《たけだけ》しい、第三会議の議長、岩瀬川《いわせがわ》亮輔《りょうすけ》が映《うつ》っている。

法では裁けぬ凶悪の犯罪に対処するため、警察内に設置されたのが、警視庁暗殺部である。第三会議は、その警視庁暗殺部を統括する国家公安委員会の内部組織だ。岩瀬川亮輔、通称〝ミスターD〟を中心とした警察トップが集《つど》う諮問《しもん》機関である。

第三会議には二つの調査部があり、第一調査部が上げてきた事案を第二調査部がさらに細かく調べ、それを基に第三会議がシロ、グレー、クロの三段階の判定を下す。

シロと判定された事案はそのまま所轄に戻され、グレーとクロ判定の事案は暗殺部に下りてくる。クロ判定の事案は、即処刑を実行。グレー判定の事案は、任された担当課のメンバーが事件を再調査し、悪質であればクロとみなして処刑を遂行する。

警視庁暗殺部には一課から三課まである。通称〝デリート〟と呼ばれ、通称の頭文字〝D〟を取り、一課はD1、二課はD2、三課はD3と呼ぶ。第三会議から下りてきた事案は、菊沢の判断で各課に振り分けられる。

処刑が実行されたあとは、暗殺部処理課が動く。遺体処理から監視カメラによる映像の有無、目撃者の有無など、ありとあらゆる事後処理を行ない、すべてを闇に葬《ほうむ》るのが役目だ。塵《ちり》一つ残らないほどの処理を行なうため、〝アント（蟻）〟と呼ばれる。アントは調査部や暗殺部の捜査を手伝うこともある。まさに裏組織の裏方だった。

モニターに映っているのは、第三会議に属する人々だった。

向かって右には井岡貢《いおかみつぐ》警視総監が、その右手のモニターには瀬田登志男《せたとしお》副総監の顔がある。

岩瀬川の左には、警察庁の組織犯罪対策部部長、兼元俊郎《かねもととしろう》の顔がある。一番左には、眼鏡を掛けた端整《たんせい》な顔つきでスマートな風情《ふぜい》の男性が映っていた。

——ご苦労。では、会議を始める。菊沢君は、彼は初めてだったね？

左に目を向けた。

「はい」

——国際ネットワーク監視委員会の副会長を務める、嶋田《しまだ》・ディーン・晃弘《あきひろ》君だ。

——嶋田です。よろしく。

嶋田が会釈《えしゃく》をする。

菊沢も返した。

——さて、諸君。ファイルナンバー３２５２５を開いてもらいたい。

岩瀬川が言う。

菊沢はマウスを握《にぎ》り、端末を操作した。ＰＤＦファイルが表示される。

表紙には《国内外の組織による臓器売買の実態について》と記《しる》されている。

読み進めていくと、教育評論家、越川康道が殺され、バラバラにされた事件の詳細が紹介されていた。

出演するテレビ局から迎えの車に乗り、首都高湾岸《わんがん》線付近を走行していたのを確認されて以降消息《しようそく》を絶《た》った越川は、それから一週間後、荒川《あらかわ》の河川敷で身体各部が切断された遺体となって見つかった。

瀬田が言う。

——これは、我々の刑事部で調べを進めている案件ですが？

著名なコメンテーターの悲惨な死は、連日メディアを賑《にぎ》わせている。

岩瀬川が言う。

——殺害事案の方は、警視庁で調べてくれればいい。

菊沢が訊《き》いた。

「では、越川氏による児童買春疑惑の案件ですか？」

——それも、警視庁内で捜査してくれればいいことだ。問題はその後だ。

岩瀬川は一同を見回した。

記述は、越川の遺体状況に移っていた。

越川の遺体は手足、頭、胴体、身体の部位ごとに切断されていた。遺体の写真も表示されているが、原形を留《とど》めないほど陰惨な状態だった。

遺体についての記述で、注目されるべき点が列記されていた。

遺体は一見すると、でたらめに損壊されたようだが、腎臓《じんぞう》や心臓、胃、肝臓《かんぞう》、血管、角《かく》膜《まく》、骨の関節部もきれいに切り取られていたという。

——故意《こい》に、臓器を取り出しているということですか？

瀬田が訊く。

と、嶋田が口を開いた。

——私は、世界中のＳＮＳや闇《やみ》サイトに上がる画像や動画を監視し、ひどいものは削除してきました。もちろん、表現の自由との兼ね合いがありますので、私たちの活動そのものは秘匿《ひとく》されていますが。私たちがチェックした映像の中に、臓器売買を持ちかける動画もあります。

嶋田が動画をクリックする。各人の端末の右端に、遺体を解体していく動画が流れる。常人であれば見るに堪《た》えない動画だが、会議の参加者は誰も動じない。

すべての移植用臓器を取り出した後の遺体が大映しになる。

越川の遺体の状況と酷似《こくじ》していた。

動画の撮影者は、英語で、これらの臓器が欲しい人はコンタクトを、と話し、アドレスを指差した。

——このアドレスはもう死んでいます。彼らは、海外のサーバーをいくつも迂回《うかい》したり、企業のサーバーを乗っ取ってやりとりしています。その技術力は高く、私たちも特定、追跡に苦労しています。

——提供された側がいるはずだが？

井岡が言った。

嶋田は井岡の方に顔を向けた。

——そちらも追っていますが、どこの誰が臓器を買ったのかも、なかなか追跡できないのが現状です。

嶋田の表情が曇《くも》る。

「しかし、本当に生きた人間を殺して臓器の売買をしているとすれば、事ですね」

菊沢が言う。

——その通りだ。もし、なんらかの組織がこうした行為を行なっているとすれば、大問題となる。ただ、越川の件は、わざわざ荒川の河川敷という目立つところに遺棄《いき》されていたこともあり、怨恨《えんこん》の線も捨てきれない。そこで、臓器売買の件に関しては内々《ないない》に捜査を行ない、事実が判明すれば、秘密裏《り》に処理をしたい。

岩瀬川が言った。

——ミスターD。臓器売買の事実があるなら、我々にも情報をあげてもらわなければ困ります。

井岡が言う。

——もちろん、情報は共有する。その上で、判定を下す。異論は？

岩瀬川が全員を見回した。

――情報を共有するという条件付きで。

井岡が小さく右手を上げる。

瀬田、嶋田、兼元も右手を上げた。菊沢も倣《なら》う。岩瀬川が深く頷《うなず》いた。

――全員、賛成だな。では、菊沢君。後はよろしく頼む。

そう言うと、モニターが一つ、また一つと消えた。

「臓器売買か……。厄介《やっかい》なヤマだな」

菊沢は大きく息を吐き、席を立った。

2

午前十一時を回った頃、〝クラウン〟こと伏木守《ふしきまもる》は、西新宿《にししんじゅく》にある第一生命《だいいちせいめい》ビルに着いた。

新宿副都心の最西にある高層ビルで、隣接するハイアットリージェンシー東京と線対称となるツインタワーだ。

このビルの十五階に、警視庁暗殺部《D》一課《1》の専用オフィスがある。

表向きは〈D1〉という情報処理会社を装《よそお》っていて、普段常駐《じょうちゅう》しているのは、連絡役兼執行時の見届け人を務める〝チェリー〟こと、天羽智恵理《あまはちえり》だけだ。

他のメンバーは、仕事がないときは各々《おのおの》が自分の時間を過ごしている。

基本的に、Ｄ１メンバーがプライベートで揃《そろ》うことはないが、たまに女性同士で旅行に出かけたり、男性同士が遊びに出かけたりということはある。

その場合は、あくまでも友人という顔で付き合い、公私は完全に分けていた。

伏木はエレベーターで十五階に上がった。エレベーターを降り、オフィスの前に立って、ハットを被《かぶ》り直したり、スーツの襟《えり》を整えたりしている。

仲間に会うのは、ひさしぶりだ。久々の再会は、バシッと決めたい。

手鏡を出して、ハットからあふれた天然パーマの髪を指で整える。鏡を何度も覗き込み、ようやく納得がいって、スーツの内ポケットに手鏡を入れた。

「よしっ！」

ドアノブに手を伸ばす。

と、伏木が開ける前に、ドアがスッと開いた。伏木は前のめりになり、二、三歩つつっと前に出た。

「何やってんだ？」

〝サーバル〟こと神馬悠大《じんばゆうだい》だった。

「サーバル！　早いな」

「おまえが遅《おせ》えんだよ」

冷ややかに伏木を見やる。

後ろから〝ポン〟こと栗島宗平《くりしまそうへい》も出てきた。

「あ、クラウン！　お久しぶりです」

栗島は坊主頭を軽く下げた。

「どこに行くんだ、二人して？」

伏木は神馬と栗島を交互に見た。

「早めの昼食の買い出しに。クラウン、何かいります？」

「僕はサンドイッチでいいや」

「わかりました。適当でいいですね？」

栗島の言葉に、伏木が頷く。

「じゃあ、行きましょう」

栗島は神馬を促《うなが》した。

「なんで、おれが……。覚えてろよ、チェリー」

ぶつくさ言いながら、ジーンズのポケットに両手を突っ込み、栗島と一緒にエレベーターホールへ歩いて行った。

入れ替わりに、オフィスに入る。

「やあ、見目麗《みめうるわ》しき、お嬢さん方！」

両手を広げて、満面の笑みを向ける。

伏木と同じ情報班の〝リヴ〟こと真中凜子《まなかりんこ》と智恵理がいた。二人は、伏木に冷めた目を向けた。

「ひさしぶりなのに、冷たいなあ……」

伏木は苦笑し、凜子の隣の自席に腰を下ろした。ハットをデスクの上に置く。

「ファルコンは？」

伏木は部屋を見回した。

暗殺部一課のリーダー、〝ファルコン〟こと周藤一希《すどうかずき》の顔がない。

「ツーフェイスに呼ばれて、本庁に行ってる。あと一時間くらいで、ツーフェイスと一緒にこっちへ来るって」

智恵理が答える。ツーフェイスとは、菊沢のことだ。

「そうか。そういえば、サーバルが買い出しなんて、めずらしいな。チェリーに対してブツブツ言ってたけど」

「ああ、それね」

智恵理はクスッと笑って、ショートボブの髪の端を揺らした。

「サーバルがチェリーと賭けをしたのよ」

凜子が頬杖《ほおづえ》をついて言う。

「何の？」

「やってみる？」

智恵理が言う。

「ぜひ」

伏木は席を立って、智恵理のデスクの傍らに寄った。

「コイントス」

智恵理は五百円玉を出した。

「絵柄が表で、数字が裏ね。どっちにする？」

「表で」

伏木が言う。

「じゃあ、私が裏ね。行くよ」

智恵理は親指で弾《はじ》いて、五百円玉を高く放った。

伏木は、回転しながら落ちてくる五百円玉を見つめた。智恵理の手元に収まりそうになる。が、伏木はその寸前で手を振り、五百円玉を掠《かす》め取った。

「ダメだよ、チェリー。すり替えちゃ」

伏木は指でつまんで、五百円玉を裏に返した。どちらも数字が入っていて、絵柄はない。

「あら、いい目してるのね」

凜子が頰杖をついたまま、伏木を見やる。

「一応、情報班員ですから」

微笑《ほほえ》み、コインをデスクに置く。

「これに、サーバルがひっかかったってこと？」

智恵理に顔を向ける。

「おれはギャンブルに負けたことがねえんだ！　って威張《いば》るから、じゃあ、お昼の買い出し賭けて、コイントスやりましょうと言ったの。で、まんまと」

智恵理が意地悪な笑みを覗かせる。

「サーバルがいかさまに気づかないなんてねえ」

伏木が腕組みをする。

凜子がふっと微笑んだ。

「サーバルは、今までいかさまに気づく必要がなかったのよ。負けたら、暴れちゃえばいいんだから」

「なるほど」

伏木は笑みを返した。

「にしても、チェリー。手先が器用だな」

「友達がやってた闇カジノでディーラーを手伝ってたことがあるのよ。この仕事に就《つ》く前に」

「なんか、怪しい話みたいだね。詳しくは聞かないでおくよ」

伏木は両肩をすくめ、席に戻った。

ドアが開く。周藤と菊沢義政が入ってきた。伏木と凜子は、座ったまま目礼《もくれい》をした。智恵理は立ち上がり、頭を下げた。

「みな、ご苦労。サーバルとポンは？」

菊沢が見回す。

「昼食の買い出しに行っています。ツーフェイスとファルコンが到着するのは、昼過ぎだと伺《うかが》っていましたので」

智恵理が言う。

「そうか、すまない。意外と早く、用が片づいたものでね」

そう言い、菊沢はソファーに腰かけた。

周藤は自席に着いた。

智恵理はコーヒーを用意し、周藤と菊沢の前に置いた。

「ファルコン、今回のターゲットはなんだい？」

伏木が訊いた。

「あとで詳しく話すが、臓器売買に関わる組織だ」

周藤が言う。

伏木と凜子、智恵理の表情が険《けわ》しくなる。

少しして、ドアが開いた。レジ袋を両手に抱えた栗島が入ってくる。その後ろから、ポケットに手を入れたままの神馬が、ゆっくりと入ってきた。

「あんた、ポンに全部持たせたの！」

智恵理が睨む。

「ポンが、自分が持つって言うからよ。なあ、ポン」

神馬は栗島を睨んだ。栗島は苦笑しつつ、頷いた。

「あ、ツーフェイス。ファルコンも来てたんですね。余分に買ってきたんで、何か食べますか？」

「私はいい」

菊沢が言う。

「俺もいらないよ」

周藤が言った。

「わかりました」

栗島は頼まれたものを各人のデスクに置いていく。神馬は菊沢の向かいのソファーにドッカと腰を下ろした。

「あんたも手伝いなさいよ！」

「いかさまするヤツに言われたくねえよ」

「負けは負けでしょ？」

「認めねえ」

神馬はそっぽを向いた。

「僕だけで大丈夫だから」

栗島は二人の間に割って入り、智恵理用の野菜バーガーと神馬用のハンバーガーを出し、それぞれに渡した。

みなに配り終え、栗島はようやく、自分の席に戻った。ハンバーガーの包みを開く。

「食事か。話は後にしようか？」

菊沢が言う。

「メシ食いながらじゃ、具合悪いのか？」

神馬が菊沢を見やった。

「臓器売買の話なんだって」

伏木が言う。

栗島は口を開いたまま、手を止めた。そっと包みを閉じ、バーガーをレジ袋に戻す。

かたや、神馬は気にせず、もりもりと食べ続けた。

「食べながらでいいですか？」

伏木も気にすることなく食事を始める。

「ああ、かまわんが」

「じゃあ、私も」

凜子もスープを飲み始めた。

栗島が信じられないという表情で、食べている人たちを見回す。

「チェリーも食べていていいぞ」

周藤が立った。

ホワイトボードの脇に歩み寄る。

周りを見て、栗島もまたハンバーガーの包みを出した。

「俺から説明していいですか？」

周藤が菊沢を見やる。

「よろしく頼む」

菊沢は首肯《しゅこう》した。

周藤はマーカーを手に取り、全員を見渡した。

「みんな、手元のタブレットから、ナンバー32525を開いて、一通《ひととお》り目を通してもらいたい」

周藤が言う。

「ポン、おれのタブ、取ってくれよ」

「はい」

「自分で動きなさいよ！」

智恵理が怒鳴る。が、神馬は涼しい顔だ。

栗島は急いで神馬にタブレットを届け、自席に戻った。タブレットを起動し、32525のPDFファイルを開く。

栗島は画面をスライドした。するするとファイルが流れる。眺めながらハンバーガーを手に取り、かぶりつこうとする。

ファイルが止まった。途端《とたん》、栗島は口を開いたまま固まった。

画面には、切り刻まれた遺体の写真が表示されていた。

栗島はげんなりし、ハンバーガーの包みを閉じた。

「臓器売買の実態ね」

伏木は平気でサンドイッチを頬張りながら、ファイルを読み進めた。凜子も智恵理も、気にすることなく食事しながら読んでいる。

「サーバル、ハンバーガーいる？」

「食わねえのか？　顔色悪いな。風邪《かぜ》でもひいたか？　そういう時は食わねえとだが、もったいねえから食ってやる」

神馬は言い、右手を上げた。

栗島はハンバーガーを放った。受け取った神馬は、さっそく食べだした。

栗島はため息をついて、ファイルを頭から読み返した。

周藤は、一通り、全員が目を通したのを確認し、口を開いた。

「今回のミッションは、教育評論家、越川の臓器を売買したと思われる者を特定し、組織を暴くことだ」

神馬が言う。

「おいおい、ファルコン。そりゃ、おれたちの仕事じゃねえだろ」

調査は、第一および第二調査部が行なうことで、暗殺部は執行が任務である。

「そうなのだがね。上は、もし組織が存在するなら、内々に処理したいそうだ」

菊沢が話す。周藤が続けた。

「俺が本庁へ行ったのは、その点を確認するため。ツーフェイスから話を聞いたとき、これは我々が担当する事案ではないと思ったからだ。なので、真意を確かめるため、総監とそこに書いてある嶋田・ディーン・晃弘氏とも面会した」

「で、結果は？」

伏木が訊《う》く。

「請けることにした。判定は、我々の他、捜査一課や組対の捜査情報と合わせて検討するとのことだ」

「カンベンしてくれよ。おれたちは、ポリじゃねえんだぞ」

神馬はバーガーの包みを丸め、ごみ箱に投げた。

「一応《いちおう》、身分は司法警察員よ」

智恵理が言う。神馬は智恵理を睨んだ。

「そんな建前は、どうでもいいんだって。おれらは、第三会議がクロと判定した連中を秘密裏に処分するために集められたんだろ？　なんか、この頃、ちょいちょい捜査の手伝いをさせられるが、そのあたり、グダグダになってきてんじゃねえか？　おれらは、表に出れば出るほど、自分たちのリスクが増すんだ。他のポリとは立ち位置が違う。どうなんだよ、ツーフェイス」

神馬は目の前の菊沢に目を向けた。

「それは君の言う通りだ」

菊沢は見返した。

「なら、ミスターDにも言っとけよ。自分らの仕事をこっちに回してんじゃねえって」

「ちょっと、サーバル！　あんた、言いすぎじゃ――」

智恵理が止めようとする。

周藤が右手のひらを上げ、智恵理の言葉を遮《さえぎ》った。

「サーバル、原理原則はその通りだ。だが、犯罪者は原理原則で動かない。今回、俺がこの事案を請け負うと決めたのには理由がある。ファイル末の、被害者と思われる者たちのリストを見てくれるか」

周藤は全員を見回した。

みながファイルをスクロールし、資料末の被害者候補のリストを表示した。

そこには、越川だけでなく、世界各地の被害者の名前と、似たような略歴が記されていた。

その略歴には、児童買春、集団暴行、監禁殺害、奴隷《どれい》契約など、見るに堪えない文言《もんごん》が並ぶ。

「これ、つまり、悪いことをしている人たちが殺されているということですか？」

栗島が言った。

「資料からすると、そう取れる」

周藤が答えた。

「なんだ、おれらと一緒じゃねえか」

神馬が言った。

「問題はそこだ。第三会議からの報告では、他の暗殺部が動いているという事実はない。また、諸外国の暗殺機関が動いているとの情報もない」

「民間ってこと？」

凜子が周藤を見やる。

「そう思われる」

「なるほどー。それは困るねえ」

伏木が言う。

「俺たちも似たようなことはしているが、根本《こんぽん》が違う。暗殺部は、第三会議という歯止めがあり、無差別無分別《むふんべつ》な殺戮《さつりく》はしない。この手の民間勢力を野放しにすれば、世の中は無法地帯となる。そうした事態は食い止めなければならない」

周藤が断じた。

「おれらの殺しは良くて、こいつらのはただの殺戮だっていうのか？　都合のいい話だな」

神馬が吐き捨てる。

「良《よ》し悪《あ》しの問題じゃない。放置すれば、いずれ、我々にも危険が及ぶ。違うか？」

周藤は神馬を見据《みす》えた。

神馬は返事をせず、そっぽを向いた。

「ともかく、話を聞いて、一課のリーダーとして調べる必要があると判断した。異論のある者は、今回の仕事には参加しなくていい」

「おれは抜ける」

神馬が立ち上がった。

「サーバル！」

智恵理が止めようとする。

「あの……僕もいいですか？」

栗島が立ち上がった。

これには、神馬も驚いたように栗島を見やった。

「ポン、どうして？」

智恵理が訊く。

が、栗島は答えなかった。自分の机の上をさっと片付け、リュックを背負う。

「すみません。失礼します」

頭を下げ、そのまま顔を上げず、出て行く。

「ちょっと待って！」

智恵理が追おうとする。

それを遮るように、神馬が智恵理の前に立った。

「じゃあ、おれも行くわ」

そう言い、栗島に続いて出て行った。

「二人とも！」

智恵理がドア口に駆け寄る。

「チェリー、放っておけ」

周藤が言う。智恵理はノブを握ったまま、振り返った。

「でも……」

「クラウンとリヴはどうする？」

周藤は二人を交互《こうご》に見やった。

「私は調べてみる。これが組織でも個人でも、放っておくとろくなことになりそうにないから」

凜子が言った。

「僕も引き受けますよ。調査の結果、対象者が上がってきて、クロと判断されたならサーバルたちも戻ってくるでしょう」

伏木も答えた。

「チェリーはどうする？」

「私も引き受けます。そのままにしておくのは気持ち悪いから」

「わかった。では、リヴとクラウンは、臓器を提供された者と執刀《しっとう》した病院及び医師を探してもらいたい。俺は、警視庁の情報から、越川氏を拉致《らち》した者を調べてみる。調べている間に、ブローカーの情報なども入ってくるかもしれないが、深追いはせず、情報を収集するだけにしておいてくれ。まとめた上で、次の動きを決めたい。チェリーはここで、いつものように連絡係を務めてくれ。これでいいですね、ツーフェイス」

周藤は菊沢を見やった。

「仕方ないな」

小さく息をつき、頷く。

「では、始めよう」

周藤の掛け声で、残ったメンバーが一斉に動き始めた。

3

神馬は、先を歩く栗島に声をかけた。

「おい、ポン」

栗島は顔を上げた。

「すみません、断わっちゃって」

「おれに言うことじゃねえだろ。おれも出てきてんだし」

「それもそうですね」

栗島が小さく笑う。

「大丈夫か?」

「はい……」

栗島は小声で返事をした。

「けど、びっくりだな。クラウンが断わることはあると思ったけど、まさかポンが断わるとはなあ。何がひっかかったんだ?」

神馬が率直《そっちょく》に訊く。

「それは……」

栗島は言い淀《よど》んだ。また顔をうつむける。

と、神馬が肩を叩《たた》いた。

「まあ、いいや。あんなの引き受けられねえってんだよな。ファルコンたちは調べるんだろうけど、勝手にやっといてくれりゃあいいよ。じゃあな」

「どこに行くんですか?」

「帰って寝る!」

「寝るんですか？」

栗島は目を丸くした。

「今回は間も空《あ》いてたからな。遊ぶのも疲れた。こんな時は寝るに限る。ポンも、帰って寝ちまえ。スッキリするぞ。じゃあ、またな」

もう一度肩を叩き、人ごみに消えていった。

栗島は神馬を微笑みで見送った。が、姿が見えなくなると、顔から笑みも消えた。肩を落とし、とぼとぼと駅へ向かう。

本当は、仕事を手伝いたかった。

しかし、バラバラに解体された遺体の写真を見た時、過去の嫌な記憶がよみがえった。

栗島は以前陸上自衛隊に所属しており、ＰＫＯ部隊の工兵としてアフリカの紛争地域へ行った。そこで現地のゲリラに部隊が襲われ、多数の死傷者を目撃し、自分も負傷したことで心的外傷後ストレス障害《PTSD》を発症して除隊した。

そのＰＫＯ部隊派遣時、栗島は橋や道路の整備以外に、ゲリラの情報解析も行なっていた。

彼らは、ＳＮＳや自前のサイトで、自分たちの強さと勇ましさを喧伝《けんでん》していた。

そうした動画で新たな戦闘員を誘うことが目的だったが、彼らがアップする動画や画像の中には、目を覆《おお》いたくなるようなものも多かった。

捕らえた敵を、まるで動物や魚を処理するように殺害して切り刻む動画。村に炎を放ち、断末魔《だんまつま》の叫び声を放ちながら焼け死んでいく村人の映像。切り取った首を戦利品のように掲《かか》げ、笑っている兵士たちの画像など。

同じ人間とは思えない蛮行が、映像や画像に映し出されている。

栗島たちの目的は、その背景や周囲の音などから、敵の位置を特定することだったが、一カ月も経《た》った頃には、栗島だけでなく、他国の兵士たちも心を病《や》み、任務から離脱した。

栗島がゲリラに襲われたのは、情報解析任務から解かれた直後だっただけに、自分の怪《け》我《が》や周りの仲間の負傷状況が、ゲリラが流していた凄惨《せいさん》な動画の内容と重なり、より心に深い傷となって刻み込まれた。

暗殺部に入り、ターゲットを抹殺《まっさつ》した後の状況はそれと似ているが、目にするのは一瞬。自分たちはすぐに現場から離れ、その後はアントが処理してくれる。

また、一課の仲間がそれとなく気にかけてくれるので、独りで抱えることもなく、精神の平衡は保たれていた。

しかし、今回の画像はきつかった。

違法な臓器売買、まして、健常者を殺害して臓器を取り出すという常軌《じょうき》を逸《いっ》した悪事が行なわれているなら、今すぐにでも止めなければいけないと思う。

一方で、自分が捜査に耐えられるかがわからなかった。

提示された資料には、ＳＮＳなどの動画で臓器の買い手を募《つの》っているとの一文もあった。

自分は当然、その動画や映像を解析する役割を担《にな》うだろう。

その状況に耐えられる自信がなかった。

「仕方ないよね……」

栗島は独り言《ご》ち、駅へ向かった。

4

周藤は、警視庁から教育評論家・越川康道殺害事案の捜査資料を入手し、殺害状況を念入りに精査していた。

越川は、汐留《しおどめ》にあるテレビ局から渋谷《しぶや》のテレビ局へ向かう予定だった。

汐留で収録を終えた後、同局の地下駐車場からハイヤーで出たことは、マネージャーや関係者、スタッフの証言で確認されている。

ところが、このハイヤーはマネージャーが頼んだ越川が乗るはずの車両ではなかった。

普段から使っているタクシー会社に確認すると、この会社から配車されたハイヤーは、越川が実際に乗り込んだ時刻の十五分後に到着する予定になっていた。

マネージャーも十五分後のその時刻に頼んでいたが、ハイヤーが早めに来て待機していることもあるので、さして気に留めなかったという。

運転手がいつもの人と違うことにも気づいていたらしいが、それもままあることなので、気にしなかった。

越川を乗せたハイヤーは、銀座《ぎんざ》から首都高速に乗った。マネージャー曰《いわ》く、通常は渋谷に向かう場合、下道を使うそうだ。

携帯電話の基地局情報により、高速を走っている途中で、越川の携帯の電波が途絶《とだ》えたことがわかった。

当該《とうがい》ハイヤーは、箱崎《はこざき》ジャンクションで一度高速を降りたことが確認されている。その後、ハイヤーは再び首都高速に乗り、今度は浦安《うらやす》インターを出た。その後、浦安市郊外の駐車場に放置されているのが発見された。

浦安で高速を降りた時にはすでに、越川は乗っていなかったものと思われる。

料金所の監視カメラなどの画像で解析すると、運転手は代わっていないようだった。

つまり、越川を運んだ運転手は、箱崎ジャンクションを降りた後、誰かに越川の身柄を渡し、車を浦安まで運んだことになる。

運転手はその後、徒歩で、浦安駅方面へ向かったことが目撃証言により確認されているが、電車に乗った痕跡《こんせき》はない。

途中、仲間に拾《ひろ》われた可能性もあり、運転手の足取りはまだつかめていない。

越川の遺体が見つかった荒川河川敷は、都営地下鉄新宿線東大島《ひがしおおじま》駅から南東へ五百メートルほどの鉄橋の近くだ。

近隣にはタワーマンションや学校もあり、日中は散歩をする人なども多いが、夜は人通りがなくなる。

遺体が捨てられたのは夜間だとみて、目撃情報や防犯カメラ映像の解析を行なっているが、まだ有力な情報は上がっていない。

死体検案書に目を通す。

遺体の切断には、のこぎりや鋭利《えいり》な刃物が使われていた。繊細《せんさい》な切り口から、医療用の器具が使われたことが記されていた。

一部の切断面に生活反応が見られることから、生きたまま刻まれたことがわかる。

が、血中から高濃度の麻酔薬も検出されていて、肉体にショック症状も見られないことから、越川は眠らされている間に施術され、そのまま失血死したと結論付けていた。

その検案書から勘案《かんあん》すると、犯人は初めから、越川の遺体の一部を移植医療に使用することを計画していたと見られる。

全体の流れを見ると、犯人は単独ではなく複数と考える方が納得できる部分が多い。

単独犯行であれば、犯人は医師、もしくは医療知識を持つ者となるが、そうした人物が車の入手から拉致監禁場所、解体場所をすべて用意するというのは、不可能ではないものの無理がある。

捜査資料と睨み合っているところに、智恵理が近づいてきた。

「少し休んだほうがいいですよ」

コーヒーをデスクに置く。

「ありがとう」

周藤は上体を起こして伸びをし、カップを手に取った。ブラックのコーヒーを口に含む。

飲み込んで、一息ついた。

「どうですか？」

智恵理は隣の空《あ》いた席に浅く腰かけた。

「難しい事案だな。組織的に動いているようだが、拉致の仕方や死体の遺棄状況を見ると、個人的な感情で動いている様子も見て取れる。そのあたりがもう一つ、釈然《しゃくぜん》としない」

「半グレみたいな感じですか？」

「そういう無秩序な感じはしない。理性的というか、計画的というか……。にしては、損壊遺体を見えるところにばらまくような雑な処理をしているし」

「遺体をばらまくまでが計画だったのでは？」

智恵理が言う。

周藤が智恵理に顔を向けた。

「損壊遺体を公衆の面前にさらすというのは、一見無秩序で荒っぽく見えますけど、それも計画的となれば、そこになんらかの意図があるのかもしれません。であれば、組織的で理性的という線も濃くなるのでは？」

「いい見立てだな」

周藤が深く頷く。

智恵理は少し顔をほころばせた。

「でも、そう見るとまた、的《まと》が絞りにくくなりますね」

「そうだな。組織の線は濃厚だが、初めから全体を見通そうとしても厳しそうだ」

周藤は資料から数枚のレポートを取り出した。

「これをコピーしてくれるか」

智恵理に差し出す。

運転手についての記述と料金所などの監視カメラの写真だった。

「やはり、運転手から攻めますか？」

「いずれにしても、この男が越川の件に関してはカギを握っているからな」

「所轄《しょかつ》と競合しませんか？」

「別のルートから当たってみるよ」

周藤は微笑んだ。

5

家に帰って寝ていた神馬は、寝るのにも飽きて、その夜、渋谷の外れの雑居ビル地下にある裏カジノに出向いた。

バーボンをボトルごと呷《あお》りながら、ポーカーに興じている。テーブルには、一万円札が束になって転がっていた。

五人並んだテーブルで、三人は降りていた。神馬と薄毛で壮年の男が争っている。

「リレイズだ」

神馬はポケットから丸めた十万円の束を出し、テーブルに放った。

手の中にはキングのスリーカードがある。大勝負に出る手でもないが、今日は負けが込んでいて、ここいらで取り戻したい気分だった。

他の三人が早々に降りたので、いけると踏んでレイズしたが、相手がなかなか降りない。

多少の不安はあるが、相手の強気な態度が気に入らず、何度もサシの勝負に応じていた。今のところ、全敗だ。

イカサマをされている感じはしないのだが、どうも調子が悪い。

チェリーのせいだ……。腹の中で毒づき、相手を睨みつける。

そろそろ降りろと願うが……。

「私もリレイズ」

同じ額をテーブルに投げる。

神馬の眉間《みけん》にかすかに皺《しわ》が寄った。

相手が笑みを滲ませる。

神馬は相手を見据え、ポケットに手を入れた。札がない。

「黒波《くろなみ》、もう終わりか？」

相手が片笑みを覗かせた。

神馬は奥歯をぎりっと嚙《か》んだ。

「おい！」

スタッフを呼びつける。

黒服を着た男が歩み寄る。

「百万、貸せ」

「黒波さん。今日はもう、おやめになったほうが……」

「うるせえ！　持ってこい！」

神馬の怒鳴り声が響く。他のテーブルの客も手を止め、視線を向けた。

「黒波さん、カンベンしてください……」

スタッフは困り顔だ。

と、奥からオーナーの九谷《くたに》が出てきた。額《ひたい》に無数の傷があり、右目は潰《つぶ》れている。

九谷は渋谷界隈《かいわい》に縄張りを持つ六角一家《ろっかくいっか》の若頭《わかがしら》で、神馬が用心棒《ようじんぼう》をしていた頃からの顔見知りだ。

気の荒い男だが、自分が気に入った者に対する面倒見はいい。

「黒波、あんま騒がねえでくれよ」

「てめえんとこがケチだからだろうが」

「そりゃねえよ。あっちもこっちも出禁《できん》になってるおまえを入れてやってんだ」

九谷はため息をついた。

「わかった、貸してやる。トサンだ」

「いいよ」

「おい！　持ってきてやれ！」

九谷が声を張る。

カーテンの奥から別のスタッフが現われた。神馬の脇に来て、帯封《おびふう》のついた百万円の束を両手で差し出す。

神馬は札束をつかみ取り、そのままテーブルに置いた。

「これで最後だ！」

相手を睨みつけた。その気迫に、他の客は怯《ひる》む。が、相手はまったく動じなかった。

「受けよう」

相手がバッグから百万円を出して置く。

フロアがどよめいた。

「勝負！」

キングのスリーカードをテーブルに並べる。周りから声が上がる。神馬は、下から睨《ね》め上げた。

相手は笑みを崩さなかった。ゆっくりと一枚一枚、カードを並べていく。クイーンとジャックのツーペアができあがっていた。

最後の一枚をテーブルに置く。

「フルハウス」

残りの一枚はクイーンだった。

「私の勝ちだな」

にやりとする。

神馬が腰を浮かせる。

「騒ぎはなしだぜ」

九谷が神馬を見下ろした。

「あんたのとこで騒ぎゃしねえよ」

神馬は言うと、テーブルに背を向けた。出口へ向かう。

と、九谷が後ろから肩に手を回してきた。

「黒波、一杯おごるよ」

「一本だろ?」

「何本でもかまわねえよ」

九谷は言うと、カーテンの裏側にあるドアを開け、通常経営しているバーに出た。

ドア横のボックスに招き、神馬を奥へ座らせる。

「レミー二本、持ってこい」

九谷はスタッフに指示をして、斜め右のソファーに腰を下ろした。

「眠剤混ぜて、売り飛ばそうってんじゃねえだろうな」

神馬が睨む。

「その気なら、さっき後ろから刺してる」

九谷が笑った。

「まあ、あんたならそうだな」

神馬も笑みを覗かせた。

従業員がコルクを抜いたレミーマルタンのボトルを二本持ってきて、それぞれの前に置いた。

「お疲れさん」

九谷がボトルを持ち上げる。

「マジ、疲れたぜ」

神馬はボトルを取り、軽くぶつけた。そのまま清涼飲料水のように呷る。九谷も同じように、コニャックを流し込んだ。

従業員がフルーツやチーズ、ローストビーフなどのつまみを持ってくる。神馬はフォークを取り、適当に刺して、口に放り込んだ。

「おまえに高い酒やつまみを出しても意味ねえな」

九谷があきれる。

「腹に入っちまえば、なんでも一緒だろ」

神馬は、口の中のものをコニャックで流し込む。

九谷は苦笑した。

「しかし、おまえがここまでツイてねえのもめずらしいな」

「新しいイカサマ、考えたのか？」

「うちはイカサマなんざしねえよ。する必要もねえ。知ってんだろ、うちで負けた連中の追い込み方は」

九谷が言う。

九谷のカジノで負けが込んだ者は、六角一家が関係している金融会社で金を貸される。ほとんどが十日に五割の金利なので、賭博《とばく》に嵌《は》まるような者が払えるわけもない。その後、女は風俗業で働かされ、男は重労働に派遣される。当然、ただ働きだ。さらに、彼らが働けなくなったときは、臓器を売らされる。

昔からある借金の取り立て方法だが、暴対法施行、貸金業法の度重《たびかさ》なる改正もあり、今ではほとんどの暴力団やフロント企業はマイルドな取り立て方法に変更していた。

九谷のやり口は、現在ではめずらしい。摘発されれば、本体まで潰されるほどの犯罪行為だが、それを継続しているということは、それなりの実力を備えているという証左《しょうさ》でもある。

敵に回すと怖い男だった。

「あの禿《は》げたおっさん、何者なんだ？」

神馬が訊いた。

「うちの常連にはショウセイと呼ばれているが、何者かは知らねえ。とにかくギャンブルに強《つえ》えヤツがいるってんで、俺が連れてきてみろと言ったんだ。うちには三回来てるけど、一度も負けてねえ」

「イカサマしてんのか？」

「ずっと見てるがな。イカサマしている感じはしねえ。ありゃ、本物の賭神《としん》かもしれねえな」

「そんなヤツがいるのか？」

「俺も信じちゃいねえが、あいつはそうとしか言いようがねえ強さだからな。おまえもそう思わなかったか？」

「まあ、イカサマじゃねえならな」

神馬はボトルを傾けた。

たまに、賭博の神のような人物に出会うことはある。九谷が認めるような男なら、それもありうる。

「しかし、あんなのが出入りしてちゃ、迷惑じゃねえのか？」

「そうでもねえよ。あのオヤジ、都内のカジノでは有名で、イカサマがねえって話も広まってる。おかげで、あのオヤジが出入りしているところは信用があるんだ」

「あんたのとこもか？」

「このところ、客が増えた」

「噂《うわさ》なんざ、信じるもんじゃねえな」

「まったくだ」

九谷が笑う。

「それに、今日みてえな大勝負は、周りの客を盛り上げてくれて、それで興奮した客がいつもより金を落としていくからな」

「おれは噛ませ犬ってわけか？」

「いいデモンストレーションになったから、こうしておごってやってんじゃねえか」

九谷もボトルを傾けた。

二人のボトルは早くも半分以上空いていた。

「ところでよ、黒波。おまえ、今、何やってんだ？」

九谷が訊いてきた。

一瞬、神馬の気配が鋭《するど》くなる。

「別に、おまえのことを探りてえわけじゃねえんだ。刑務所を出た後、用心棒に戻ったって話は聞かねえし、けど、このあたりで時々遊んでるし。何で稼《かせ》いでんのかなと思ってよ。うちも安くねえだろ」

「昔取った杵柄《きねづか》じゃねえが、いろいろあんだよ」

「刀、振るってんのか？」

「必要な時はな」

目つきが鋭くなる。神馬は軽くフォークを握った。

「だから、おまえのことを探ってるわけじゃねえって。ただ、仕事がねえんだったら、ちょっと手伝ってくれねえかと思ってな」

「何の仕事だ？」

「追い込みだ。めんどくせえヤツでな。飯場《はんば》に送り込んじゃ逃げ出すわ、監禁しても抜け出すわ。そのくせ、あちこちの賭場に顔出しちゃ荒らしているらしいんだ」

「あんたのところから逃げ切るとは、なかなかの強者《つわもの》じゃねえか」

「まあ、その点は認めるが、あまり逃げられると、こっちの沽券《こけん》にかかわるんでな。そろそろ、カタつけてえんだ」

「おれに何をしろと？」

「動けねえようにして、連れてきてくれ」

「おもしれえな。いくらだ？」

神馬が訊く。

「さっきの借金はチャラ。プラス百万でどうだ？」

「引き受けた」

神馬はにやりとした。

6

栗島は自宅のマンションに引きこもっていた。

カーテンを閉め切った部屋で布団《ふとん》に潜《もぐ》り、ぼんやりとしている。

神馬の言うように、ぐっすり寝れば気も楽になるのだろうと思う。が、帰ってきてずっと、寝ようとしても目が覚《さ》める状況だった。

目を閉じると、どうしても、過去に見た凄惨な映像や画像が脳裏《のうり》をよぎる。そのたびに目を開いて、天井を見つめる。

暗殺部一課で活動しているうちに、自衛隊時代の情報解析でのトラウマは払拭《ふっしょく》されたと思っていた。

が、実際、そうした画像を見せられ、詳細を聞かされると、動悸《どうき》が止まらなくなった。

「ずっと、悩まされるのかな……」

ぽつりと独り言ちる。

陽《ひ》が射《さ》していたカーテンの向こうもとっぷり暮れ、部屋は真っ暗になっていた。

このままではいけないと思う。心は先へ進めと叫んでいる。しかし、体が拒否している。

午前零時近くになった頃、スマートフォンからメールの着信音がした。

それとなく手に取り、見てみる。

神馬からだった。

「何……？」

開いてみる。

〈ポン　どうせヒマだろ　こいつを調べてくれ〉

ぶっきらぼうな文章が並び、添付《てんぷ》ファイルが付いていた。開いてみる。免許証だった。

人相の良くない男が写っていた。名前は、有松秀文《ありまつひでふみ》、三十五歳。住所は東京都杉並《すぎなみ》区和泉《いずみ》となっていた。

なぜ、この男を調べるのか、理由はわからない。が、どうせ寝られないし、時間は持て余している。

D1オフィスにいれば、警察庁のサーバーにアクセスし、詳細を調べてしまえばいいが、仕事と関係のない件でアクセスすれば不正となる。

栗島は慣れた手順で、裏サイトに入った。

多くの人が見ているインターネットは、ネット全体の一割にも満たない。回線を通じて飛び交《か》っているのは、ほとんどがセキュリティーの保障がない裏サイトだった。

一瞬、栗島の心臓が疼《うず》く。が、すぐに深呼吸をし、これはサーバルからの頼みだと言い聞かせ、気持ちを落ち着かせた。

栗島は運転免許証データの確認サイトにたどり着いた。

ここは、ただの確認サイトではない。住所や本籍地、生年月日や取得年月日は、免許番号からもわかるし、ＩＣチップを解析できれば、即解読できるものだ。

神馬は、そうした情報を求めているのではない、と栗島は感じていた。

このサイトで検索できるのは、運転免許証が何に使われたかという情報だ。

運転免許証は、様々な場面で、身分証明書として使われる。そこはそうした情報が検索できる場所だった。

栗島は早速、免許番号を入力してみた。

有松秀文という名前が現われ、身分証としての利用履歴がずらりと並んだ。

「これは、ひどいなあ……」

栗島は思わず、声を漏らした。

有松の名前の下には、ページには収まり切れないほどの金融会社名が並んでいた。ほとんどが信用会社からの情報と思われるが、中にはあきらかに裏関係の金融会社と思われる社名や個人名もあった。

また、見慣れないカタカナ表記の会社名も多い。調べてみると、飲食店や遊技場関連の登記がなされている会社がほとんどだったが、実態は裏カジノを経営している会社ばかりだった。

カードも片《かた》っ端《ぱし》から作っていた。クレジットカードやマネーカードはもちろんのこと、近県のショッピングセンターの会員カードやポイントカードまで、ありとあらゆるカードを作り倒している。

クレジットカードやマネーカードが有用なのは誰もが知るところだが、地元スーパーのクレジット機能のない会員カードや小規模チェーンのポイントカードなども、実は使い道がある。

地方スーパーのポイントなどは、セキュリティー管理が甘いところもある。そのサーバーをハッキングして情報を引き出し、入手した第三者のカードにポイントを移せば、タダで買い物ができる。それを売れば、売れた分だけ丸儲《まるもう》けだ。

また、意外なことに、ちょっとした身分証にもなり得る。

少しの期間、安全にその地方都市で暮らしたい場合、地元スーパーやアミューズメントの会員証を持っていると、地元の人として認められ、過ごしやすくなることがある。

地方の場合、その地域にしかないスーパーなどの会員証を持っていることは、その地域に根付いているという証拠にもなる。

第三者名のカードを入手して、その第三者になりきってしまえば、さらに完璧だ。

そうした偽装《ぎそう》用のカードを地元の人間に作らせ、千円、二千円で買い取り、転売している者もいる。

「免許証を使えるだけ使い倒してるってとこだな、この人……」

呆れつつも、そうした裏事情には長《た》けている人物だと認識した。

とりあえず、表示されたデータをコピーして保存し、今度は、免許証の写真を画像検索にかけてみた。

次々と、有松の顔と一致する画像や動画の静止画像などが上がってくる。

もちろん、この画像検索も裏も含めたネットワークにかけた。

と、ネット上に晒《さら》されている有松、もしくは有松と思われる男の画像がわらわらと表示された。

その中に、数々の防犯カメラ映像の静止画像もある。

栗島は画像検索をしながら、一方で、検索した画像が新しいものから時系列で並ぶようソーティングした。

「あーあ……」

栗島は苦笑した。

有松の現在の姿が防犯カメラの静止画像にある。時刻は今。場所はソープランドのようだった。

栗島はその防犯カメラのアドレスをクリックした。

すると、右脇の別のモニターに動画が映し出された。別室で監視しているように映像は鮮明だ。話し声や湯を掻《か》く音も聞こえる。

カメラのIPアドレスから場所を特定する。

栗島はスマホを取った。神馬のメールアドレスに折り返す。

〈ただいま解析中　有松の現時刻の居場所特定　新宿区歌舞伎町《かぶきちょう》二丁目──〉

とりあえず、場所だけ報《しら》せる。

すぐに返事がきた。

〈これが欲しかった。さすがだ、ポン。他はいらねえ〉

素《そ》っ気《け》ないメールだった。

「ほんと、勝手な人だなあ」

栗島はぼやきつつ、微笑んだ。さすがだ、と言われたことがうれしい。何より、頼ってくれたことに気分を良くしていた。

神馬は、仕事のない時、時々連絡をくれたり、遊びに来てくれたりする。

伏木もよく旅行に誘ってくれるが、伏木との旅行は、どちらかといえば、伏木の太鼓持ちをさせられている場合が多い。

それでも、自分を誘ってくれる人がいること自体に喜びを覚えているが、神馬はもっと、学生時代の友達のような感覚で付き合えている。

幼少の頃から極度の人見知りだった栗島は、気さくで少し無遠慮な神馬といることで、青春のようなものを取り戻している気分になることもしばしばだった。

とはいえ、今回のような話の場合、調べてもらいたいことは調べるが、余計なことは聞かない、という暗黙のルールは守り、適度な距離を保っている。

神馬とやり取りをし、パソコンに触れたことで気持ちは少し落ち着いた。途端に睡魔《すいま》が襲ってくる。

栗島は欠伸《あくび》をしながら、有松のデータを削除しようとマウスを握った。

その手が止まる。

小さい映像だが、昔見た凄惨な殺人に似たシルエットの画像があった。何かの動画の静止画像のようだ。

ドクッと鼓動が鳴《な》った。

有松は殺人まで犯してるのか……？

確認したい。しかし怖い。

栗島はポインターを置いたまま、クリックできずにいた。

と、その映像がふっと消えた。

「えっ……?」

陽炎《かげろう》のように消えてしまった。

栗島は検索結果を小サイズの画像付き一覧で表示した。スクロールしながら、先ほど認めた有松に似た男性の凶行動画を探す。

「あった」

ポインターを当てる。が、また、クリックをする前に掻《か》き消えた。

「どうなってんだ?」

それらしき画像を探していく。

見つけてクリックしようとしても、またまた同じように掻き消える。

ようやく、動画を探り当て、クリックできた。序盤の数秒が流れる。有松のように見えたが、よく似た外国人男性だった。

その男は大きな鉈《なた》を持っていた。刃には血が付いていた。男が怒鳴り、鉈を振り上げる。

が、そこで突然、動画が消えた。動画サイトの履歴を探ってみても、その動画を再生した記録は残っていない。

つまり、サーバーからごっそりと取り除《のぞ》かれたということだ。

栗島は一覧を見つめた。よく見ていると、瞬《またた》く星が消えるように、一つ、また一つと、有松に似た外国人が鉈を振るっている動画とみられるものが消えていく。

「誰が、こんな真似《まね》をしてるんだ……？」

栗島はモニターを見据えた。

動画が再生されていたほとんどのサイトは、合法的な動画サイトだった。誰もが知っている大手のサイトもあった。

しかし、サイトのいかんにかかわらず、何者かは次々とその動画を消していっている。

最初は、そうしたトラップが仕込まれた動画かと思ったが、リンク先が消えていく一覧を見ていると、やはり誰かが組織的に消しているように映った。

栗島は、動画を次々と削除している者が誰なのか、気になり始めた。

動画の序盤から想像して、追っていくと、嫌な動画も見てしまいそうな気がする。だが、それよりも、動画を削除しているのが何者なのかが気になった。

栗島は何度か汗ばんだ手を握った。

そして、手のひらの汗をシャツの裾で拭い、マウスを握ってモニターを睨んだ。

7

伏木と凜子は日比谷《ひびや》の帝王《ていおう》ホテルに赴《おもむ》いた。

午後七時より、このホテルの〝蘭《らん》の間《ま》〟という大宴会場で、日本臓器移植研究学会のパーティーが行なわれる。

当学会は、新興ではあるが、日本の移植医療に関する学会としてその名を知られる、世界でも有数の団体の一つで、所属する医師は積極的に臓器移植手術に携《たずさ》わっている。

伏木は成沢利伸《なるさわとしのぶ》、凜子は松尾友佳梨《まつおゆかり》と名乗っている。二人は、人工皮膚を研究開発しているベンチャー企業〈リグロース〉の社長と社員という肩書になっていた。リグロースは実在の会社でふたりの在籍もしっかり作ってある。

ただ、二人の名刺に記されているリグロースの代表電話番号は、D1オフィスに繋《つな》がっている。

伏木たちは、第三会議の協力を得て、パーティーの招待状を手に入れ、会場を訪れていた。

会場はホテル五階にある。伏木と凜子は、ゆっくりとエレベーターホールへ向かった。

伏木は歩きながら、スーツの襟を整えた。

「松尾君、準備はいいかな？」

「もちろんです、社長」

タイトなスカートスーツに身を包んだ凜子が、黒縁《くろふち》で楕円形《だえんけい》の眼鏡を押し上げた。

エレベーターに乗り込む。伏木たちの他に、仕立てのいいスーツに身を包んだ恰幅《かっぷく》のいい中年男性が乗っていた。

五階へ向かっている。

エレベーターが五階に着くと、凜子はドアを押さえ、伏木と中年男性を促した。

少し上体を傾けると、凜子の胸元にくっきりと谷間が覗く。中年男性は、降り際《ぎわ》に谷間に視線を向け、頰を緩《ゆる》ませた。

凜子が出てくる。中年男性とは距離を取り、伏木が近づいた。凜子に少し体を寄せ、顔を耳元に近づける。

「いけそうかな?」

「もちろん」

凜子は前を見たまま答えた。

受付を無事に済ませ、入口でドリンクを受け取り、中へ入った。

天井が高く、広々とした会場だった。円卓が点々と置かれ、壁沿いには様々なビュッフェが並んでいる。壇上には、〝日本臓器移植研究学会設立十五周年記念祝賀会〟という吊っり下げ看板が飾られていた。

伏木と凜子は、入口の近くに立って、会場内を見回した。

メディアで見かける移植医療の重鎮の顔もあるが、どちらかといえば、五十歳前後の、この世界では若手から中堅の医師が多い。

また、伏木たちのような、移植、再生医療の機器や素材に関わる業者と思われる人間も散見される。

医師だけでなく、周辺関係者も多いからか、女性の姿も多かった。

「さて、どれを狙《ねら》いますか？」

伏木が小声で訊いた。

「せっかくだから、さっきの方にしません？」

凜子は壇上前の円卓に目を向けた。

エレベーターで乗り合わせた中年男性が腰を低くし、重鎮らしき人物に挨拶をしている。

「大益《おおます》先生のところにいるのか。ちょうど良い。じゃあ、早速、挨拶に伺いますか」

伏木が歩き出す。凜子もセカンドバッグを手に持って、伏木の後ろをついて歩いた。

周りに会釈をしつつ、重鎮が集まるテーブルに至った。

伏木は、中年男性にも会釈し、脇を過ぎて、重鎮の一人、東成《とうせい》医科大学名誉教授、大益《おおます》博則《ひろのり》に近づいた。

「大益先生、ご無沙汰《ぶさた》しております。成沢です」

伏木が声をかける。

「おお、成沢君か！　元気にしていたかね」

大益は親しげに微笑みかけた。

捜査協力者だ。ミスターDが直接話したと聞いている。

大益は、臓器移植が日本で始まった頃から、移植医療の発展に寄与《きよ》してきた人物だ。それだけに、今回の臓器売買の事案については憂慮《ゆうりょ》していた。

非道な臓器移植が横行しているとなれば、スキャンダルは必至《ひっし》で、ひいてはそれが臓器移植そのものへの批判につながりかねない。

人工臓器の開発や人工関節、人工皮膚の技術の向上が進めば、将来、生身の人間からの臓器移植は必要なくなるのかもしれない。

しかし、それはまだ遠い未来の話。今、腎臓や心臓などの疾患《しっかん》で生死を彷徨《さまよ》っている人々は、何もしなければ死を待つのみだ。

一人でも多くの患者を救うため、現時点で臓器移植は欠かせない治療の一つとなっている。

長年、病に苦しむ患者にとって有用な選択肢の一つを失わせかねない臓器売買という犯罪に、大益は強い怒りと憤《いきどお》りを覚え、協力を承諾したということだった。

暗殺を行なう部署の人間であることは、もちろん秘してある。

伏木と凜子は、大益にはリグロースの成沢と松尾の名前は伝わっていると、菊沢から聞かされていた。

はたして、大益は聞いていた通り、成沢という名を耳にした途端、話を合わせてきた。

伏木は安心して、大益と向き合った。

「おかげさまで、細々とですが、研究は続けております」

「継続することが大事だからな。焦ってはいかん。松尾君も元気そうだな」

大益は凜子に顔を向けた。

「先生もお元気そうでなによりです」

微笑んで会釈をする。

横で、中年男性が大益と伏木たちの様子を見つめていた。

「ああ、ちょうどいい。紹介しておこう」

大益は中年男性の方を向いた。

「こちらは、武蔵《むさし》東西病院で一般外科を担当しておられる平井隆雄《ひらいたかお》先生。平井先生、こちらはリグロースという会社で人工皮膚の開発に取り組んでいる成沢社長と松尾君です」

大益が互いのプロフィールを示す。

「成沢と申します」

伏木が名刺を出した。

「平井です」

平井も名刺を返す。

「松尾と申します。よろしくお願いします」

凛子は脇を締めてわざと胸を寄せ、前屈《かが》みになって名刺を差し出した。

「平井と申します。こちらこそよろしく」

平井の視線が泳ぐ。しかし、名刺を渡す際、一瞬胸の谷間を凝視《ぎょうし》した。

伏木は内心、苦笑した。

「成沢君は、うちの大学で学内ベンチャーを起《た》ち上げてね。半年後に独立して、今は武蔵小金井《むさしこがねい》にオフィスを構え、人工皮膚の研究を続けているんだよ」

大益が言う。

「そうですか。どのような素材で作られているのですか？」

平井が訊く。

「当初は、一般的に使われているコラーゲン・スポンジの品質向上を図ろうとしていたのですが、それでは大手に追いつきませんので、途中で方針を変え、極細のファイン・ファイバーで作ったフィルムに幹《かん》細胞から培養《ばいよう》した皮膚を定着させる研究を行なっています」

伏木はすらすらと答えた。

「他には、塗る人工皮膚も研究しているんです」

凛子が話を合わせた。平井が凛子を見やる。

「幹細胞で培養したその方の皮膚細胞をジェル状にして、患部に塗《ぬ》って広げ、定着させて再生させる。夢のような話ですけど、この技術が確立されれば、広範《こうはん》な火傷《やけど》を負った方などの皮膚再生に役立つと思いまして」

「それはすごい。美容整形にも応用できそうですね」

平井が目を丸くする。

「ただ、本当にただの思いつきを研究しているので、いつ形になるかわかりませんけど」

凛子が自嘲《じちょう》して見せる。

「いや、人が思いつくことはいつか現実のものとなる。夢のような話を夢で終わらせないのが、私たちの仕事ですから。素晴らしいと思います」

「そう言っていただけると、励《はげ》みになります」

凛子は少しうつむき、垂れた髪を指で耳にかけた。顔を上げ、平井を見つめる。

平井はほんのりと頬を染めた。

伏木は大益を見やった。小さく頷く。大益も頷いた。

「成沢君、せっかくなので、他の先生方も紹介しよう」

「ありがとうございます」

「では、私も——」

凛子が平井に会釈をする。

平井は少し残念そうな表情を見せた。

「ああ、松尾君は平井先生と話していてもかまわないよ」

伏木は平井を見やった。

平井の顔にわかりやすい笑みが浮かんだ。

「ご迷惑ではないですか？」

凜子は上目遣いに平井を見つめた。

平井は頰が真っ赤《まっか》になった。

「迷惑だなんて。松尾さんこそ、他の方と挨拶をされた方がよろしいのではないかと」

「私はただの社員ですので」

にこりと微笑む。平井は目尻をだらしなく下げた。

「じゃあ、松尾君、後で。大益先生、よろしくお願いします」

伏木が言うと、大益は頷いた。平井と凜子を残し、会場内を回り始める。

凜子は二人を見送って、改めて、平井に向き直った。

平井はもじもじして落ち着かない様子だ。何度も手に持ったグラスを傾ける。たちまち水割りがなくなった。

「平井先生、何かお持ちしましょうか？」

「あ、いえ……」

「ちょうど、私もなくなりそうなので」

凛子は手にした水割りをグッと飲み干した。そして、悪戯《いたずら》な笑みを向ける。

平井は耳まで真っ赤になった。

「私は水割りにしますけど、平井先生も水割りでよろしいですか？」

「じゃあ、それで」

「ついでに、何かお腹に入れるものもお持ちしますね」

そう言い、凛子は平井から離れる。

平井は人混みの中、凛子の姿を目で追い続けた。

平井から離れた伏木と大益は、平井の様子を見つめた。

「大益先生、ありがとうございます」

小声で言う。

「礼には及ばんよ」

大益は言い、水割りのグラスを傾けた。

「平井先生は例の事件に関わりがありそうですか？」

「平井君は、二十代の頃から移植医療に携わってきた。中堅医師の中では、移植医療の事情に最も通じている人物の一人だ。彼なら、なんらかの情報を持っているのではないかと思ってね」

「なるほど」

伏木が深く頷く。

「君たちが調べていることが本当なら、移植医療に深刻な悪影響を及ぼしかねない。シロであれクロであれ、できるだけ早急に解明してもらわねばならん。他にも、移植医療に通じた者がいるので、紹介させてもらうよ」

「恐れ入ります」

伏木は、食べ物と飲み物を持って平井の下へ戻っていく凜子を確認しつつ、大益についていった。

8

午後十時を回った頃、木南友愛《きなみともよし》はオフィスが一望《いちぼう》できるガラス張りの個室にいた。薄暗い部屋で執務机に座り、パソコンのモニターを見つめている。

オフィス全体も薄暗い。経費の節約で、天井の明かりの三分の二は消灯している。

しかし、薄暗い中でも、デスクにいる従業員たちの顔は、モニターの明かりに照らし出されていた。

彼らは、衝立《ついたて》に仕切られた半個室スペースにこもり、モニターを見続け、右手のマウスをクリックしていた。

木南も従業員同様、モニターを見つめ、右手を被せたマウスを忙《せわ》しなく操作していた。

「これは削除だな。これは残し。これも削除」

独り、つぶやきながら、マウスをカチカチと鳴らす。

モニターに次々と映し出されるのは、レイプの動画や画像だった。

ネット内を巡回し、レイプに関する映像や画像にアクセスし、世に出回るべきでないと判断したデータを、サーバーから削除していた。

オフィスにいる従業員たちも、同様の作業をしている。

担当するデータは、従業員ごとに違う。

児童ポルノを専門に見ている者もいれば、殺人行為のデータを探して選別している者もいる。人種差別や原理主義、テロに関するデータを扱っている者もいて、そのジャンルは多岐《たき》にわたる。

木南の部屋のドアが開いた。コンコンとガラスドアを叩く。

「いいですか？」

ハーフパンツでタイトなロングTシャツ姿のショートカットの女性が立っていた。

木南はチラッとドア口を見た。

「なんだ？」

訊くと、女性は中へ入ってきた。

木南の右腕として、対外交渉を行なっている小薗香菜《こぞのかな》だ。デスクの端に尻をかけ、脚をクロスさせる。艶《なま》めかしい姿だが、木南は気にも留めず、モニターを見つめていた。

「レイゾン社から、削除条件を改定したいと連絡があったんですが。どうしますか?」

香菜が訊く。

木南は手を止めた。

「改定内容は?」

香菜を見上げた。

「細々《こまごま》と何か言ってましたが、要するに、今の削除条件では厳しすぎて客が離れるから、緩くしたいということでしょう」

「それはできない」

「交渉の余地はないということで?」

「そうだ」

「ですよね。レイゾンにも言ったんですが。うちの代表、条件を緩めるって話には乗りませんよって。そうしたら、契約を解除するとか言い出してまして」

香菜がため息をつく。

「解除するなら、かまわないぞ」

「……簡単に言わないでください。レイゾンの売り上げ、月に二千万はあるんですよ」

「金の問題じゃない」

一刀両断《いっとうりょうだん》する。

木南は〈ユーアイデータキュレーション〉という会社の代表を務めている。

ユーアイは木南の名前〝友愛〟から取ったものだ。読みは〝ともよし〟だが、〝ゆうあい〟と変えて、そのまま会社名にしている。

ユーアイデータキュレーションは、表向きには、ソーシャルメディアの会社から依頼を受け、規約違反者のアカウントを停止したり、当該記事を削除したりという管理業務を代行している。

が、裏では、日々、契約会社のSNSやブログにアップされるコンテンツをチェックし、倫理規定に違反するものは、独自の判断で記事の削除や、場合によっては、個人のアカウントを削除していた。

この行為は、表現の自由を標榜《ひょうぼう》するネット関連の会社にとっては自殺行為だ。しかし、公序良俗《こうじょりょうぞく》に反するものを垂れ流すこともまた、企業としての社会的責任を放棄することにもなる。

ソーシャルメディアを運営する会社は、苦渋《くじゅう》の決断で、ユーアイデータキュレーションのような会社に管理業務の一部を丸投げし、意図的にコンテンツを削除していた。

木南たちのような存在は、コンテンツモデレーターと言われ、ネットの掃除屋とも呼ばれている。

この裏業務が表に出ることはない。

仮に表沙汰になっても、ソーシャルメディアの運営会社は、委託先の会社が勝手にやったこととして逃げ切る。

存在が白日の下に晒されれば、木南のような業務をしている会社はその日のうちに消え、存在しなかったことになる。

それほどのリスクを抱えている分、報酬は通常のWEB管理業務に比べ、多い時は数十倍にもなる。

ユーアイデータキュレーションだけでなく、コンテンツモデレーターの会社は多数存在する。だが、食い合うことはない。

インターネットが必須となった現代、全世界で一日にアップされるデータ量は膨大だ。コンテンツモデレーターが何万人いても、すべてのデータは監視できない。

それだけに、秘密の存在でありながら、相手によっては、木南たちの方が優位に立つこともしばしばだった。

レイゾン社というのは、SNSを運営している会社だった。新興の会社でユーザー数はまだ多くはない。

ただ、大手ソーシャルメディアでは扱えないような際《きわ》どいコンテンツも削除されないことがユーザーに口コミで広がり、ここ二年くらいで急速に業績を伸ばしてきた会社でもある。

しかし、会社が大きくなれば、それだけ社会の目も厳しくなる。

大手メディアに批判的な記事が載れば、たちまち叩かれ、葬られる。

レイゾン社はそうなる前に、木南の会社にコンテンツの管理と削除を依頼した。

木南は厳しい条件を設け、アップされたコンテンツが人の目に触れる前に、次々と削除した。

レイゾン社のSNSは落ち着いたものになった。一方で、魅力であった〝際どさ〟は失われ、ユーザー離れを起こしていた。

「今、条件を緩めれば、また昔のSNS形態に戻る。以前のように、裏掲示板のような規模でやってたならいいが、今や、メジャーなSNSの一つとして知られるようになった。ここで過去に戻るのは、命取りだぞ」

「レイゾンにしてみれば、きれいにしたのはいいけど、ユーザーもいなくなったら元も子もないという判断のようです。納得できる部分もありますし。一度交渉してくれませんか？　妥協点《だきょう》はあるかもしれません」

「妥協はしない。先方にはこう伝えろ。条件は緩めない。継続するなら、今のまま。解除するのは自由。ただし、レイゾンのサーバーの在処《ありか》はすべて把握しているし、代表の氏名住所も知っている。我々の監視下から離脱するなら、代表の氏名住所、顔写真は当局に提供し、すべてのサーバーをクラッシュさせる。それでよければ、解除しろと」

「それはやりすぎです」

「たいした問題じゃない。裏っぽいSNSが一つや二つ潰れたところで、我々の業務に支障はない」

「情報を取れなくなってしまいますよ」

「わかってないな、君は。裏でコソコソやってる連中は、商売敵《がたき》が潰れれば、それだけ自分のところが儲かるから、条件さえ合えば、いくらでも相手方の情報を差し出すんだよ。裏だけじゃない。名だたるプラットフォーマーも似たようなものだ。誰もが、メタデータを独占するため躍起《やっき》になっている。そこに私情はない」

話していると、またドアが開いた。

「木南さん、ちょっといいですか?」

くすんだジーンズを穿《は》いて、シャツを前開きで引っかけている若い男だった。髪もぼさぼさで無精髭《ぶしょうひげ》も伸びている。

男は樫田正仁《かしだまさひと》という二十五歳の青年だ。木南のもう一つの事業を取り仕切っている人物だった。

樫田は香菜を認め、頭をボリボリと掻いた。

「お邪魔だったら、またにしますよ」

「話は終わった。小薗君、先方には今話した通りに伝えろ」

「わかりました」

香菜はため息をついて脚を解き、立ち上がった。

ドア口に向かう。

「あんた、臭いよ。せめて、服くらい着替えなよ。いつも一緒」

香菜は樫田のシャツを少し摘《つ》まんで顔をしかめ、部屋を出た。腰を振りながら遠ざかっていく。

樫田は袖を嗅《か》いだ。

「木南さん、オレ、臭《くせ》えっすか?」

訊きつつ、デスクに近づく。

「いい匂いはしないな。シャワーは二日にいっぺんは浴《あ》びろ。ここは日本だ」

「めんどくせえなあ」

「郷《ごう》に入《い》れば郷に従えだ」

木南が言う。

樫田は入ってきて、デスク脇にある丸椅子をつかんだ。引き寄せて、跨《また》いで座る。

「例の話なんですが」

ちらりとガラスの向こうを見やる。

木南はリモコンを取って、ガラスドアにロックをかけた。ガラス壁にリモコンを向けてボタンを押す。透明だったガラスが磨《す》りガラスのように曇り、外部からは見えなくなった。

ガラス壁は、人の目や耳にはわからないほど、かすかに振動している。この振動は、室内の話し声や電波を遮断《しゃだん》する。

デスクに置いていた木南のスマートフォンも、たちまち圏外になった。

「どうなっている？」

木南が訊いた。

「皮膚、角膜、腎臓、肝臓、大腿骨《だいたいこつ》と四肢《しし》の関節は売れました。しめて、一千五百万といったところです。その中から三百万を江尻に渡し、フィリピンへ送る予定だったんですが……」

「だった、とは？」

「江尻が飛んでくれねえんですよ」

樫田はまたボリボリと頭を掻いた。肩にフケが舞い落ちる。

「なぜだ？」

「自分は何も悪いことはしていない。逃げる必要はないと言い張るんです。どうしたもんですかねえ」

頭を掻き続け、フケが肩に積もっていく。

「たまに現われる正義の人、というわけか」

「そういうことですね。処分しちまいましょうか？　切り刻んだのをばらまいたもんだから、サツは派手《はで》に動いてますし」

「いや、待て」

木南は腕組みをした。

モニターを見つめ、熟考する。少しして、やおら腕を解いた。

「一度、会おう」

「木南さんがですか？　それはやめた方がいいですよ。万が一、ヤツがパクられたら、木南さんのこともゲロしちまうかもしれねえ。頭を持ってかれたら、うちはあっという間に終わりです」

樫田は両腿に手を置き、木南を正視した。

「正義の人は、うまく抱き込めば、こちらの戦力になる。おまえのところも人手が足りていないだろう？」

「そりゃまあ、そうですが……」

「会ってみて使えないとわかり、それでも頑《かたく》なに飛ばない時は、処分すればいい。人材は貴重だ。活《い》かせる者は活かしたい」

「木南さんがそこまで言うなら、いいですけど。いつ、会います？」

「早い方がいいな。一両日中にセッティングしてくれるか？」

「わかりました」

樫田が太腿を叩いて、立ち上がろうとする。

「待て。それとは別に、次の仕事の話だ」

「もう決まったんですか？　早いですね」

座り直す。

「それだけ、今の世の中にはクズが溢《あふ》れているということだ。今度のターゲットは、こいつだ」

木南はタブレットを取り、起動させて人物ファイルを表示し、樫田に渡した。

樫田は、人差し指でフリックし、データに目を通していった。

「へえ、またこいつは、とんでもないクズですね」

「生きている価値など一片もない男だ。世の中から排除して、生かされるべき命のために役に立ってもらおう」

「そうですね。いつ、やります？」

樫田の眼光《がんこう》が鈍《にぶ》く光る。

「パーツの提供先は？」

「いくらでもありますよ。この国の連中を皆殺しにしても足りねえくらいです」

そう言い、片笑みを浮かべる。

「であれば、すぐに手配してくれ。準備が整い次第、実行しろ」

「了解です」

樫田は、タブレットにＵＳＢメモリーを差した。木南が示したデータをコピーし、保存する。

データを取り終え、ポートからＵＳＢメモリーを抜くと、立ち上がって、ジーンズのポケットに無造作に突っ込んだ。

「じゃあ、江尻との面会日は調整して、明日の昼までに連絡入れます。ちなみに、明日の午後でもかまわないですか？」

「大丈夫だ」

木南が言う。

樫田は頷き、ドアに歩いた。

リモコンを操作し、ドアのロックを解除するとともに、ガラスの曇りも取った。

樫田はそのまま振り返ることなく部屋を出て、オフィスを後にした。

木南は、再びパソコンのモニターに目を戻した。

第二章　囚《とら》われしモノ

1

神馬は一人で、有松が遊んでいるというソープランドへ出向いた。

階段を上がり、受付に向かう。

「いらっしゃいませ。ご入浴ですか？」

ワイシャツにネクタイ姿の若い男が訊《き》く。

「こいつ、どこだ？」

神馬は有松の免許証の写真を見せた。

「申し訳ございません。お客様のことはお教えできませんので」

「おまえ、おれを知らねえのか？」

神馬が睨《にら》む。

「すみません。存じ上げませんが」

丁寧《ていねい》に返すが、若い男は神馬を睨み返した。

神馬はため息をついて、うつむいた。

「新宿の風俗で働いていて、おれのことを知らねえヤツがいるとはなあ。おれも落ちぶれたもんだ」

ぼやいて、やおら顔を上げる。

「店長は？」

「席を外しております」

「そりゃねえだろ、営業中に。さっさと呼べ」

神馬は多少苛立《いらだ》った様子で言う。

「お客さん、こちらで遊ぶ気がないなら、お帰り下さい」

若い男は低い声で言い、目に力を込めた。

「おまえ、死にてえのか？」

神馬はふっと笑った。

「やってみろ」

若い男の顔から笑みが消える。

神馬はポケットに手を入れた。中でバタフライナイフを握《にぎ》る。

と、カウンター奥左手のカーテンが揺《ゆ》れた。大柄で恰幅《かっぷく》のいい年配の男が出てくる。眼鏡を掛け、微笑《ほほえ》んではいるが、その目は神馬を見据《みす》えていた。

「お客さん、何かございましたか？」

眼力で威圧《いあつ》してくる。

「店長か？　裏のモニターで見てたんなら、さっさと出て来いよ」

神馬は言い、見返した。無礼な言動に、若い従業員が気色ばむ。

年配男は若い男の前に出てやんわりと制し、入れ替わって、神馬と対峙《たいじ》した。

「黒波だ。六角の九谷の仕事で、こいつを捕らえに来た」

神馬は年配男に写真を見せた。

「黒波さん？　あの黒波さんですか？」

目を丸くする。が、訝《いぶか》っているのはあきらかだった。

神馬は再び、大きなため息をついた。

スマートフォンを出し、九谷に連絡を入れる。九谷はすぐ電話に出た。

――おう、黒波。捕まえたか？

「おれを知らねえバカ共に足止めされてる。一言言ってやってくれよ」

神馬は言い、スマホを年配の男に差し出した。

「九谷だ」

年配の男は半信半疑《はんしんはんぎ》でスマホを取った。耳に当てる。

「パープルの柳楽《やぎら》です。はい……はい。はい！　あ、失礼しました！」

年配男はいきなり直立した。若い男が上司の姿を見て、動揺を覗《のぞ》かせる。

「はい！　はい！　承知しました。すぐに手配しますので！」

年配の男は電話を切り、両手でスマホを差し返した。

「失礼しました、黒波さん！」

「わかりゃいいんだよ。で、こいつはどこなんだ？」

カウンターに置いた写真を指でつつく。

「七号室です」

年配の男はすぐさま答えた。

「上か？」

神馬が天井を差す。

「はい。奥の左側の部屋です」

「迷惑はかけねえ。すぐ終わる」

神馬が歩きだそうとする。

「運び出す時はお申し付け下さい。九谷さんからお手伝いするようにと言われてますので」

「ありがてえ。モニター覗いてりゃわかるだろ。動けなくしたら、すぐに来てくれ」

「わかりました」

年配の男が言う。

神馬は軽い足取りで階段を上がっていった。

「柳楽さん、何なんですか、あいつ？」

若い男が階段の方を見て訊く。

「そっちの筋では伝説の用心棒《ようじんぼう》だ」

「あんなガキがですか？」

「バカ。デカい声で言うんじゃねえ。怒らせたら、ここにいる全員、殺されるぞ」

年配の男の言葉を聞いた途端《とたん》、若い男は青ざめた。


「ちょっと、お客さん！　ゴムは付けて下さい！」

裸の女の子は、風呂の隣にあるベッドで抵抗していた。

「うるせえな！　やらせろ！」

有松は女の子を押さえつけ、股《また》を開かせようとする。

女の子は必死に抵抗した。

「ちょっと、ほんと、いい加減にして！　下の人、呼ぶよ！」

怒って、突き放そうとする。

「呼んでみろよ！」

有松は女の子の腹の上に跨《また》がった。右手を振り上げる。

女の子は顔を背《そむ》け、目を瞑《つむ》った。

「困りますねえ、お客さん」

神馬が声をかけた。

有松が振り上げた手を止める。ドア口に目を向け、神馬を認めた。

「なんだ、ガキ。こっちは高《たけ》え金払ってんだ。好きにやらせろ！」

有松が神馬を睨んで怒《ど》鳴《な》る。

が、神馬は笑った。

「小せえチンポおっ勃てて、粋《いき》がってんじゃねえよ」

「なんだと？」

有松は気色ばんで体を起こした。

「しっかし、ほんとに小せえな、おまえ」

さらに声を立てて笑う。

「ふざけんな、ガキ……」

有松が腰を浮かせた。

女の子は有松を突き飛ばした。不意《ふい》を突かれ、尻餅《しりもち》をつく。その隙《すき》に女の子はベッドから飛び降り、ドア口に駆け寄った。

神馬を見て、一瞬顔を強《こわ》ばらせ、足を止める。

神馬はドアを大きく開いて、道を作った。

「お疲れさん。もういいぞ」

そう言うと、女の子は裸のまま、神馬の脇を過ぎ、外へ出て行った。

「おい待て！　まだ、終わっちゃいねえぞ！」

有松が裸のまま、ドア口へ走ってくる。

神馬はドアを閉め、立ち塞《ふさ》がった。

「邪魔するな、ガキ！　やっちまうぞ」

「何を？」

「痛《いて》え目に遭《あ》いたくねえだろ？」

片笑みを覗かせ、神馬を見据える。

「痛えのは、やだな」

「なら、どけ」

有松がにじり寄った。

瞬間、神馬が動いた。ポケットから折り畳んだままのバタフライナイフを出し、有松の喉《のど》を突いた。

有松は息を詰めた。喉を押さえ、よろよろと後退し、尻から落ちる。

神馬は座り込んだ有松の顎《あご》を蹴り上げた。顎が跳ね上がり、真後ろにぶっ倒れる。神馬は仰向《あおむ》けに転がった有松の腹を踏みつけた。

有松は呻《うめ》きを漏《も》らし、腹を押さえて横向きに丸まった。

「おれ、痛えのはやだからさあ。その前に相手を動けねえようにしちまうんだよ」

棚に置かれているタオルを取った。軽く丸めて、有松の口に突っ込む。

有松は嗚咽《おえつ》を漏らし、口に手を持っていこうとした。

神馬は有松の腕を握ってうつぶせにし、爪先《つまさき》の方を向いて腰に跨った。体重をかけて、動きを制する。有松は足をバタつかせ、身体を揺さぶるが、神馬はびくともしなかった。

「本当ならよ、永遠に動けねえようにするところだが、六角の九谷に頼まれたんだよ。動けねえようにして、生きたまま連れてこいって」

九谷の名を聞いた途端、有松は目を見開いた。さらに暴れる。

しかし、神馬は暴れ馬に乗ってロデオを楽しんでいるかのように揺れを受け流す。

「おまえもバカだな。九谷から逃げられるわけねえだろ。他の賭場《とば》も荒らしてるみたいだし。この先、死んだ方がマシと思うくれえの地獄を見せられんぞ。まあ、おれには関係ねえけどな」

神馬はバタフライナイフを振って、刃を出した。

「とりあえず、逃げられねえようにさせてもらうぜ」

言うなり、神馬は有松の左ふくらはぎの下を刺した。

有松が呻く。神馬は刃を真横に引いた。

ブツッと太いゴムの切れるような音がした。

有松が両目を剝《む》いて、タオルを嚙《か》みしめ、唸《うな》った。

神馬は右のふくらはぎの下にもナイフを刺し、同様に真横に引いて、アキレス腱《けん》を切った。

有松の額から汗が噴き出した。剝いた目からは涙が溢《あふ》れる。

神馬は立ち上がった。

有松はあまりの痛みに全身が痺《しび》れ、うつぶせのまま呻くだけだった。

神馬はもう一本、タオルを取って、両脚の切り口をまとめて縛《しば》った。タオルに血が滲《にじ》みだし、紅《あか》く染まっていく。さらに一本取り、両手を後ろにねじ上げ、両手首も拘束した。

モニターを見ていた店長が、若い従業員を二人連れて、部屋へ入ってきた。

「ああ、店長。ちょっと血で汚れちまった。すまねえな」

「掃除すればいいことですんで。終わりましたか？　車は用意させてもらってます」

「終わったよ。運んでくれるか？」

「はい」

柳楽は頷き、若い従業員を見た。

一人は、受付で神馬と睨み合った男だ。が、正体を知ったせいか、すっかりおとなしくなっていた。

若い従業員は、青いビニールシートを持っていた。動けなくなった有松を包み、バスローブの紐《ひも》で縛る。神馬に突っかかった男が有松を肩に担《かつ》いだ。

「黒波さん。先ほどは失礼しました。九谷さんにはくれぐれもよろしくお伝え下さい」

「ありがとう。伝えとくよ」

「こちらです」

有松を担いだ男は丁寧に言い、廊下突き当たりの非常口へ神馬を案内した。

神馬は男たちと共に非常口からソープランドを後にした。

2

午後二時を回った頃、木南は樫田と共に、方南町《ほうなんちょう》のマンションを訪れた。

入り組んだ路地の突き当たりにある古びたマンションだ。階段を上がり、三階フロアの右奥へ進む。

樫田は三〇五号室の前で立ち止まった。

「木南さん。ほんとにいいんですか？　今ならまだ、ヤツに顔を晒《さら》すことはありませんよ」

樫田が確かめる。

「迷うようなら、ここまで来ていない。心配するな」

「わかりました」

樫田は頷《うなず》き、インターフォンのボタンを押した。

——はい。

江尻の声が聞こえてきた。

「樫田だ。上司を連れてきた」

告《つ》げる。

少しして、ドアが開いた。

無精髭《ぶしょうひげ》を蓄《たくわ》えた男が顔を出した。髪もぼさぼさで着ているワイシャツもくたびれている。

「どうぞ」

樫田と木南を見て、ぼそりと言う。

樫田が先に入る。木南は江尻に微笑みを向け、中へ入った。

江尻は奥へ進んだ。樫田と木南は上がり、江尻の後についていく。

突き当たりのドアを開け、リビングに入った。テーブルやテレビの周りには、ペットボトルや弁当箱が散乱し、異臭を放っていた。

が、左手の小テーブルの周りだけは、きれいだった。

そこには、二つの遺影《いえい》と位牌《いはい》が置かれている。灯《とも》したばかりの線香《せんこう》の煙が漂《ただよ》っていた。

江尻は奥の方に座った。

「適当に空《あ》いているところに座って下さい」

テーブルを挟《はさ》んで向かいを指《さ》す。

樫田が脚でゴミを押しのけ、スペースを作った。

「座布団《ざぶとん》かなんかないのか？」

江尻に訊く。

「いや、かまわんよ」

木南は樫田に言い、立ったまま、遺影に目を向けた。

「息子さんと奥さんですか？」

「ええ、そうです」

「線香を上げさせてもらってもいいですか？」

「どうぞ」

江尻は素《そ》っ気《け》なく答えた。

木南は遺影の前に正座し、線香に火を点《つ》けて線香立てに差し、鈴《りん》を鳴らした。

両手を合わせ、目を閉じる。江尻は背を向けていた。

供養を済ませ、江尻の前に戻って対面に座る。横に樫田が腰を下ろした。

「樫田から聞いているとは思いますが、改めまして。ユーアイデータキュレーションの木南と申します」

上着の内ポケットから名刺を出し、江尻に渡す。

江尻は片手で受け取り、テーブルの脇に置いた。

樫田がその無礼な振る舞いに少し気色ばむ。木南は一瞥《いちべつ》して樫田を制し、江尻に顔を向けた。

「越川の件、天くんには報告されましたか？」

「ええ、死体をばらまいた後に」

「天くん、天国で喜んでいると思いますよ。大好きなお父さんが、自分の無念を晴らしてくれたと」

木南が言う。

江尻はテーブルの角に視線を落としたまま、顔を上げない。

「樫田から少し聞いたのですが」

「逃亡の件ですか？　それなら、私はここから動くつもりはありませんので」

うつむいたまま言う。

「どうしてもですか？」

木南が訊いた。

江尻が顔を上げた。疲れて澱《よど》んだ瞳を木南に向ける。

「このマンションは、天がどうしても、この区域にある中学校へ行きたいからと購入したものです。少々割高ではあったけれど、天のために私と妻は懸命に働いて、ローンを払っていました。すべては子供の幸せのために。それが私や妻の生きがいだった。なのに、その生きがいは、おぞましい大人たちの欲望によって奪《うば》われた。わかりますか？　私や妻が真実を知った後、どれほど苦悩したか？」

「軽々《けいけい》には申せませんが、さぞ悔しかったろうとお察しします」

木南が答える。

「悔しい？　そんな単純な感情じゃない。怒り、恨《うら》み、憤《いきどお》り、天を旅に出したことへの激しい後悔――。いろんな思いが胸で渦巻《うずま》いて、張り裂けそうだった。妻は真実を知った後、何もできなくなり、そのまま死んでしまった。私も一緒に死のうかと思った。けど、何もできないまま死ぬのも無念。せめて、越川のような非道《ひどう》な人間を一人でも葬《ほうむ》り去ってやらなければ、息子や妻の死は無駄になる。そう思い、生きてきたんです。そしてようやく、その無念を晴らした。やっと今、私は家族三人の穏やかな日々を迎えたんです。三人で楽しく暮らすはずだったこの場所で」

江尻の語気が荒くなる。

樫田が割って入った。

「そうは言っても、江尻さん。事は、バラバラ殺人事件だ。警察は事件をしつこく追っている。気持ちはわかるが、あんたが捕まっちまうと、こっちが困るんですよ」

「心配しないで下さい。捕まってもあなた方のことは決して話しませんし、口を割りそうになったら、その時は自ら命を絶《た》ちます」

江尻の声が穏やかになった。

「覚悟はお持ちのようですね」

木南が言う。

「もちろんです。国外逃亡の件はお請《う》けできませんが、越川への恨みを晴らす機会をいただけたことは感謝しています。私は、恩人を売るようなことはしません。命に代えても」

まっすぐ木南を見返した。

木南は強く頷いた。

「わかりました。もう、国外へ逃げて下さいとはお願いしません」

「私のわがままを聞いて下さって、ありがとうございます」

江尻は深く頭を下げた。

「いえ、私たちの方こそ、こちらの都合を押しつけようとしてすみませんでした。一つ伺《うかが》ってもよろしいですか?」

「何でしょう?」

「これから先、どう生きていくおつもりですか?」

「このまま蓄えが尽きるまで、ここで息子や妻と暮らしていくだけです」

「つまり、蓄えがなくなった後は、死を待つのみということですね?」

「そうです。もう、この世に未練はない。早くあの世に行って、三人で暮らしたい。ですが、自殺はしないと決めています。自殺をしたら天国には行けないというでしょう? あの世でも離れ離れになるのは嫌ですから」

江尻は力ない微笑みを覗かせた。

「その命、もう少し、役立ててみませんか?」

「どういうことでしょう?」

江尻が怪訝《けげん》そうに問う。

木南は内ポケットから封筒を取り出した。中から四つ折にした用紙を一枚取り出し、広げて、江尻の前に差し出す。

写真入りの報告書のようなものだった。

江尻は用紙を取り、目を向けた。読み進めるほどに、みるみる目が見開く。

「何なんですか、こいつは……」

江尻の眉間《みけん》に縦皺《たてじわ》が立った。

吉峰瑛二《よしみねえいじ》という男の経歴が記されている。

吉峰は六十五歳。吉峰会という法人を持ち、関東近郊で私立の保育園や幼稚園、認定こども園などを経営している。

地元では名士として知られているが、吉峰には裏の顔があった。

それが児童ポルノビデオの制作と販売だ。

吉峰は、経営する幼稚園や保育園などで目を付けた子供を言葉巧《たく》みに騙《だま》し、園のＰＲビデオの撮影と称《しょう》して子供たちの裸を収め、それを編集して、裏ルートで販売していた。

問題が発覚しそうになると、親に多額な金を払い、時に裏ルートの人間を使って、口を封じていた。

親によっては、逆に金になることを知り、子供を売る者までいたと、レポートには記されている。

普通に生きてきた者なら、このレポートをすぐに信じることはないだろう。

が、江尻は怒りに震えた。

子供たちの未来を弄《もてあそ》ぶゴミクズのような大人がいることを、肌身に沁《し》みて知っているからだ。

「江尻さん。天くんを酷《ひど》い死に追いやった越川は、もうこの世から消し去りました。しかし、越川のような者はまだまだ世間にはびこっています。それも善人面《づら》をして、のうのうと生きている。許せますか？」

木南が問いかける。樫田は顔を伏せていた。が、その口元には笑みが滲む。

「私は許せない。人の皮を被《かぶ》った畜生《ちくしょう》が太陽の下を闊歩《かっぽ》しているのかと思うと、胸が掻《か》きむしられるほどの憤りを覚えます。しかし、そこにも書いてあるように、こういう連中は裁かれることなく、生き延《の》びる。一方で純真《じゅんしん》無垢《むく》な命は穢《けが》され、たった一度の人生を潰《つぶ》される。こんな理不尽《りふじん》なことがまかり通っていいんでしょうか？」

木南は畳みかけた。

江尻の顔が紅潮《こうちょう》する。レポートを握る手がぶるぶると震えた。

「江尻さん。あなたの命、正義のために使ってみませんか？」

「正義とは？」

江尻が力強い視線を向ける。先ほどまでの死んだような目の色は消えていた。

「子供たちを、いや、懸命に生きている人たちを、理不尽から解き放ってあげるため、戦うことです。あなたが天くんの無念を、生涯かけて晴らしたように」

木南の言葉に、江尻の眼光が輝いた。完全に生気を取り戻したようだった。

樫田が顔を起こした。

「江尻さん、吉峰の粛清《しゅくせい》は、一週間後に決行しようと準備していますが、ドライバーが足りません。もし、江尻さんが手伝っていただけるのであれば、ぜひともお願いしたいのですが」

樫田の話に、木南が続ける。

「私からもぜひお願いしたい。この仕事、誰でもいいわけではありません。江尻さんのように、本当の痛みを知る人にこそ手伝っていただきたいのです。いかがですか？」

木南が訊いた。

江尻は怒りをあらわにしていた。一方で、戸惑《とまど》いも覗かせた。

越川に関しては、自分は当事者だ。しかし、江尻は越川をさらっただけで、直接の殺害には関与していない。損壊遺体をばらまいたのも、樫田の部下だ。

木南は江尻の迷いを見透《みす》かしたように、声をかけた。

「江尻さん。あなたに手伝っていただくのは、全体のうちの一部です。あなたが直接手を下すことはありません。いえ、あなたのような美しい心を持つ方の手を汚すような真似《まね》はさせない。その点は安心して下さい」

「本当ですか？」

「約束します」

木南は強く言った。

江尻は即答しなかった。視線をうつむける。

「すぐには結論を出せないでしょう。また三日後、こちらに伺わせていただきます。じっくり考えて、答えを聞かせて下さい。一応、これは置いておきます」

木南は封筒をテーブルに置いた。

「吉峰の所業《しょぎょう》の詳細を記《しる》してあります。目を通してみて下さい」

木南は立ち上がった。樫田も立つ。

「ではまた、こちらから連絡させていただきます。お体、大切にして下さい」

木南は一礼し、玄関へ向かった。樫田も続く。江尻は座ったままだった。

二人でマンションを後にする。近くの駐車場に停《と》めてあった車に乗り込んだ。

運転席に乗った樫田が、シートベルトを締めながら、助手席の木南に話しかけた。

「江尻、落ちますかね？」

「落ちたも同然だ。三日後、必ず、俺たちに協力する」

「吉峰のことをサツにたれ込んだりしませんかね？」

「それならそれでいい。吉峰は破滅だ。しかし、それはないだろうな」

「なぜです？」

「どうして俺が、最後に、江尻の手は汚させないと強調したか、わかるか？」

「安心させるためでしょ？」

「それも一つだが、もう一つ大きな意味がある。江尻自身、殺しはやっていないが、越川殺しに深く関わっているということを再認識させるためだ。最初に会った時、死んだような目をしていただろう。あの目の色のままなら、処分するしかないかと思ったが、吉峰のレポートを見て怒り、生気を取り戻した。一度死んだ人間が生気を取り戻すと、怖れるものはなにもなくなる。江尻はこの三日間で、そのことをいやというほど、思い知るだろうな」

「なるほど。やっぱ、すげえな、木南さんは」

「人間の性《さが》を知れば、簡単にわかることだ。おまえももう少し賢くなれ」

「勉強させてもらいます」

樫田は言い、車のエンジンをかけた。

3

栗島は、結局一睡《いっすい》もせず、消えていく動画の行方を追っていた。

追っていくうちに気づいたのは、消される動画が殺人や死体損壊のものだけではないということだ。

児童ポルノや猥褻《わいせつ》動画、テロリストやカルトのPR動画、過激な暴力描写の動画など、公序良俗《こうじょりょうぞく》に反するあらゆるジャンルのものが次々と消されている。中には刻んだ臓器を並べて、移植希望者を募るような動画まであった。

栗島は、動画が消された時に、一瞬だけ残るIPアドレスを拾《ひろ》い、追跡していた。

ほとんどのIPアドレスは、三つほどのサーバーを経由すると、その痕跡《こんせき》を自ら消してしまう。おそらく、IPアドレスの自動消去プログラムが仕込まれているのだろう。

それでも、可能な限り追っていると、画像を消している何者かのIPアドレスの経由サーバーがわかってきた。

当初は、エストニアやケイマン諸島、中国のサーバーを踏んでいるものと思っていたが、何者かは意外にも、アメリカや西欧、日本など、先進国のサーバーを経由させていた。

栗島はひたすら、IPアドレスの痕跡を追い、右側のモニターに映し出した世界地図に、何者かのIPアドレスが経由したサーバーを点で記していった。

地味で面倒な作業ではあるが、こうしてデータを集めることが大事だ。

まだ、二百件ほどのデータしか集められていないが、これが五百、千と増えるほどに、さらに何者かの居場所に近づいていく。

この何者かにたどり着いたところで、自分にメリットがあるわけではない。

が、栗島は、何かに取り憑《つ》かれたように、謎《なぞ》の消去屋を追っていた。

インターフォンが鳴った。

栗島はビクッとして、手を止めた。

テーブルの端に置いたインターフォンの子機の画面を見やる。

「えっ？」

栗島は充血した目を見開いた。

周藤だった。

子機を取って、繋《つな》ぐ。

「どうしたんですか？」

――すまん、起こしたか？

「いえ、起きてましたけど……」

――ちょっと、いいか？

「はい……」

栗島は子機を置いて、玄関へ出た。鍵《かぎ》を開け、ドアを開く。

薄暗い廊下に陽《ひ》が射《さ》し込む。栗島はたまらず目を細めた。

周藤は、栗島に微笑みかけた。廊下の奥の方から光るモニターの明かりを見やる。

「何か作業していたのか?」

「ええ、まあ……」

「上がっていいか?」

「はい。どうぞ」

栗島は部屋へ招き入れた。

ドアが閉まると、また廊下は薄暗くなる。

周藤は栗島の後から、部屋へ入った。

「この薄暗さ、思い出すな。初めて、おまえの部屋に入った時のこと」

周藤が言う。

栗島も当時を思い出していた。

周藤が栗島に暗殺部の話をしに来た時も、栗島は薄暗い部屋にこもっていた。

明かりは、モニターの光だけ。窓は分厚いカーテンに覆《おお》われ、昼夜の別もわからないほど。

「カーテン、開けていいか?」

「はい」

栗島が返事をすると、周藤は敷きっぱなしの布団をまたぎ、遮光《しゃこう》カーテンを左右に開いた。

部屋が明るくなる。栗島はまた眉間に皺を寄せ、目を細めた。

周藤の姿が陽光に重なり、黒く見える。しかし、口元の歯だけは、くっきりと白く映った。

「あっ……」

栗島が目を開ける。

あの時と同じだった。

長い間、カーテンを閉め切った部屋に光を入れてくれたのは、周藤だった。

陽光をまとった周藤は、自分を闇《やみ》から救い出してくれる神のように見えた。

周藤は布団の上に座り、胡座《あぐら》をかいた。

「目が真《ま》っ赤《か》だな。ずっと、パソコンをいじってたのか？」

「はい……。あの、ファルコン……。今回の案件、断わって、その……」

「大丈夫か？」

「えっ？」

「おまえのことは、俺はよくわかっているつもりだ。あの画像はきつかったな。おまえの経歴を知っている俺が、もう少し配慮すべきだった。すまない」

周藤が太腿《ふともも》に手をついて、頭を下げる。

「あ、いや……」

栗島はうつむいた。唇《くちびる》を噛み、涙ぐむ。

うれしかった。

死体損壊の画像を見て、ＰＴＳＤを患《わずら》っていたあの頃に引き戻されたような気がした。

暗い部屋に閉じこもっていると、もう戻れなくなるのではないかと不安になった。

しかし、あの頃とは違う。

自分を気にかけてくれる人がいる。自分に頼み事をしてくれる人もいる。

独りじゃない。

「おまえを連れ戻しに来たわけじゃないんだ。ちょっと調べてほしいことがあってな。おまえにしかできないから」

周藤が言う。

栗島は目尻にわずかに滲んだ涙を気付かれないように人差し指の腹で拭《ぬぐ》い、顔を上げた。

「なんですか？」

「こいつの顔写真をサーチしてくれないか？」

周藤は言い、プリントした写真を数枚出した。

「これ……」

栗島は写真を受け取り、見つめた。

「越川を連れ去ったハイヤーの運転手の顔写真だ。捜査本部がオービスや防犯カメラから抽出《ちゅうしゅつ》したものなんだが」

周藤が話していると、栗島が小さく笑った。

「どうした？」

「いや。実は、顔写真を調べてくれと言われたの、二人目なんです」

「運転手の写真か？」

「いえ。サーバルが何か調べていたらしくて、いきなり電話がかかってきて、この写真の男がどこにいるか、至急調べてくれと言うんで」

笑顔で話していたが、ハッとして真顔になった。

「すみません！　業務以外で接触して、調べ物したりして」

栗島が肩を竦《すく》めて縮こまる。

「仕事に支障がなければ、プライベートは好きにしてくれていい」

周藤は微笑み、話を続けた。

「そいつが運転していた車は、浦安市郊外の駐車場で放置されているのが見つかった。毛髪などの遺留品は何も出てこず、ハイヤーの線からは追い切れなかった」

「だから、顔写真で検索するというわけですか？」

「そうだ。都内全域の防犯カメラ映像から検索できれば、ありがたいんだが」

「やってみます。ちょっと時間かかるかもしれないですけど」

「頼む」

「ファルコン、僕、オフィスに戻っていいですか？」

栗島が切り出した。

「無理しなくていいんだぞ」

「そういうわけじゃありません。都内全域となると、管理サーバーに侵入しなきゃいけないので、うちの回線を使うよりは、オフィスの回線の方がいいかなと思って」

「なるほど。それもそうだな。じゃあ、そうしてくれ。明日からでいいぞ」

「いえ、今日からやります。今、立ち上がらないと、尻込みしてしまいそうなんで」

「そうか」

周藤は頷いた。

「ちょっと待っててください。用意しますから」

栗島が準備を始めた。

周藤は立って、モニターを覗いた。栗島がシャットダウンしようとする。

周藤は、左側のモニターに映っていた静止画に目を留めた。人が柱に縛り付けられているものだった。

「待て。何を調べていたんだ？」

訊いた。

「これ……サーバルに頼まれた人物を調べていた時に、裏サイトに流れる動画が次々と消えていくのを見つけたんです」

「どういうことだ？」

「わかりません。初めは、投稿者がアップしてすぐ消したのかなと思ったんですけど、見てたら、あきらかに誰かによって意図的に消されているみたいなんです」

「嶋田氏のようにネットワークを監視している者もいるからな」

「そうですね。でもそのほとんどは、表に出る動画や画像などのチェックですよね。コンプライアンスを守るために、各社が独自にファクトチェックをしていることも知っています。けど、裏サイトの動画や画像全般をチェックしているというのは、あまり聞いたことがありません」

「そうだな……」

周藤が腕を組む。

「ですが、そうした仕事が存在することは知っています」

「仕事？」

「コンテンツモデレーションってやつです」

栗島は周藤を見やった。

コンテンツモデレーションとは、SNSや動画サイトへの投稿をチェックして、不適切と判定したものを削除する行為だ。

ファクトチェックと同じようなことだが、コンテンツモデレーションは秘密裏《り》に行なわれ、投稿者には何が規定に違反したのかを知らせないまま、問答無用に削除する。

こうした行為は、ネット空間の秩序を保つ一方、言論・表現の弾圧にもあたりかねない。

ファクトチェックは企業がコンプライアンスを重視しているというイメージに寄与するが、コンテンツモデレーションは企業の言論弾圧を意味し、イメージを壊すことになる。

「コンテンツモデレーションは、僕がPKO部隊にいる頃から行なわれていました。けど、表に出ることはなかった。誰かが恣意《しい》的に表現の自由を奪っているとなれば、世界中で大騒ぎになりますから」

「それが行なわれていると？」

「おそらく。ただ、削除スピードがあまりに速いので、気になって調べていたんです。コンテンツモデレーターは全世界で十万人はいると言われていて、企業として人を雇い、大手IT関連企業から秘密裏に仕事を請け負って二十四時間、三百六十五日の稼働体制でチェックと削除を行なっているところもあります。その多くはフィリピンやタイに拠点を置いている会社です。けど、僕が見つけたところは、どうも違うようなんです」

「違うとは？」

「まだ、解析中なんで何とも言えないんですが、拠点はアメリカやヨーロッパ、日本などの先進国にありそうなんです」

　栗島が眉間に皺を寄せて語る。

「何が気になっているんだ？」

　周藤は栗島を見やった。

「東南アジアなどで行なわれているなら、それは仕事として行なっているのだろうと判断できます。他人の発信を意図的に消す行為は褒《ほ》められたものではないですが、仕事として、公序良俗に反するものを一般の人々から遠ざけるという行為には一定の理があります。それは全世界のマスコミも行なっていることですから。すべてを赤裸々《せきらら》に晒《さら》すことが伝えることではないと思います。知る必要のない現実もありますから」

　栗島はめずらしく雄弁《ゆうべん》に語っていた。

「ですが、僕が見つけた人、あるいは人たちは、選別をしている気配がないんです。とにかく、ひどい動画や画像を片《かた》っ端《ぱし》から削除している印象です。その中には臓器移植希望者を募集する動画もあったのですが。それを見ていると、思い出すんです。僕がＰＫＯ部隊で情報解析していた時のことを」

　そこまで話し、栗島は少し言い淀《よど》み、うつむいた。両手の拳を握る。手は震えている。

「俺の依頼を片づけたら、彼らを追ってみろ。オフィスの回線を使ってかまわない」

周藤は栗島の目の奥に、熱を感じた。

栗島はまっすぐ周藤を見つめた。

「正義です。彼らの主張は正義で、他は悪。なので、悪の喧伝《けんでん》を消し去ることに、なんら疑問を抱かない。むしろ、それが世の中のためになると信じて疑わない。多様性を認めない人たちは、必ず先鋭《せんえい》化して暴挙に走る。僕が見てきた現実です。それと、この何者かの削除のやり方は同じニオイがするんです」

「思想か？」

「ゲリラです。彼らは自分たちのPR動画は積極的に流していましたが、一方で、自分たちを非難したり貶《おとし》めたりする動画やメッセージ、資本主義や他宗教の価値観を流布するものは、目についた先から削除していました。そのための専門部隊も作っていたようです。その根底《こんてい》にあるものが何か知っていますか？」

「同じようなとは？」

「そこで、同じような消し方を見たことがあるんです」

が、栗島は頭を振って、顔を上げた。

周藤が声をかける。

「ポン、もういいぞ」

「ありがとうございます！」

栗島は頭を下げ、あわただしく準備を始めた。

周藤は栗島を静かに見守った。

4

有松は、コンクリートに囲まれた窓もない地下室に転がされていた。

青いビニールシートからは出されていた。が、地下室に明かりはなく、周りの状況がわからない。

口にはタオルを巻かれていた。口の中にあふれた血を吸い込み、噛むとぐちゅぐちゅしている。

アキレス腱を切られた痛みで、意識が飛びそうになるのを耐えながら、呻く。

床と接する額《ひたい》から汗が流れ出て、汗溜まりができ、頰《ほお》を濡《ぬ》らしていた。

重い扉が開いた。廊下の明かりが差し、二つの影が伸びた。

有松は座ったまま顔を上げようとした。が、両脚に激痛が走り、たまらずその場で身を丸めた。

明かりが点いた。有松は目を細めた。

「おー、有松さんじゃねえか」

野太い声が響く。

九谷の声だとわかり、さらに縮み上がる。

顔を傾け、目の端で声のした方を見やる。九谷の横に、自分に斬りつけた若い男もいた。

「あーあ、アキレス腱を切っちまったのか。おまえなあ。腱は結構高値で売れるんだぞ」

「知らねえよ。逃げられるよりはマシだろうがよ」

二人は、普通に会話をしながら、有松の横まで歩いてきて立ち止まった。

九谷がしゃがんだ。有松の髪の毛をつかみ、顔を上げさせる。

有松はタオルを嚙みしめ、呻いた。九谷の肩越しに若い男が映る。

「おまえ、こいつが誰か、知ってんのか？」

九谷が背後を一瞥した。

「黒波だ。俺らの業界じゃ、知らねえヤツはいねえってほどの用心棒よ」

そう話し、ニヤリとする。

血の気が引いていた有松の顔が、さらに蒼白《あおじろ》くなった。

「なんだ、知ってたのか。逆らわなきゃ、痛え思いしなくてすんだのにな」

神馬は嘲笑《ちょうしょう》を漏らした。

九谷は髪の毛をつかみ、ずるずると壁際まで引きずった。

アキレス腱の傷が床にこすれる。有松は喉から悲鳴を絞り出した。

九谷は有松の上体を引っ張り起こし、壁を背に座らせた。正面に立ち、見下ろす。

神馬は斜め後ろでポケットに手を突っ込み、有松を見据えていた。

「さてと。てめえ、うちゃ他でいくら飛ばしたか、わかってるか？　うちだけで三千万だ」

九谷が言うと、有松は目を剝いて、激しく顔を横に振った。

「九谷さん。そいつ、なんか言いたがってるぞ」

神馬が言う。

九谷は左手を伸ばし、有松に嚙ませてあるタオルを強引にずり下げた。

口が自由になった途端、有松が叫んだ。

「オレはそんなに借りてない！」

「あ？　少なかったか？」

「違うよ！　オレがあんたのとこから借りたのは百万だ！」

有松が声を張った。口の奥にあった折れた歯が血の塊《かたまり》と共に飛び出た。

その血が、九谷のスラックスの裾《すそ》にかかった。

「何すんだ、こら！」

野太い声で怒鳴る。

「す……すみません……」

有松が怯えて九谷を見上げる。

「これ、オーダーメイドの一点モンだぞ。まあいい。これも弁償な。二百万」

「そんな……」

有松の声が震える。

「他の賭場で踏み倒した分も含めりゃ、三千万。それに、スーツの弁償二百万だから、しめて三千二百万だな。どうやって払う？」

九谷が左目で見据えた。

「まあ、てめえみたいなクズには払いようがねえわな。心配するな。手配はしてやる」

片笑みを覗かせる。

「ま、待ってください！　スーツは弁償させてもらいます！　九谷さんのところの借金もきっちり耳を揃《そろ》えて払わせてもらいます！」

「いくら払うつもりだ？」

「九谷さんに借りた百万とスーツの弁償代二百万。三百万円なら、今すぐ、耳を揃えて払えます！」

「桁《けた》、間違ってねえか？」

「勘弁してください！　三百万が三千万だなんて、ひどすぎます！」

有松は涙声になっていた。

「貸す時言ったろ。トゴだと。てめえ、何カ月逃げてたと思ってんだ？　四カ月だ、四カ月。それでいくらになる？」

「一千万いかないじゃないですか！」

「まあな。けど、てめえは著しく、俺様の名を穢した。その慰謝料が二千万だ」

「そんなの……」

「うるせえなあ」

九谷は有松の脛《すね》を踏みつけた。

有松が声にならない悲鳴を放った。アキレス腱の傷から血が噴き出す。有松の顔からドッと脂汗《あぶらあせ》もしぶいた。

「俺は顔を潰されるのが一番腹立つんだ。わかるか、こら？」

さらに容赦なく、傷口を踏み続ける。

有松の体が痙攣《けいれん》し始めた。唇はみるみる紫《むらさき》になり、口辺から泡を吹く。

神馬はガクガクと上下に揺らぐ有松の顔を見た。黒目は焦点を失い、虚《うつ》ろだった。

「あらら、ショック症状だな、これ」

笑う。

「もうすぐ、くたばっちまうよ。内臓売りたいんだろ。どうすんの？」

九谷に訊く。

「しょうがねえな……」

九谷はスマートフォンを取った。画面をタップしながら、神馬を見やる。

「おい、少しくらい、なんとかなんねえか？」

「ショックが起こったら、薬がねえと無理だがな。注射器とスポーツドリンクはあるか？」

「何すんだ？」

「スポーツドリンクを代用血液にするんだよ。よくなることはねえが、少しは生き存《ながら》えるかもしれねえ」

「ありがてえ。生体と死体じゃ、価値は変わるからな」

スマホを耳に当てる。

「おい！　すぐ、地下に注射器とスポーツドリンクを持ってこい！」

九谷の声が地下室に響く。

九谷はスマホをいったん切った。

「黒波、こいつを頼む。俺は、医者を手配してくるから」

「わかった」

神馬が答えると、九谷は地下室から駆け出た。

九谷を見送り、神馬は有松の脇に屈《かが》んだ。顔や腕を触る。体温が下がっている。目は完全に飛んでいた。

「もう助からねえな、おまえ。心配すんな。無駄死にはさせねえから。悪いことは言わねえ。今度はちゃんと生きろよ」

神馬は有松の腕を強く握った。

5

凜子は、武蔵東西病院の平井と昼食を共にしていた。

「お忙しいところ、突然お邪魔したのに、こんな素敵なお店に連れてきていただいて、ありがとうございました」

凜子は言いながら、グラスワインを傾けた。

平井が凜子を連れてきたのは、住宅街の一角にある隠れ家のようなステーキ店だった。アットホームな雰囲気《ふんいき》のテーブルが並ぶ中、平井は個室を予約していた。そこで静かに、凜子と二人で食事をしていた。

サーロインステーキのランチコースを食べ終え、凜子と平井はワインを酌《く》み交《か》わしていた。

「ちょうど私も当直明けだったもので。家に帰って、昼間から独りで晩酌《ばんしゃく》というのも淋《さび》しいですから」

平井は少し頬を染め、自嘲《じちょう》した。

「でも、いろいろとお話を伺って、勉強になりました。私共も、がんばってジェル状の皮膚細胞を完成させ、先生の移植手術に貢献《こうけん》できればと思います」

凜子は平井を持ち上げながら、調子を合わせた。

食事中、凜子は平井が得意とする臓器移植手術のことを訊きまくった。

初めのうちは遠慮がちに話していた平井も、次第に自慢げに舌を回し、最後には臓器移植の未来を創るのは自分だと言わんばかりの弁舌を振るった。

凜子は、そんな平井に尊敬の眼差《まなざ》しを向けた。

平井の履歴は調べ上げた。

現在、三十九歳の独身。若い頃、一度同期生の女医と結婚したが、臓器移植に対するアプローチの違いが亀裂《きれつ》を生み、二年で離婚した。

以降、仕事にのめり込み、現在に至る。

話を聞く限り、結婚した女医が、平井に反発したのもわかる気がした。

平井は臓器移植を積極的に推進していた。

より多くの人を救うには、より多くの臓器移植を行なった方がいいという考えだ。

凛子も、様々な〝遺体〟を目にしてきた女性だ。自分たちが〝処分〟した者の臓器を有益に使えるなら、それもありではないかと思う。

しかし、平井は生体腎移植や生体肝移植も推《お》し進めようとしていた。

現在、生体腎肝《じんかん》移植は、親族間と配偶者でのみ認められているが、平井は他人同士の生体腎肝移植も認めるよう、移植学会に働きかけている。

脳死に関するコンセンサスが曖昧《あいまい》な日本で、臓器提供を待っているだけでは、今苦しんでいる人たちを救えないというのが、平井の主張だ。

さらに平井は、多くの生体腎、生体肝移植を行なうことで、人々の中にある臓器移植への懸念を払拭し、真の移植時代を一日も早く確立させなければならないとも述べた。

平井の見解にも一理あるが、生体臓器の移植に関しては慎重でなければならない。

東南アジア地域では、貧しい人々がわずかな金で腎臓や肝臓を売っている。

それで助かる人はいるが、臓器を売った人はその後、周囲からは非難され、体も悪くして働けなくなり、苦痛を強《し》いられている。

中には、ブローカーに騙され、臓器だけを取られて金はもらえないという悪質なケースもある。

移植の自由化を無原則に推し進めれば、全世界で、臓器の売買が横行することになるだろう。

それは、命に格差を付けることに他ならない。

「そういえば、肝心《かんじん》なことをお伺いしていませんでした。よろしいですか？」

「ええ、私で答えられることなら」

平井が微笑む。

凜子はグラスをテーブルに置いた。

「先生は、手術の訓練はどうなさっていたんですか？」

平井の顔を見つめる。

一瞬、笑みが固まり、かすかに平井の黒目が泳いだ。

「あ、ごめんなさい。不躾《ぶしつけ》でした」

凜子は頭を下げた。

「いえ、そんなことはありませんよ」

平井が笑みを作り直す。

空いたグラスにワインを注ぎ、喉を潤《うるお》わせて、改めて凜子に目を向ける。

「3Dプリンターはご存じですよね？」

「はい、もちろん」

凜子は答え、少しワインを口に含んだ。

「臓器や臓器周りの血管、神経、脂肪などをシリコン素材で造り、それで切断から摘出、縫合《ほうごう》までを練習するんです」

「かなり精巧《せいこう》に造れますものね、今の３Ｄプリンターは」

「驚きますよ。まあでも、実際の人体と違うところもあるのは事実です。そこは、献体に出していただいた方の体で、確認しています」

「やはり、そうですか。それで腑《ふ》に落ちました。この頃は、３Ｄプリンターで作製した臓器やＶＲで練習するといろんな先生方が話していたんですが、それだけでうまくなるものかと思っていましたもので」

「それだけでも、かなり腕は上達します。ただ、体内は百人いれば百通りなんです。脂肪の厚さが数ミリ違うだけで施術《せじゅつ》の方針も大きく変わりますし、血管の太さや神経の通る位置、角度も人によってそれぞれです。それは生身の人体でしか検証できません。でも、近い将来、代用もできるのではないかと考えています。ＭＲＩなどで細かなデータを取り、それを詳細に反映させ、クローンと見紛《みまが》うほどの人工人体を造る。松尾さんたちの研究も、きっとそうした未来の医療の一翼《いちよく》を担うと思いますよ」

「ありがとうございます。平井先生のような方にそう言っていただくと励みになります」

凜子はワインを飲み干してグラスを置き、腕時計に目を落とした。

「あら、もうこんな時間。楽しくて、あっという間でした」

「私の方こそ、お引き止めしてしまってすみませんでした。行きましょうか」

「はい」

凜子は立ち上がった。

平井も立ち上がり、伝票を取った。

「ここは、私が」

凜子は伝票に手を伸ばすふりをして、平井の手前でよろけた。

「あっ」

平井がとっさに腕を伸ばした。その腕をつかみ、胸元を寄せる。

「すみません。少し酔っちゃったかな」

上目遣《うわめづか》いに平井を見やる。

平井の黒目が大きくなった。

凜子は離れて、姿勢を正した。

「本当にすみませんでした。私、実はあまり強くないもので……」

「そうでしたか。そうとは知らず、私も勧《すす》めてしまって、申し訳ありませんでした」

笑顔で情欲を包み隠す。

「今日は私が付き合っていただいたので、奢《おご》らせて下さい」

平井が懸命に紳士を気取《きど》る。

「そうですか。じゃあ、ご馳走《ちそう》になります。その代わり、今度は私に奢らせて下さいね」

少し体を寄せる。

平井は頬を赤らめ、凜子から逃げるように個室を出た。

ほんと、男の人って単純ね。

凜子は会計をする平井を見やり、ほくそ笑んだ。一足先に店を出る。

支払を済ませた平井が出てきた。

「ご馳走様でした」

「いえいえ。こちらこそ、ありがとうございました」

「あの、平井先生。よければ、もう少し付き合っていただけませんか?」

誘いかけ、秋波《しゅうは》を送る。

平井が再び、期待に高鳴り、黒目を濃くした。

「ちょっとコーヒー飲んでいきたいんですけど」

「ああ、そうですね。いいところがありますよ」

平井は照れたように笑い、歩きだそうとした。と、平井の胸元で電話が鳴った。

「ちょっと失礼します」

平井がスマートフォンを取り出す。画面を見た平井は真顔になった。

凜子に背を向け、口元を隠すように話しだす。

「平井だ。うん……うん、わかった。すぐに行く」

手短に電話を切り、笑顔を作って振り返る。

「すみません、松尾さん。急なカンファレンスが入って、戻らなければならなくなりました」

「これからですか？」

「ええ。こういうことはよくあるもので。ここで失礼します」

「お体に気をつけて下さいね」

「ありがとうございます。では」

平井は会釈《えしゃく》をし、急ぎ足で去って行った。

「なんだか、妙ね……」

凜子は小走りで去って行く平井の背を、目で追った。

6

伏木は凜子から連絡を受け、渋谷駅前にいた。いつものスーツにハットという姿ではなく、ジーンズにワイシャツというラフな格好をし、キャップを被って、サングラスをかけている。

植え込みのガードに腰かけ、スマートフォンをいじっている姿は、街に溶け込んでいる。

伏木はちらちらとスクランブル交差点の方を見ていた。

と、タクシーが駅前で停まった。

「あれだな」

サングラスの上縁から、ちろりと覗く。

タクシーの後部ドアが開いた。

平井が降りてきた。

伏木はサングラスで目を隠し、立ち上がった。

平井は人混みにまぎれるように歩道に立ち、信号が変わるのを待った。伏木は平井から二人挟んだ後方に付いた。

凜子は、平井と別れてすぐ、智恵理に連絡を入れ、平井が乗ったタクシーの追跡を依頼した。

智恵理はタクシー会社に連絡を入れ、当該タクシーの行き先を特定し、伏木に連絡。尾行を指示した。

平井は神経質そうに周りをきょろきょろと見回していた。

信号が変わる。

平井は人混みを縫《ぬ》い、足早に道玄坂《どうげんざか》の上の方へ歩いていく。

伏木は、人影に隠れつつ、平井の背を見据え、離されないよう付いていった。

そのままどんどん神泉《しんせん》の方へ進んでいく。

「確かに妙だ」

小声でつぶやく。

平井は三鷹《みたか》の方から来ている。神泉方面へ行くなら、道玄坂上の国道二四六号線沿いで降りた方が近い。わざわざ駅前まで来るのは遠回りだ。

意図的に、駅前まで来たと考えるのが妥当《だとう》だろう。行き先を特定されたくないという心理の表われだと、伏木はみた。

道玄坂を抜けた平井は、路地に入っていった。

伏木は路地手前の壁に身を寄せ、平井の動向を見つめた。

平井はビルとビルの間に入っていった。小走りで後を追う。

さらに狭い通路を覗くと、平井の姿が消えていた。

通路を歩いてみる。右手の古いビルに通用口と思われるドアがあった。

「ここに入ったんだな」

伏木はそのまま通路を抜け、通用口がかすかに見える道路の壁際にもたれ、平井を待つ。

その間に、位置情報で場所を確認し、その情報をメールで智恵理に送った。

7

平井が通用口から入ると、カウンターバーの事務所に出た。

「遅かったじゃねえか」

出迎えたのは、六角一家の九谷だった。

「これでも急いできたんですよ」

平井が言う。

「まあいい。こっちだ」

九谷は平井を連れ、地下への階段を降りていった。

分厚いドアを開ける。蝶番《ちょうつがい》の軋《きし》みが通路に響く。

平井は横たわる有松の脇にいる小柄な男に目を留めた。

「彼は？」

初見の男に警戒し、足を止める。

「俺の仲間だ」

九谷は言い、平井へ入るよう、促した。

男が立ち上がった。九谷と平井を見やる。

「黒波、医者を連れてきたぞ」

「遅《おせ》えよ。もうすぐ、くたばるぞ」

神馬は九谷に目を向けた。

「早く診《み》てくれ」

九谷は平井の背に手を回し、押した。

よろよろと前に出て、神馬と有松の横まで歩いてくる。平井は神馬を一瞥《いちべつ》し、有松の脇に屈んだ。

鼻先に人差し指をかざし、首筋に指を当てる。目を親指で開き、瞳孔を確かめる。

「まだ生きてはいるが、彼の言うように、もう一時間ももたないな。この状態で生きているのが不思議なくらいだ」

平井が有松を見つめたまま言う。

「そいつが処置したんだよ」

九谷が神馬を見やった。平井が神馬に目を向ける。

「ショック症状でくたばりかけたんで、スポーツドリンクを静注《じょうちゅう》しといた」

「代用血液だね。君、医学の知識があるのか？」

「そんな大層なもんじゃねえ。死にかけたヤツからネタを聞き出す時に死なれちゃ困るだろ。それで、どうすりゃいいか、知ってただけだ」

　神馬はさらっと答えた。

「平井、そいつには気をつけろ。人を生かすより、殺すのが専門だからよ」

　九谷の言葉に、平井が顔を強ばらせる。

「心配すんな。金にならねえ殺しはしねえから」

　神馬は片頬を上げ、見下ろした。

「全部、使えるか？」

　九谷が平井に訊いた。

「腎臓や肝臓は冷却すれば行けるかもしれない。あとは血管と骨といったところか。提供者は？」

「腎臓と肝臓が欲しいヤツには、連絡を付けてある」

「なら、あと、骨と血管、骨髄が欲しいものをピックアップしてくれ」

「腱とか心臓は？」

　九谷が訊く。

　平井はふくらはぎに巻いたタオルを取って、腱の状況を確かめた。

「この状態だと厳しいね。心臓も無理だ。クーラーボックスと氷、ドライアイスもあるだけ用意してほしい。度数の高いジンもね」

「わかった」

九谷が部屋から駆け出る。

平井は神馬を見上げた。

「この腱を切ったのは君か?」

「そうだけど」

「刃物の使い方に慣れているね」

「その手の仕事をしてたからな」

神馬がそっけなく答える。

「今から、この男を解体して臓器を取り出す。手伝ってくれないか?」

「かまわねえけど」

「上に行って、切れそうな刃物を選別して持ってきてほしい。あと、フォークやアイスピック、マドラー、お湯と洗面器も」

「なんで、おれが——」

「その間、なんとかこの男は生かしておく。頼む」

「……わかったよ」

神馬は気だるそうに答え、ドア口に歩み寄る。

ずいぶん、手際《てぎわ》がいいな。

背を向けている平井を睨み、階段を上がった。

8

周藤はＤ１オフィスにいた。端の席では、栗島が、越川を乗せたハイヤーの運転手の画像を検索している。

栗島の検索結果が出るまでの間、他のメンバーから来た情報を精査していた。

「ファルコン、クラウンから連絡が来ました」

智恵理が声をかけた。

周藤は智恵理のデスクに歩み寄った。スマートフォンに届いたメールを周藤に示す。

「この住所は？」

「待ってください」

智恵理が、伏木の送ってきた住所をパソコンで調べ、表示した。

「渋谷の神泉駅近くにある〈ＰＯＰ１〉という雑居ビルですね。飲食店や遊技場が入っているビルのようです」

「リヴが接触していた平井という医師が、そのビルに入ったということか？」

周藤の言葉に、智恵理が頷く。

「どこに入ったかまではわからないそうですが、一階のビル間の通路にある通用口から入ったということですから、おそらく一階の店の出入口かと」

「ビルに入っている飲食店や遊技場、ビルの所有者など、そのビルに関する情報を調べてみてくれ」

「わかりました」

智恵理は首肯《しゅこう》し、作業を始めた。

周藤は栗島のデスクに行った。

「どうだ？」

モニターを覗き込む。

「いくつか、似たような人物は見つかったんですが、確定にまでは至っていません」

「元画像が粗いか？」

「それもあるにはあるんですけど、この人があまり、表を出歩いていないのかもしれません。カメラの多い繁華街なんかによく出かける人なら、ここまで特定に時間はかかりませんから」

「そうか。がんばってくれ」

周藤が栗島の肩を叩《たた》く。

栗島ははにかんで首を縦に振った。

「あ、そうだ。写真の検索をかけている合間に、例の消されている動画の件を調べていたんですが、ちょっと意外な結果が出ました」

「見せてくれ」

周藤は空いている椅子《いす》を引き寄せ、栗島の隣に座った。

栗島は三つあるモニターの一つに、解析結果を表示した。

「ほとんどのIPは途中までしか辿《たど》れなかったんですが、一つだけ、抜けたものがありまして」

話しながら、データを表示する。

「これなんですが」

栗島は行番号をクリックし、表示されている文字を白黒反転した。

周藤が目で追う。

「JP……日本か？」

「はい」

栗島が頷いた。

「国内に組織があるということか？」

「単なる経由地である可能性も否定はできませんが、他のIPの流れを集約させると、日本国内にコンテンツモデレートの拠点があってもおかしくない図式になります」

栗島がアイコンをクリックする。

これまでに調べたＩＰアドレスの最終地点から、放物線が日本国内に延びてくる。放物線はアメリカやヨーロッパにも飛んでいた。

「あくまでも、経由地からの算出で、推測でしかないんですけど、ＩＰの出所が、いわゆる先進国に集中しているのは間違いないようですね」

「そういえば、彼らが消していた動画の中に臓器売買のものもあったと言っていたな」

「はい。あからさまに募集しているものもありました」

「そうか……」

周藤は腕組みをして、天井を見た。

「どうかしました？」

栗島が訊く。

周藤は腕を解いて、やおら栗島に顔を向けた。

「おまえが調べたＩＰアドレスの追跡記録、プリントアウトしてくれないか」

「どうするんです？」

「ちょっと調べてみたいことがある」

9

地下室の床には、血が飛び散っていた。解体された有松の肉体の一部が、そこかしこに転がっている。

解体に使われた包丁やナイフ、マドラーなどの器具を置いているタオルも赤黒く染まっている。

コンクリートに閉ざされた空間には、生々しい血肉の臭いが充満していた。

「この状況を目にして、顔色一つ変えないとは。君は何者だ？」

平井が訊く。

と、傍《かたわ》らで作業を見ていた九谷が、部屋に響く大声で笑った。

「平井、そいつは殺し屋だ」

九谷の言葉に、平井は息を呑んだ。

「優秀な用心棒であると同時に、金を受け取りゃ、単身で組に殴り込んで、敵の大将の首まで取ってきちまうようなヤツだ。その程度の屍《したい》に驚きゃしねえ。なあ、黒波」

「うるせえな。さっさと済ませようぜ」

神馬は九谷を睨んだ。

作業をしながら、平井の手順を脳裏に焼き付けていた。

平井は、まるで魚を捌《さば》くような素早さで有松の体を開き、臓器を取り出していった。移植に必要な血管もきれいに残し、太さの違う血管を予備用に切り取って、同じクーラーボックスに入れた。

平井の手際の良さからみて、臓器移植に慣れているのは明白だった。

「これくらいで終わりかな」

平井がナイフを置いた。慎重にビニール手袋を外す。

神馬も立ち上がり、ビニール手袋を取って、床に放った。

肉の残骸《ざんがい》となった有松を見つめ、心の中で手を合わせた。

「この肉はどうすんだ？」

神馬が九谷を見た。

「そりゃ、こっちで処分しとく」

「料理にするんじゃねえだろうな」

「おいおい、そんな趣味はねえぞ、俺らは」

九谷が笑う。

「ところでよ。解体まで付き合ったんだ。もう少し、報酬上げてもらわねえと、割に合わねえ」

「わかってるって。うちの借金はチャラ。有松の捕獲に百万。解体助手料として百万。手取り二百万でどうだ？」

「バラしたこと、しゃべっちまうかもしれねえぞ？」

神馬が吹っかける。

平井が動揺をあらわにした。

「やめてくれよ、黒波。そんなことすりゃあ、てめえがどうなるかくらい、わかってんだろうがよ」

九谷は笑う。しかし、両眼は吊《つ》り上がり、鋭《するど》い圧を放っていた。

神馬が片笑みを覗かせた。

「冗談だよ。ここから先は、もう用はねえんだろ？　金くれよ」

「上に用意してある。もらっていけ」

九谷が親指を立て、天井に向けて動かした。

「また、うちへ遊びに来い。ショウセイに負けたまんまじゃ気に入らねえだろ。卓を用意してやる」

「気が向いたらな」

神馬は右手を上げ、地下室を出た。

九谷は笑って見送る。ドアが閉じた。

「九谷さん。あの男、大丈夫か？」

「ヤツなら心配ねえが、万が一のことがあれば、あいつもこうすりゃいい」

九谷は有松の肉片に冷たい目を向けた。

10

伏木は壁にもたれてスマートフォンを見るふりをしながら、ビルの通用口を見張っていた。

形《なり》は変わっていた。

キャップはなく、天然パーマの頭を晒している。薄いジャケットを着て、眼鏡をかけている。渋谷駅前で張っていた時の伏木とは別人だった。

伏木は、智恵理を通してアントに連絡を入れ、着替えを持ってこさせた。

そして、停めた車の中で素早く着替え、風体《ふうてい》を変えていた。

ちらちらと通路の先を見ていると、ドアが開いた。

顔をうつむけ、スマートフォンで隠し、上目遣いで出てきた者をチェックする。

蝶《ちょう》ネクタイをした制服姿の若い男が出てくる。その後ろから小柄でライダースを着た男が出てきた。

「おやおや……」

伏木は目を丸くした。

神馬だった。

神馬は若い男と二言三言交わし、伏木が立っているところとは反対の方向へ歩いていった。

若い男が一礼して神馬を見送り、中へ入る。ドアが閉じた瞬間、伏木は足早に通路を抜けた。

神馬の背後に迫る。神馬が立ち止まった。後ろ姿に殺気が漂う。

「クラウンだ」

小声で言った。

「何やってんだ?」

神馬が背を向けたまま言う。

「平井という医者を追ってたら、ここへ来たんだ。君こそ、何をしてたんだ?」

「そういうことか。細けえことはオフィスで話す。平井を追え」

「わかった」

短く言葉を交わし、二人は離れた。

11

オフィスを出た周藤は、警察病院を訪れた。受付を済ませ、ロビーで待っていると、女性看護師が近づいてきた。

「周藤さんですね？」

「はい」

「検査場所が変わりましたので、こちらへどうぞ」

女性看護師が促す。

周藤は看護師についていった。

廊下を右に左に進んで奥へ行き、医療器具の倉庫のような場所へ入っていく。看護師は雑然とした部屋をさらに奥へ進んだ。

非常口の扉のようなものがある。

「こちらからどうぞ」

看護師が言う。

「ありがとう」

周藤は丸い取っ手を回して引き開けた。地下への階段が伸びている。

ドアが閉まると、自動的にロックがかかった。

明かりの少ない螺旋《らせん》状の階段を降りていくと、行く手を塞ぐようにドアが現われた。取っ手はない。右脇にインターフォンがあるだけだ。

周藤はインターフォンを押した。

と、青白い画面が立ち上がった。周藤はその画面に顔全体を映《うつ》した。画面上部にある赤い点滅が緑色に変わる。

ロックの外れる音がした。内側からゆっくりとドアが開かれた。

明かりが顔に被る。周藤は少しだけ目を細めた。

「久しぶりだな」

笑顔で迎えたのは、加地だった。

警察病院の地下には、暗殺部処理課の本部がある。

暗殺の痕跡を跡形もなく消してしまうことから、処理課の課員は〝蟻《アント》〟と呼ばれ、処理課の本部は通称〝蟻《あり》の巣〟と言われていた。

むろん、蟻の巣の存在を知る者はごく一部だ。

また、アントは内偵中の暗殺部員の仕事を手伝うこともある。伏木に着替えの衣類を届けるような簡単な仕事から、時には調達した武器を渡しに行くこともある。

アントは、隠密裏に動くエキスパートの集まりだった。

アントと直接連絡を取れるのは、暗殺部各課のリーダーと智恵理のような連絡班兼執行見届け人だけだ。

加地はこの暗殺部処理課の長だった。コードネームはベンジャー。アントの仕事をする際はコードネームで呼ばれている。

周藤は加地と握手をした。

「お久しぶりです。急にすみません」

「かまわんよ。調べは進んでいるか?」

「進んでいるとは言い難いですね。彼らはかなり組織的に動いているようです」

「やはり、組織か」

「確定したわけではないのですが、少なくとも、単独ではできない犯行だとみています」

「だろうな」

加地がため息をつく。

「彼女は、どうですか?」

「相変わらずだな。この頃は、筋トレに嵌《は》まっているようで、地下に閉じ込められているくせに、ますます血色がよくなっているよ」

「筋トレですか。注意したほうがよさそうですね」

話しながら、迷路のような地下通路を奥へと歩いていく。

最奥の部屋の前に取っ手のない鉄扉があった。加地がディンプルキーを二つ出して鍵穴に差し込み、回して、そのまま取っ手代わりにしてドアを開く。

手前にある警察官の詰め所に入る。

「彼女は？」

加地が訊いた。

「今日も筋トレをしていますね」

警察官がモニターに目を向けた。

周藤もモニターを見る。

結月《ゆづき》は、下着姿で一心不乱《いっしんふらん》に腕立て伏せをしていた。

長井《ながい》結月は、以前、特殊遺伝子プロジェクトの闇取引に関わっていた女だ。D1の処分対象だったが、裏社会に精通《せいつう》しているところを考慮され、処分はされず、アント本部で拘束されることとなった。

結月が監禁されている部屋は十畳ほどの広さだ。ベッドやテレビ、冷蔵庫、ポットもあり、外へ出られないことを除《のぞ》けば、ワンルームマンションで生活しているようなものである。

「いいかな？」

周藤が警察官に声をかけた。

「どうぞ」

警察官は自動ドアを開いた。その奥に通路があり、二つ目のドアがある。

周藤はそのドアを潜《くぐ》り、接見室へ入った。

「面会だ」

警察官がマイクから結月に声をかけた。

——誰？

「暗殺部一課のファルコン氏だ」

——あら、久しぶり。

結月はあどけない笑顔を見せ、腕立てをやめて立ち上がった。タオルを取って汗を拭い、接見室のドアに近づく。

「服を着ろ」

警察官が命じた。

が、結月は監視カメラに顔を向けて言った。

——私と一希の仲よ。服なんていらないわ。

「いいから、着ろ！」

警察官が強い口調《くちょう》で命ずる。

——野暮《やぼ》な男は嫌い。

結月はふくれっ面《つら》を見せ、白いTシャツを着て、スエットのショートパンツを穿《は》いた。警察官がドアの真ん中を開いた。結月がタオルを首にかけ、両腕を出す。警察官は両手首に手錠をかけた。

ようやく接見室へのドアが開き、結月が周藤の前に姿を現わした。ドアが閉まり、自動でロックがかかる。

「一希、久しぶり過ぎ！　淋《さび》しかったぞ」

結月は瞳を潤ませて、周藤を見つめる。

周藤は冷ややかに結月を見返した。

警察官に連れて来られた結月は、周藤の前に置かれたパイプ椅子に座ろうとした。その時、結月の視線が一瞬、パイプ椅子を這《は》うように動いた。

「待て」

周藤が立ち上がる。

結月は中腰のまま、動きを止めた。

「俺と彼女のパイプ椅子は下げてくれ。ここには何も置くな」

結月を見据えたまま言う。

「それと、首のタオルも取れ」

「汗だくなのにー」

「Tシャツで拭けばいいだろう。早くしろ」

「はい」

警察官がカメラに向かって合図を送る。

八名の警官が中へ入ってきた。パイプ椅子を撤去し、結月のタオルも取り去る。

「みんな出てくれ。ここは二人でいい」

「承知しました」

警察官たちは敬礼し、接見室を出た。ドアが閉められ、ロックされる。

周藤はフロアに腰を下ろし、胡座をかいた。結月も座り、胡座をかく。

結月の髪はベリーショートになっていた。顔立ちは相変わらず幼げだが、筋トレにはかなり励んだようで、ほっそりとしていた首周りには筋肉が付き、汗で透けるTシャツの下に割れた腹筋が覗いている。

「その筋肉なら、パイプ椅子を自在に扱うくらい、造作《ぞうさ》ないな」

「勘繰《かんぐ》りすぎだよ。私、拘禁《こうきん》生活で体を壊さないようにと思って鍛《きた》えているんだから」

「さっき、最初の一撃を、パイプ椅子のどこを握って、どう攻めるか、考えていただろう?」

周藤が直視する。

結月は目を伏せて、ふっと笑った。

「かなわないなあ、一希には。面会に来るのが一希じゃなきゃ――」

やおら、顔を上げる。

「全殺しなんだけどな」

つぶらな瞳が狂気でぎらついた。

周藤をひと睨みした結月は、つまらなそうな顔になった。

「で、何？」

口ぶりも、先ほどまでの甘えた声ではなく不愛想《ぶあいそう》だ。

「今、裏の臓器売買の件を調べている。何か知っている情報はないか？」

「教えてあげなくもないけど、しゃべっても、私には何のメリットもないんだもん。そろそろお日様を拝《おが》ませてくれない？」

「ダメだ。生かされているだけ、ありがたいと思え」

「これが生きてるって言える？　二十四時間三百六十五日、狭い部屋に閉じ込められて、誰とも話せないし、冷蔵庫とかあるけど、自由に好きなものを飲んだり食べたりもできない。私、ペットじゃないよ？」

再び、瞳を潤ませ訴える。

が、周藤は冷たく見返した。

「さっきも言ったはずだ。おまえは生きているんじゃなくて、俺たちに生かされているだけだ。価値がなくなれば、処分するのみ。おまえの反論は認めない」

スパッと言い切る。

結月はため息をつき、顔を小さく横に振った。

「やっぱ、一希は、お涙ちょうだいじゃ落とせないわね。まあ、そういうクールなところが好きなんだけど」

周藤を見つめる結月の両眼から、潤みがスッと引く。

「臓器売買ね。十年前までは、主にブラジルやメキシコなどの中南米の組織が仕切ってた。それが南アフリカや中東系のテロ組織が仕切るようになって、今は東南アジアが主流になってる」

「中南米の組織が拠点を東南アジアに移したということか?」

「違うよ。テロ関連の組織は多くが潰れたみたいだけど、中南米や南アフリカの組織はまだある。需要と供給の問題よ」

「どういう意味だ?」

「昔は、人を殺すついでに、肉体を有効利用してお金にしただけ。けど、臓器移植の技術が進歩して、今は新鮮な臓器を取り出し、ユーザーに提供する必要があるの。死んだ後の臓器は鮮度が落ちるから、価格は暴落した。一方、生体から取り出す臓器は鮮度もいいから、高値で推移して、需要もある」

「誰が取引しているんだ？」

「富裕《ふゆう》層」

　結月はまっすぐ周藤を見た。

「欧米諸国、日本、最近では中国もそうね。世界の三パーセントといわれる富裕層で、臓器を必要とする人たちが、貧しい人たちから臓器を買っているの。東南アジアが重宝されているのは薬物依存や病気が少ないから。あのあたりも貧しいけど、アフリカの内陸部のような貧しさはない。それなりに健康的な臓器を育てる土壌がある」

「まるで、野菜や肉の取引のようだな」

「たとえじゃなくて、その通りよ。富裕層は他の人間を人間とは思っていない。自分たちに似た〝動物〟だと思ってる。殺してあげたいと思わない？」

　結月が心の奥を突こうとする。

　しかし、周藤は受け流した。

「組織の拠点はどこにある？」

　結月はまたため息をついて、話を続けた。

「それはわからない。昔ははっきりとした拠点があったけれど、今はネットが中心。ボーダレスで正体は知れない。まとまっていないのかもしれないね。小さな組織がいくつもあって、それらがネットワークを作ってる。一つの組織が摘発《てきはつ》されても、別の組織がその市場に入っていくだけ。ただ一つ、攻めどころはあるよ」

「どこだ?」

「病院。もしくは、同等の設備のある場所。最後は、移植しないと、お金にならないからさ。必ず、手術する場所はあって、そこは滅多なことがない限り動かせない」

「野戦病院のような形態もあるだろう」

「昔ならね。でも、さっき言ったように、今のユーザーは富裕層。入院滞在も含めて、設備が整っていなければ、取引をしない。表はきっときれいよ」

結月は失笑した。

「なるほど、言う通りだ。もう一つ、訊きたい」

「まだ、あるの?」

うんざり気味に口角を下げる。

「このIPアドレスなんだが」

周藤はジャケットの内ポケットから、プリントアウトしたIPアドレスの一覧表を出した。

「コンテンツモデレーションを行なっている連中のもののようなんだ。何かわかるか?」

結月はサッと目を通した。

「ああ、これもさっきの話と同じだね。拠点は先進国の各所にある。たぶん、大規模に組織化されているものじゃなくて、小規模の組織がネットワークを組んでいる感じ」

「なぜ、そう思う？」

「ＩＰの頭五桁の数字に共通点がある。一見、バラバラのプロキシを通っているようだけど、固まりがあるの。ということは、このモデレーターたちは、ＩＰアドレスの情報を共有していて、同じサーバーを別経路で走っている可能性が高い。その組み合わせで、ＩＰが消失する場所も変わる。非線形《ひせんけい》アルゴリズムの応用ね」

「世界各地にモデレーターの組織があるということか？」

「そういうこと」

　結月が愛らしく顔を傾けた。

「なぜ、彼らは繋がる？」

「おそらく、正義」

「正義？」

「宗教的、あるいは思想的な正義だろうね。でないと、コンテンツモデレーターなんてできないもん。毎日毎日、凄惨《せいさん》な動画とか画像を見るんだよ。普通の正義感ではできないし、お金を積まれても精神は病《や》んじゃう。私は平気だけど」

　結月は冷たい笑みを覗かせた。

「調べてあげようか？　パソコン貸してくれたら、半日で特定してあげるよ」

「おまえに触らせるわけにはいかない」

「ケチ」

頬を膨らませる。

「まあいいわ。一つだけ方法を教えてあげる。追跡プログラムを仕込んだ動画をアップして。彼らが削除した瞬間にＩＰを追いかける。当然、向こうも逆探知してくる。初めのプログラムはダミー。逆探知のＩＰを追いかければ、相手のサーバーにたどり着く。そのサーバー管理者、あるいは周辺の人の中で病んだ人がいれば、その人がビンゴ」

「わかった」

周藤は返事をし、結月の手から用紙を取った。同時に右手を上げる。

ドアが開き、警察官たちが入ってきた。

周藤は立ち上がった。近くの警察官に耳打ちする。

「この部屋に余計なものは置くな」

「承知しました」

警察官は小声で答えた。

「一希、今度さあ、えの木ていのタルト買って来てよ。ほら、死んだ妹さんが好きだったやつ」

結月は言い、笑った。

「貴様《きさま》！」

横にいた警察官が怒鳴る。

周藤は警察官の腹部に腕を回した。

「かまうな」

そう言い、結月に背を向けたまま、接見室を出た。

第三章　操者《そうしゃ》

1

神馬は自宅に戻ってシャワーを浴《あ》び、血の付いた服を着替え、西新宿のＤ１オフィスに顔を出した。

「あら、サーバル。どうしたの？」

智恵理がドア口を見やる。

「ファルコンは？」

「出かけてる。もうすぐ帰ってくると思うけど」

「そうか。よお、ポン。来てたのか」

左手を上げる。

「ちょっと、こっちのマシンを使いたくて」

「そっか。こないだはありがとうな」

「いえ。役に立ちましたか？」

「ああ、ばっちりな」

神馬が左手の親指を立てる。

「こないだって、何の話？」

智恵理が怪訝《けげん》そうに目を細める。

「たいした話じゃねえよ。これ、アントに頼んで処理しといてもらってくれ」

神馬は右肩に提《さ》げたリュックを智恵理の足下に放った。

智恵理は足をひっこめた。

「何よ！」

神馬をひと睨《にら》みし、椅子《いす》に座ったままリュックを拾《ひろ》い上げる。開けてみた。中にはライダースや革パンが入っている。

智恵理は中を少し覗《のぞ》いてすぐ血の臭いを感じ、眉根《まゆね》を寄せた。

「あんた、仕事してきたの？」

真顔で睨む。

「まあ、仕事っちゃあ仕事だがな」

「何、考えてんのよ！」

智恵理は天板を叩《たた》いて、立ち上がった。

栗島がびくっとして、作業の手を止めた。

「そんなに怒んなよ。事情もわかんねえくせによ」

神馬はソファーに腰を下ろした。背もたれに仰《の》け反《ぞ》り、脚を組む。

「あんたの仕事と言ったら、殺しでしょうが！　うちの仕事以外で殺しをしたら、ただの殺人だよ。わかってんの！」

「サーバル、もしかして……」

栗島が目尻を下げ、泣きそうな顔で神馬を見つめる。

「あー、勘違いするな。おれは殺《や》ってねえよ」

「そうですか。よかった――」

「調べてもらった男は死んじまったけどな」

神馬の言葉に、栗島は顔を強《こわ》ばらせた。

「どういうこと？」

智恵理が睨む。

「それを話しに来たんじゃねえか。ファルコンが戻ってきてから――」

言い合っていると、ドアが開いた。

一斉にドアの方に顔を向ける。

周藤だった。視線を浴び、ドア口で立ち止まる。

「なんだ、おまえら……？」

中へ入って、ドアを閉める。

「仕事してきたんだって。サーバルが」

智恵理がリュックを周藤へ放った。足下に落ちる。開いた口から中を見やる。血糊《ちのり》が目に映った。

周藤の表情が険《けわ》しくなる。

「待てよ。殺したわけじゃねえんだって」

神馬がため息をつく。

周藤はリュックを持って、神馬の対面のソファーに座った。リュックをソファーの脇に置く。

「話してみろ」

周藤が言う。

神馬は周藤を見つめた。

「クラウンに会った」

「どこでだ？」

「渋谷のセンター街」

神馬が言う。

「あんた、もしかして、〈POP1〉にいたの?」

智恵理が神馬を見やった。

「なんで、知ってんだ?」

「そこって、クラウンが平井という医者を追ってって見つけたビルの名前ですよね?」

智恵理が訊いた。周藤は頷《うなず》く。

「おれはそのビルの地下で、平井と解体作業をした。その血は、そん時のものだ」

リュックに目を向ける。

「解体って、まさか……」

栗島が声を震わせる。

神馬は首を傾けて振り向き、栗島を見やった。

「おまえに捜してもらった有松って男はな。九谷ってヤクザから借金をして逃げ回ってたんだ」

「六角の九谷か?」

周藤が訊《き》く。

「知ってんの?」

「昔からの博徒《ばくと》で、今は裏カジノを生業《なりわい》としている六角一家の若頭《わかがしら》だろう? かなり凶暴なヤツだと聞くが」

「ああ。おれも用心棒《ようじんぼう》時代から知ってるが、結構なやべえヤツだ。ヒマなんで、九谷の裏カジノに遊びに行ったんだけどさ。そこで、仕事を頼まれたんだ。有松を動けねえようにして生きたまま捕まえてほしいってな。なぜすぐに殺さねえのかと思ってたら――」

神馬は脚を解いた。両腿《もも》に肘《ひじ》を置き、顔を上げる。

「生体は死体より価値があるんだと」

周藤を見つめ、再び仰け反って脚を組む。

三人が一斉に神馬に目を向けた。

「で、有松を監禁した地下室に平井ってのが来て、切り刻んで、使える臓器や血管を根こそぎ持っていったというわけだ。価値ってのが何のことか、その時初めてわかった。こっちの仕事に関係あるかねえかはわからなかったが、調《つ》べりゃ、売買ルートぐらいは出てくるんじゃねえかと思ってよ。そのままおれが平井を尾けるつもりだったんだが、そこにクラウンがいた。なもんで、クラウンに尾行を頼んだ。そういうのは、あの天パーの方がプロだからな」

「助けられなかったの？」

智恵理が少し責めるような目で見やる。

「九谷を舐《な》めて生き残ったヤツはいねえよ」

神馬がこともなげに言う。

智恵理がさらに責めようとする。周藤は軽く右手を上げ、智恵理を制した。

「ルートはつかめたか？」

「いや、わからねえ。ただ、平井が着く前にはすでに手配を済ませてた。平井の解体も手慣れたもんだった。一年や二年のつながりじゃねえことは確かだな」

「もう一度、潜《もぐ》れるか？」

「取っかかりはある」

「張りついて、売買ルートを調べろ。危険を感じた場合は離脱、もしくは処分。ツーフェイスとベンジャーには話を通しておく。報告はできるだけこまめに上げろ」

「了解」

神馬が立ち上がった。

「そいつの処理、よろしく」

神馬はリュックを指差し、オフィスを出た。

智恵理は神馬の背を睨んで見送り、その目を周藤に向けた。

「ファルコン、いいんですか？　有松という人の死は、業務外のものかと」

「クラウンとリヴが接触している平井という医師とつながった。業務内と判断していいだろう」

「そんな……」

「越権《えっけん》行為とみなされた時は、リーダーである俺が責任を取る。それでいいな？」

周藤は智恵理を見つめた。

智恵理は複雑な思いを顔に滲《にじ》ませたが、渋々首肯《しぶしぶしゅこう》した。

「すまんな、気苦労を背負わせて」

「いえ」

智恵理は笑顔を作り、顔を横に振った。

「仕事に戻ろう。チェリー、リヴに連絡を取ってくれ」

「サーバルの件を伝えますか？」

「ああ。そして、大益先生に会ってくるよう、言ってほしい」

「協力者の方ですね。平井のことを報告させるのですか？」

「いや、逆だ。なぜ、大益先生が平井を疑ったのか、訊いてきてもらいたい」

「大益先生を疑っているんですか？」

「先生は第三会議の紹介だ。疑ってはいない。それより、先生が平井を真っ先に紹介したことが気になる」

「それは、クラウンたちが大益先生を見つけた時、偶然、平井が挨拶《あいさつ》をしていたからでは？」

智恵理が言う。

「そうかもしれんが、逆に、先生がクラウンたちが来るまで、自分のところに引き留めていたとすれば？」

「なぜ、そう思うんですか？」

「サーバルの件は偶然だったのだろう。とはいえ、臓器移植と平井が簡単につながった。ドラマじゃあるまいし、こんな偶然があると思うか？」

「そうですね……」

「たまたまそうだったなら、思いがけない幸運だ。が、できすぎた幸運には裏があるものだ。違うか？」

智恵理を見やる。

「そうですね」

智恵理が笑みを滲ませる。

執行見届け人は、暗殺部とアントを仲介し、協力をして、暗殺の舞台を〝偶然を装《よそお》って〟整えることもある。

「さっそく、ツーフェイスに通して、リヴにあたってもらいます」

智恵理はパソコンに向かった。

周藤は頷き、ソファーを立った。栗島に歩み寄る。

「ポン、コンテンツモデレーションの件だが」

「あ、まだ、調べているところです」

「彼らが好みそうな動画に追跡プログラムを仕込んでアップして、削除した者が逆探知してきたところを狙《ねら》い撃ちするということは可能か？」

「ああ、その手がありましたね」

　栗島が大きく頷く。

「でも、よくそんな手を知っていましたね」

「長井結月から聞いた」

「なるほど……」

　栗島は何度も首肯した。

「彼女の提案なら、いけそうですね。一つ、サーバーを占領していいですか？　万が一、ここが特定されるとまずいんで」

「任せる」

「ありがとうございます。例のドライバーの件ももう少し待ってください。だいぶ絞り込めてきてますから」

「頼むよ。俺は少し寝てくる。何かあれば、仮眠室へ来てくれ」

　周藤は栗島の肩を叩き、オフィスの奥にある仮眠室にひっこんだ。

2

凜子はＤ１オフィスからの指示で、虎ノ門《とらのもん》にある東成医科大学付属病院を訪れた。

名門の大学病院で、著名人や政治家たちが極秘に入院することも多い場所だ。

だからか、表玄関とは別に、秘密裏《り》に院内へ入るための別玄関がある。

凜子は、入院患者や見舞客の散歩用に造られた遊歩道を、病院とは逆の方向へ歩いた。

その先には医療用具の倉庫がある。

凜子は門番に、今回の偽名《ぎめい》である松尾友佳梨の名を告げた。

連絡を受けていた門番が警備室のドアを開け、中へ促《うなが》す。そして、すぐさまドアを閉め、凜子の姿を隠すように立ち番に戻った。

警備室の奥へと進む。そこに、スーツ姿の病院関係者が立っていた。

「松尾様ですね。大益先生がお待ちです。こちらへどうぞ」

非常口にある防火扉のような分厚いドアを開ける。地下への階段が見えた。

凜子は促されるまま階段を降り、地下通路を歩いた。足音が反響する。

通路の突き当たりに、扉がある。そこを開けると、地下駐車場に出た。車の間を縫《ぬ》い、上階直通の職員専用エレベーターに乗る。

十階建ての病院だが、ボタンは8から上しかなかった。

スーツの男は最上階のボタンを押した。

男は何も語らず、案内するだけ。無駄口は叩かない。

エレベーターが十階に到着する。エレベーターを降り、クッションの利《き》いた廊下を歩く。奥から手前二番目のドアの前で止まった。

ドアをノックする。

「先生、松尾様がお見えになりました」

「どうぞ」

大益の声が聞こえてきた。

男がドアを開ける。大益はソファーに座っていた。凜子に笑顔を向ける。

「先日はありがとうございました。お忙しいところ、申し訳ありません」

「いえ、かまいませんよ。どうぞ」

大益が対面のソファーを指《さ》す。

凜子は一礼して、中へ入った。手前のソファーに浅く腰かける。

「コーヒーでよろしいですか？」

「はい、いただきます」

凜子が言うと、大益はスーツの男を見た。

スーツの男は頷き、いったん部屋を出る。ドアが閉まった途端《とたん》、大益の顔から笑みが消えた。

「君、困るよ。職場に来られては」

「すみません。緊急だったもので」

言葉を交わしていると、男が戻ってきた。ドアロックの外れる音で、大益はすぐ笑顔を作った。

ドアが開く。コーヒーのほろ苦い薫《かお》りが室内に漂《ただよ》う。

男はトレーに載せたカップを大益と凜子の前に置いた。凜子が会釈《えしゃく》する。

「しばらく、連絡や来客は取り次がないように」

「承知しました」

男は深く一礼して、部屋を出た。

ドアが閉まるとまた、大益の顔から笑みは消えた。

「まあ、飲みなさい」

「いただきます」

凜子はソーサーごとカップを取った。一口飲んで、カップに付いた口紅を親指で拭《ぬぐ》い、ソーサーごとテーブルに戻す。

「で、急な話とは？」

大益が切り出す。

凛子は大益を見つめた。

「平井先生の件です。大益先生は、なぜ平井先生を私たちに紹介したのですか？」

「他も紹介しただろう」

「そうですが、平井先生以外の方々は数日で問題なしとわかりました。一方、平井先生は不審な行動が判明し、今も調査を進めているところです。平井先生と他の方の差異がありすぎますもので、大益先生は、何か平井先生に不審を抱いていたのではないかと感じまして。であれば、なぜ先生が平井先生を疑うに至ったのかを教えていただきたいと」

凛子は静かに話す。が、その目は終始《しゅうし》まっすぐ大益を見つめたままだ。

大益の黒目が揺《ゆ》れる。

凛子が黙って見つめていると、大益は観念《かんねん》したようにうつむき、大きく息をついた。

「かなわんな、君たちには」

ふっと笑みを漏らす。

「プロですから」

凛子も笑顔を見せた。

大益はカップを取って、コーヒーを少し啜《すす》った。飲み込んでもう一度息をつき、やおら顔を上げる。

「いかにも、君たちに調べてほしかったのは平井君だ。しかし、ピンポイントで平井君を名指ししても勘繰《かんぐ》られるだけだと思い、他にも気になっていた医師を紹介した。他の医師が潔白《けっぱく》らしいのは収穫だな」

「平井先生以外が潔白なのは間違いありません。私が保証します」

「ありがとう。平井君のことだが――」

大益はもう一度コーヒーを飲んで、喉《のど》を潤《うるお》した。

「平井君は昔から臓器移植には積極的で、少々過激な発言をすることもしばしばだった。というのも、彼の母親が重い腎臓《じんぞう》病を患《わずら》っていて、親族は生体腎移植を強く望んでいたんだが、二十年前はまだガイドラインも確立されておらず、結局、移植手術ができないまま、母親は亡くなった。平井君は、治せたはずの病気が治せず、母親が死んだという事実に憤《いきどお》り、医師を目指したそうだ」

「それで、臓器移植にのめり込んだということですか」

凜子の言葉に大益が頷く。

「外科医となってからは、積極的に移植手術を学び、腕を上げていったんだが、その成長が早すぎる」

「早すぎるとは？」

「外科医の腕は施術《せじゅつ》数に比例する。いかに優秀な外科医とて、場数《ばかず》をこなしていなければ、腕は上がらない」

「自主学習しているのでは？　代替臓器などで日々鍛錬《たんれん》しているとか」

「それももちろんあるだろう。しかし、生身の人体は代替臓器とは違う。個体によって千《せん》差《さ》万別《ばんべつ》。シミュレーションでは理解できないことも多い。平井君の施術に立ち会ったことがあるが、彼は間違いなく、人体で経験を積んでいる。だから、彼の施術数と成長度合いはどうにも釣り合わないんだよ」

「なので、秘密裏に臓器移植をしているのではないかと疑った」

「そういうことだ」

大益が首肯する。

「大益先生の方で調べなかったのですか？」

「もちろん、調べた。しかし、疑わしくはあるが、決定的な証拠はない。その状況で彼を糾弾《きゅうだん》することはできなかった。そこに岩瀬川さんからの協力要請が来た」

「それで、私たちに調べさせようとしたわけですね？」

「要請内容にも合致《がっち》していたのでね」

「大益先生の調査では、どのあたりまで判明していたのですか？」

「彼がなんらかの院外活動をしていたとみられる徴候《ちょうこう》はあった。一応、ヒアリングはしたんだが、彼は異業種間の会合に出ているだけだと言い張った。それ以上は我々も調べる権限を持たないのでね。しかも、あまり執拗《しつよう》に調べると、彼が潜る可能性もあった」

「で、断念したわけですね」

凜子が言う。

大益は渋面《じゅうめん》で頷いた。

「その判断は正しかったようです」

「何か出てきたのかね？」

大益が訊いた。

「平井先生が不審な動きを見せています。まだ詳細は申し上げられませんが、大益先生がご心配なさっている部分は明らかになるかと」

「そう願いたいね。万が一、大きな問題が起これば、それこそ日本の臓器移植医療は十年、いや二十年は後退する。平井君のように偏狭《へんきょう》な思想はないが、移植医療にかける思いは私も同じだ。一人でも多くの患者を救うのは医師としての使命だからね」

「心中《しんちゅう》お察しいたします。先生の方で調査したデータはお持ちですか？　できれば、持ち帰って分析したいのですが」

「わかった。今すぐには出せんが、岩瀬川さんを通じて、君たちに渡せるよう手配しよう」

「よろしくお願いします」

凜子は静かに頭を下げた。

3

伏木はアントと協力をして、平井を追っていた。

平井の行動は明らかに不審だった。

尾行を続けて二日目、平井は渋谷から電車に乗ったと思えば、品川《しながわ》で降りてタクシーに乗り、また総武《そうぶ》線に乗って千葉まで出て、そこからはタクシーを何度か乗り継いで、館山《たてやま》方面へ向かった。

途中、伏木はアントの人間と尾行を替わりながら追跡した。伏木の視認でも、アントの報告でも、平井は何度も後ろを振り向き、歩く速度も変えていた。

尾行を意識している証拠だ。

館山まで追跡していたアントから、平井が南房総《みなみぼうそう》市へ向かったという連絡を受けた。

しかし、平井を乗せたタクシーは、房総フラワーラインを走行中、忽然《こつぜん》と姿を消したという。

伏木は、アントに追跡の中止を伝えた。

近隣に潜《ひそ》んでいたとしても、見慣れない者がうろついていれば、平井をますます警戒させることになる。

また、対象が平井だけとは限らない。

万が一、平井と手を組んでいる何者かにこちらの行動を勘づかれれば、自分たちが実態を暴く前に、平井たちは地下へ潜るだろう。

平井が最後に乗ったタクシーのナンバーは控えてある。

伏木は智恵理に連絡をし、粟島に探索を依頼した。

館山駅周辺で時間を潰《つぶ》していると、一時間ほどで智恵理から連絡が来た。

タクシーは房総半島西端の洲崎《すのさき》を回り、野島埼《のじまざき》灯台の方へ南下し、その後、灯台手前の白浜《しらはま》運動公園の先にある県道八六号線を北上し始めた。

そして、神余《かなまり》の里山あたりで一度姿を消した。アントの尾行チームがタクシーを見失って一時間後、同ナンバーのタクシーは、館山駅近辺へ戻ってきていた。

伏木は、智恵理の指示に従ってそのタクシーを見つけ、偶然を装って乗り込んだ。

運転手は白髪交《ま》じりの頭髪を短く刈り込んだ壮年男性だった。

「どちらまで？」

「洲崎を回って、神余の方へ行ってほしいんですが」

伏木が告げる。

と、運転手はあからさまにため息をついた。

「お客さんもですか……」

「お客さん〝も〟とは？」

そらとぼけて訊く。

「さっき、大変な目に遭《あ》ったんですよ。神余まで連れていかれたはいいんですがね。そこから里山に入って、あっちでもないこっちでもないと引っ張り回されて、そのお客さんは山の中で降りちまうし、こっちはGPSが入らないんで山ん中で迷っちまうし……」

「それは大変でしたね。僕は、その里山の入口までで大丈夫ですから」

伏木が言うと、渋面で発進させた。

少し南下し、千葉県道二五七号線南安房《みなみあわ》公園線を西へ進む。このあたりは、房総フラワーラインの中で第一フラワーラインと呼ばれている。

海沿いの道に花壇や花の栽培所が並び、海原と色とりどりの花が同時に見られる風光明媚《ふうこうめいび》なドライブコースだ。

「お客さんも、さっきの人と知り合い？」

「誰かわからないですけど、行くところが同じなので顔見知りかもしれないですね」

「じゃあ、言っといてくださいよ。ほとんどのお客さんは、あの里山の入口で降りるんです。そこまでなら問題ないんですがね。中へ入ると実に厄介《やっかい》なんですよ」

運転手はよほど立腹《りっぷく》していたのか、勝手に客の情報を話した。

「厄介とは？」

伏木が話を合わせて訊く。

「里山の中は道があったりなかったりなんです。整備された道があっても私有地で、うっかり入ったら文句を言われるところもあるしね。しかも、GPSが入らないんで、ナビが使えなくなる。私はここいらで暮らして二十年以上になるんで、なんとか抜けられますがね。このあたりに詳しくないドライバーだと山ん中で迷って出られないこともありますから」

「そうですか。しかし、不思議ですね。房総半島の山はそんなに高くないはずだし、中継局は十分あると思うんですが」

「そうなんだけどさ。なぜか、神余あたりの里山は電波が通じなくなるんですよ。携帯も通じないですからね」

「そのあたりだけ、中継局が少ないのかもしれないですね」

伏木は言いながら、一つの可能性を脳裏《のうり》に浮かべていた。

ジャミングか――。

故意に妨害電波を出し、外部からの電波や内部から発信される電波を遮断《しやだん》することだ。

であれば、平井を乗せたタクシーが行方をくらましたという事実にも合点《がてん》がいく。

タクシーは洲崎を大きく回り込んで東進を始め、相浜《あいのはま》から国道四一〇号線へ入った。

ここから先が第二フラワーラインと呼ばれている。

そこから十分ほど東へ進み、長尾橋《ながおばし》脇交差点を左に折れ、千葉県道八六号館山白浜《しらはま》線を北上し始めた。

車はどんどん上り、山間部へ入っていく。

「お客さん、一つ訊いていいですか？」

「なんですか？」

「館山からこのあたりに来るには、北条《ほうじょう》バイパスを南に行って八六号線に入ればいいんだけど、なんで洲崎の方を回るんですか？　ずいぶん遠回りになるんだけどねえ」

運転手が言う。不信感ありありといった表情だ。

「来るときに言われてたんですよ。ここへ来る際には、房総フラワーラインを回ってみると気持ちがいいと。中には、景色なんてどうでもいい人もいるんでしょうが、僕は一度も走ったことがなかったので、洲崎回りをお願いしたんです。その、さっきのお客さんがそうだったかは知らないですけどね」

「なるほどねー。まあ、フラワーラインはいい道ですけどね」

運転手は地元を褒《ほ》められ、少し笑顔を覗かせた。

「にしても、神余の山ん中に何があるんですか？」

運転手は遠慮なく訊いてきた。

「僕が向かっているのは研修施設です。といっても、山の中で心身を癒《い》やす会社の療養施設のようなところですけどね」

適当な話をする。

「ああ、そういうやつか。このあたりの山ん中には、結構、そういう施設があるようですね」

「地元の人も知らないんですか？」

「なんか、怪しいところが多いんですよ。宗教施設のようなものもあるし、誰が住んでんのかわからない別荘みたいなのもあるし。自給自足集団が山にこもって暮らしてるなんて噂《うわさ》もあるしねえ」

「そういうところへ送っていくこともあるんじゃないですか？」

「いやいや、たいがい、八六号線沿いで停まって、そこから先は自分らで行くようですね。今日みたいに、山ん中まで連れていかれるのはめったにありません。へんな施設だったら知りたくもないですしね」

「そりゃそうですね」

伏木が笑ってみせる。

タクシーは日吉《ひよし》神社を越えたあたりを右折し、山道へ入った。奥へと進む。民家も商店もなくなり、鬱蒼《うっそう》と茂《しげ》る森の中を進んでいく。

そして、舗装道がなくなる突き当たりで停《と》まった。その先には舗装されていない山道が上に向かって続いていた。

「ここまででいいかな？　ここから先は道があってないようなものなんだよ」

「ありがとうございます。十分ですよ」

伏木は金を払い、タクシーを降りた。

タクシーは狭い道を何度か切り返し、反転して、山道を下っていった。

伏木はタクシーが見えなくなるまで見送った。そして、振り返る。

「この奥か……」

ずいぶん辺鄙《へんぴ》なところだ。

こんな場所に、臓器移植ができる施設があるのだろうかと思う。

秘密裏に臓器移植手術を行なうにはいい場所かもしれないが、この山の奥まで向かうとすれば、患者側に相当の負担を強《し》いることになる。

しかし、伏木は、それが狙いかもしれないとも思った。

多くの者が疑念を抱いたとしても、患者の負担を考えると、こんな場所に施設はないと考える。

ほとんどの者は、今伏木が立っている場所で引き返すだろう。

伏木はスマートフォンを出した。電波状況を見る。アンテナは半分ほどになっているが、まだ電波は通じていた。

オフィスに連絡を入れようとしたが、手を止めた。

この奥に施設があり、ジャミングしているとすれば、こちらが電波を発信した途端、感知される恐れもある。

「一度、このあたりの状況を調べてからの方がいいな」

伏木はスマホに位置情報を記録し、山道を下り始めた。

4

江尻はマンションに引きこもったまま、木南の提案を熟考した。

ずっと、息子と妻の遺影の前に座り、見つめながら、提案を受け入れるかどうかを考え続けた。

そして、引き受けることを決めた。

殺しに加担するつもりはない。が、吉峰のような者を野放しにしたままでは死ねないと思った。

これ以上、息子のような犠牲者を出したくはない。

木南に協力する旨を連絡すると、すぐに樫田が迎えに来た。数日分の着替えを用意させられ、そのまま小型のオフロード車に乗せられた。

樫田は行き先を告げず、車を出した。

何度か行き先を訊《たず》ねたが、樫田は答えないまま、東京湾アクアラインへ入った。

途中、海ほたるで休憩を入れる。展望デッキで木南と合流した。

「江尻さん、お待ちしていました」

木南が笑顔で迎える。

「木南さん。なぜ、ここに？」

江尻が訊く。

「江尻さんを待っていたんですよ。私も江尻さんと一緒に千葉へ行くつもりだったので。ちょっと別件で打ち合わせがあったので、クライアントに頼んで、ここまで送ってもらいました。食事はまだでしょう？　フードコートにでも行きますか？」

「いや、私は大丈夫です」

返事をする。時折吹き付ける潮風が冷たい。江尻はたまらず、身を縮めた。

「温かいものでも飲みましょう。樫田、四階でコーヒーを買ってきてくれ。コーヒーでよろしいですね？」

「はい」

江尻が頷く。

「おまえの分も含めて、三つ。頼む」

「わかりました」

樫田が施設に入っていった。

「久しぶりの移動でお疲れでしょう。どうぞ、座ってください」

木南は手前のベンチを示した。

江尻は会釈し、右端に浅く腰かける。木南は隣に座った。

「いい天気ですね。ここの眺めはいつ観《み》ても心地良い」

木南は青空と東京湾を一望した。

が、江尻は顔を上げない。

「海は苦手ですか？」

木南が問う。

江尻は黙ったまま、両手の指を軽く握《にぎ》った。

「思い出してしまいますか？　息子さんのことを」

木南は言った。

江尻の眉が上がる。両手を強く握り締める。

「忘れられませんよね。忘れちゃいけないんだと思います」

「わかったようなことを言わないでください」

江尻は両手を握り締め、肩を震わせた。

「江尻さんが受けた苦痛は、私には測《はか》りかねます。ですが、私には私の苦痛があります。それはすべて交わらなくても、江尻さんのような理不尽《りふじん》な苦痛を味わわされた人たちの心を理解する柱だと信じています。私も、私の中にあるその苦痛を忘れないからこそ、信念に従った行動ができるのです」

静かに語る。

「あなたに……何があったのですか？」

「この世のものとは信じがたい光景を、何年も見てきました」

木南の話しぶりは淡々《たんたん》としていた。が、その奥に怒りが滲《にじ》んでいることは、江尻にも感じ取れた。

江尻が顔を上げた。木南は陽光にきらめく海を見つめていた。

「人間という生き物がどこまで残酷になれるのか。いえ、人間の本性は元来残酷なのかもしれない。それを理性や法というもので抑え込んでいるだけ。そういう事例をこれでもかというほど見せられました。私と同じ仕事をしていた者たちは病み、命を落とした者もいます。しかし、もっとかわいそうなのは、死ぬこともできなかった仲間です。彼らは、完全に心を壊し、今も息をするだけの肉の塊《かたまり》として生きています」

「どんな仕事をしてきたんですか？」

「それは追々《おいおい》、お話しさせてください。私も一時期は、彼らと同じく、生きる屍《しかばね》になりかけました。ですが、ある時ふと気づいたんです。社会のルールを守り、ささやかな幸せを得ようとがんばっている者が、なぜ、私欲を満たそうとする不逞《ふてい》の輩《やから》に屈しなければいけないのか。そもそも、なぜ、そんな連中がのさばっているのか。そして、一つの結論に行き着きました。彼らがのうのうと生きているのは、私たちが成敗しないからです。目の前に、社会秩序を無視する無法者がいることを知りながら、見て見ぬふりをする。無法者は、私たちが何も言わないことを知っているから、ますます増長し、欲望に走る。つまり、彼らのような輩をのさばらせていたのは、私たちだったんです」

木南は一呼吸入れ、昂《たか》ぶる気持ちを落ち着け、また静かに話し始めた。

「私は逃げないと決めました。普通に暮らしているみなさんに、私の後に続いてほしいとは思いません。みなさん、それぞれの小さな幸せを噛《か》みしめ、それを必死に守って生きているわけですから。でも、私のように守るものを持たず、その事実に気づいた者は、市井《しせい》の人々を卑劣《ひれつ》な輩から守ってあげる使命があるのではないか。それこそが、私が進むべき道ではないか。そう思ってるんです」

木南は滔々《とうとう》と持論を述《の》べた。

江尻には、その話が少々、原理主義的な理屈に聞こえていた。

自分の正義感に沿わない者は排除する。江尻自身、吉峰のような者をこの世から消すこと自体に罪悪感はない。むしろ、木南と同じく、正すべきだと思う。

一方で、それが間違っていたら、という不安はよぎる。

世の中には冤罪《えんざい》というものもある。

クロと判断したものが、実はクロではなくシロだった場合。その人が死んだ後、誰がそのミスリーディングの責任を取るのか。

木南の話には、その部分が欠けている。

江尻が、吉峰の件に躊躇《ちゆうちよ》したのもその点だ。

木南の理念はわかる。自分も、クズのような行為をしている者は許せない。

しかし、確かな証拠がなく裁いてしまった時、もし間違っていたら、誰が責任を取るのだろうか。

疑われる方が悪いでは済まない。責められた人々は、その後の人生をなくし、場合によっては命も失う。

それが、誤認であった時、消えた命は戻らない。

木南たちは、そこを理解しているのだろうか……という思いが、ずっとひっかかっていた。

と、木南が口を開いた。

「江尻さん。冤罪を恐れているのではありませんか？」

見透《みす》かしたように問う。

江尻はぐっと歯を噛んだ。

「もちろん、私たちの調査が百パーセント正しいという保証はできません。もしかしたら、間違っているかもしれない。けれど、これだけは言えることです」

木南が江尻を見つめる。

「火のないところに煙は立ちません」

江尻に向ける眼光《がんこう》が強くなる。

「噂が立つ人は、私たちが調べたこと以外に、何か不正な行為を働いていることがある。思いませんか？　普通に道を歩いていて、普通の人は気にもならない。でも、ヘンな人が歩いていたら、気になるでしょう？　その人が何もしてなくても、地域に不安を与えている。そうならないように、言いたいことも我慢して生きている人たちにとって、そういう人たちは必要なのでしょうか？」

「不審者は皆殺しということですか？」

「少なくとも、不安の芽は摘《つ》んだ方が安心できるでしょう？　それに、私の経験では、日常で疑われるようなことをする人は、何か不正をしている人です。不安の芽を摘むという行為は、おおむね間違ったことではないと思いますよ」

木南は江尻に顔を向け、微笑《ほほえ》んだ。

江尻はその顔を見て、少し鳥肌が立った。

作り笑顔ではない。本当に自分のしていることは正しいと思っている。そんな確信めいた微笑みだった。

「江尻さん、忘れないでください」

木南が江尻をまっすぐ見つめる。

「江尻さんの息子さんを暴行して死に追いやった男たちは、決して特別ではないんです。わずかな倫理観もない人間は、当たり前のように周りにいます。みんなが気づいていないだけ。でも、気づかなくていいんです。気づいて、四六時中注意していなきゃならない日常なんて、楽しいはずがない。そこは、知る者が知るだけでいいし、知りえた者はそうした愚か者を、日々を生きる人々に気づかれず処分すればいい。私の言っていることは間違っていますか？」

木南がさらに江尻を見つめる。

江尻自身も間違っていないとは思う。息子を死に追いやった越川が殺され、バラバラにされると知って、せいせいする思いがした。

生きているべきでない人間は、この世にいると思う。

だが、越川の場合、自分の生活に深く傷を与えた人間だ。いわば、仇討《かたきう》ち。

それと、一般の人々のことを考えて世の中を大掃除するのは、意味が違う。

「あなたは、第二の天くんを出してもいいんですか?」

木南が言った。

迷っている胸の底に、その言葉が突き刺さる。

息子と同じような理不尽を、今を生きる子供に、誰一人として味わわせたくはない。

「誰かがやらなければ、第二、第三の天くんが出てしまうのですよ」

木南が畳みかける。

「私は、誰が何を言おうと、二度と天くんのような不幸な死を迎える子供を出さない。そうした子供を生み出す勝手な大人たちを一人でも多く、この世から消すつもりです」

木南は言い切った。

樫田が戻ってきた。手に持った袋からカップに入ったコーヒーを出し、江尻と木南に渡す。

「社長、さっき、会社から連絡があったのですが」

樫田が言う。

「そうか。江尻さん、ちょっと失礼します。コーヒーを飲んで待っていてください」

「どうぞ」

江尻が愛想《あいそ》笑いを返す。

木南は立ち上がり、樫田と共に江尻から離れ、入口の陰に入った。

「どうでしたか？」

樫田が訊く。

「まだ揺れているが、今度の仕事を手伝わせれば、しっかり戦力になってくれるだろう。一応、追加で仕込んでおいた」

木南は、江尻に聞かせた話を思い出し、ほくそ笑んだ。

「施設に連絡を入れてくれ。江尻次第では、臓器移植の手術場面を見せるつもりだったが、まだ早い。執刀医と、施術後の患者で臓器移植に感謝している者だけを会わせる」

「クリーンなところだけ見せるってことですね」

「そういうことだ」

「承知しました」

樫田はニヤリとし、スマートフォンを出して木南から離れた。

木南はデッキに戻り、海を見つめている江尻をじっと見据えた。

5

栗島は、周藤からの提案を受け、逆探知プログラムを作っていた。

智恵理がコーヒーを持って、デスクに近づく。

「はい、コーヒー」

「あ、ありがとうございます」

栗島が首を突き出し、頭を下げる。

智恵理はモニターを覗き込んだ。英数字や記号が画面にびっしり並んでいる。

「すごいねー。こんなのサクサク作れちゃうなんて」

「そうでもないです。元があって、それをアレンジしているだけですから」

栗島は照れ笑いしながらもキーボードを叩き続けた。

「でも、あの長井結月という女の人、すごいですね。地下に監禁されていて、情報も遮断されているのに、現在の状況を的確につかんで判断している。どういう頭してるんですかね」

「ベンジャーも驚いていた」

アントの長である加地の話を思い出す。

栗島の言うように、結月の部屋にテレビはあるものの、視聴は制限されていて、雑誌や本なども、加地が許可したものしか与えていない。

もちろん、外部との通信も認めていない。

にもかかわらず、結月は現在の外の動きを的確に把握し、時に、アントの職員より詳細に情報を得ているという。

「逆探知用のマルウェアをすぐに思いつくようなら、プログラムにも精通《せいつう》しているのかもしれませんね」

「ポンなら、どうする？　長井結月の部屋に何が置かれているかは知ってるでしょ？」

智恵理が訊く。

栗島は手を止めて上体を起こし、腕を組んで天井を見つめた。

「うーん……。僕なら、コンセントを使うかなあ」

「コンセント？」

智恵理が首を傾《かし》げた。

「ええ。コンセントは送電線に繋《つな》がっているでしょう？　あれで、モールス信号みたいなやり取りができるんですよ」

「どういうこと？」

「コンセントの差し込み口をピンのようなもので突くんです。すると、通電した時は電気が流れて、離した時は電気が止まる。その長短で信号を作るんです。地下から繋がっている電線のどこかで、結月の仲間がその信号を拾っていれば、彼女の意思は外に伝わります」

「でも、一方通行よね」

「そうとも限りませんよ。その返信に同じ手を使えば、彼女の部屋の家電に通電したりしなかったりする。そうすれば、冷蔵庫の電動機が止まったり動いたりするでしょうし、テレビも点《つ》いたり消えたり、ノイズが走ったりもすると思います。彼女くらい聡明《そうめい》なら、そうした信号で外部からの情報を得ることも可能かもしれませんよ」

「いろいろできることがあるのね。でも、電気は必要だから、送電を断《た》つわけにもいかないよね」

「彼女の部屋だけ、自家発電に切り替えたらどうですか？　外の送電線と繋がっていなければ問題ないですから」

「そうか。ベンジャーに伝えとく」

智恵理は言い、顔を上げた。

「あれ、左のモニターのライトがチカチカしてるよ」

目を向けて言う。

栗島も一番左のモニターを見やった。

「あ、運転手の画像がひっかかったみたいです」

言い、左のモニターに体を向け、マウスをクリックした。

数枚の静止画像が表示されていた。多くの人が映《うつ》っている中、一人の人物が赤枠で囲まれていた。

栗島はその人物をクリックした。と、顔の部分だけが大きく表示される。

初めは粗《あら》いドットの画像だったが、プログラムで処理され、鮮明な像となっていく。

「すごい。九十九パーセントの一致率です」

「見つかったってこと?」

智恵理がモニターを見つめた。

「場所はどこ?」

「海ほたるですね。展望デッキや駐車場で確認された画像のようです」

「他に情報は?」

「待ってください。えーと……」

栗島は画像を並べて、素早く分析していく。

そして、男が乗り込んだ車を特定し、画像解析をした。

「どうやら、この車に乗ってたみたいですね」

小型オフロード車を映し出す。

「ナンバーわかる?」

「はい」

栗島はナンバープレートを拡大し、鮮明な画像にして保存した。

「同乗者が二人いるわね」

「一応、こっちも解析してみます」

「お願い。さっきのナンバープレートの画像、私のところに送ってくれる?」

「わかりました」

栗島はすぐ、智恵理のアドレスにナンバープレートの画像を添付《てんぷ》して、送信した。

智恵理は仮眠室に駆け込んだ。

カーテンの開いた音で、周藤は目を覚まし、起き上がった。

「どうした?」

「例のドライバーとほぼ一致する男の画像が検出されました」

智恵理が言う。

周藤はすぐにベッドを降り、オフィスに戻った。

「ポン、どれだ?」

栗島のデスクに駆け寄る。

「これです」

栗島が検出した画像を並べて見せる。

周藤はすばやく目を通した。

「チェリー、この車を追跡するよう、アントに連絡を」

「はい」

智恵理が自席に戻る。

「ポン、同乗の人物を検索してみてくれ」

「今、やってます」

栗島は別のモニターを見た。

後席に乗り込んだ男の身元は、すぐに判明した。

「この男に間違いないようですね」

栗島がプロフィール付きの画像をクリックして、モニターに大きく表示する。

「木南友愛か……」

周藤は画面の男を見つめた。人当たりのよさそうな温和な笑顔を浮かべている。

木南は〈ユーアイデータキュレーション〉という会社の代表取締役だった。

「その会社は？」

「ソーシャルメディアの監視を請け負っている会社のようですね」

「監視とは？」

「たぶん、ファクトチェックです。SNSの運営会社からの依頼を受けてアップされた発言や画像をチェックし、コンプライアンスに反するものには警告を出したり、場合によっては削除する仕事です」

「おまえが調べている動画の削除と同じようなものか？」

「そうですね。ただ、この男の会社では、依頼を受けた企業のSNSのみを監視して、その企業が提示してきたコンプライアンスに則《のっと》って警告や削除をしているでしょうから、僕が調べているモデレーターとは若干違うかもしれませんね」

「もう一人の男は?」

「履歴は出てきませんが、あちこちに痕跡は残っているようです」

栗島が検索状況に目を向ける。

多数の時間帯や場所の防犯カメラなどの画像が検出されていた。

「チェリー」

「はい」

「木南と他一名の男の素性を調べるよう、アントに連絡してくれ」

「わかりました。ポン、画像を送って」

「すぐに」

栗島は鮮明に処理した男たちの画像を、智恵理のアドレスに送った。

智恵理はその画像と周藤からのメッセージを加地の下に送った。

「俺は木南の会社を調べてくる。チェリー、ドライバーの身元がわかったら、すぐ連絡をくれ」

「わかりました」

智恵理が首肯する。

周藤も頷き返し、オフィスを出た。

6

神馬は九谷が経営する裏カジノに来ていた。

ポーカーの卓にいる。正面には、賭神《としん》との異名を取るショウセイがいた。

神馬はショウセイとサシの勝負に挑んでいた。

今一度、九谷の懐に食い込むため、神馬が九谷にセッティングを頼んだものだ。

謎の賭神ショウセイと伝説の用心棒、黒波の一騎打ちは、裏の世界で話題となり、九谷の店には立ち見が出るほどの客が集まっていた。

「勝負！」

神馬が手札を並べる。

エースのスリーカードだ。ギャラリーから歓声《かんせい》がこぼれる。

「今度こそ、勝っただろう！」

神馬はショウセイを睨んだ。

が、ショウセイは涼しい顔をしている。そして、自分の手札をゆっくりと並べた。

すべてのカードが並べられると、ギャラリーがどよめいた。

「ストレート」

ショウセイが静かに告げる。

7からJまでのカードが揃《そろ》っていた。

「ちくしょう！」

神馬は歯嚙みし、テーブルに札束を叩きつけた。一万円札がテーブルに散らばる。

神馬とショウセイの間に立つディーラーが札を集め、まとめて、ショウセイの脇に置いた。

「おい、金持ってこい！」

神馬が怒鳴《どな》る。

九谷がギャラリーを割って出てきた。

「おい、黒波。もう、やめとけ」

「うるせえ、持ってこい！」

「もう三百万負けてんだ。このくらいにしとけ」

「一度も勝てずにやめられるか！」

神馬が怒鳴る。

ショウセイとの勝負に負けることは、神馬の中で織り込み済みだ。

ショウセイと勝負して負け、わざと九谷に借金を作って、仕事を手伝うことになれば、目的は達成する。

が、神馬は熱くなっていた。

何度、サシで勝負をしたか覚えていないが、ただの一度も勝てない。流れがこちらに傾くこともなく、ひたすら負け続けている。

一進一退《いっしんいったい》あって徐々《じょじょ》に手持ちの金が減る分には納得もできるが、一方的に取られるだけというのは、我慢ならなかった。

そもそも、なぜショウセイがここまで強いのかがわからない。

まるでこちらの手札が見えているように、自分の手を揃えてくる。

ディーラーと組んでいるのかと疑いたくなるほどだ。

実際、いかさまを疑って、ディーラーとのやりとりを見ていたが、おかしな点は見当たらなかった。

しかし、いくらなんでも、ショウセイにいいカードが偏《かたよ》り続けているのは、いくら彼が神だとしても不自然だ。

「九谷さん、あと百万だけ貸してくれ。それで終わるから」

「まったく……。あと百万だけだぞ。おい」

九谷が従業員に声をかける。

従業員は走って帯封《おびふう》の付いた百万円の束を持ってきた。

神馬はそれをひったくり、テーブルに叩きつけた。

「おい、おっさん。これで最後だ」

神馬が目を剝《む》く。

しかし、ショウセイはポーカーフェイスで受け流し、同額をテーブルの端に置いた。

その余裕ぶった態度にも苛立《いらだ》つ。

ディーラーが配ろうとした。

「あー、ちょっと待ってください」

ショウセイが右手を出して止める。そして、神馬に目を向けた。

「黒波さん、あなたはおそらく、私がディーラーと組んでいるのではないかと疑っているでしょう？　ギャラリーのみなさんも」

ショウセイがギャラリーも見回す。

中には頷いている者もいた。

「もちろん、私はそのようないかさまはしていない。それを証明しましょう。黒波さん、あなたがシャッフルし、カードを配ってください」

ショウセイが言う。

ギャラリーがざわついた。

「いいのかよ？　おれがいかさまするかもしんねえぞ」

「どうぞ、お好きに」

ショウセイは微笑んだ。

神馬はカードボックスをひったくった。中からトランプを出し、テーブルに広げてかき混ぜる。

その後、まとめたトランプを半分に分け、パラパラと重ねた。

実は、このシャッフルの仕方がミソだ。高速で重なり合うカードの端は、普通の目には見えない。が、神馬ほどの動体視力があれば、瞬時にマークと数字を記憶できる。

神馬はその後、手の中で重ねたカードを切った。無造作《むぞうさ》に切っているようで、実は、記憶したカードを並べ替えていた。

手を止め、交互《こうご》に五枚配る。余ったカードを真ん中に置き、自分の手札を見た。

思わず、腹の中でほくそ笑んだ。

Aが三枚、QとKが一枚ずつ。ここでQを交換すれば、Kが来て、フルハウスが完成する予定だ。

一方、ショウセイの方は、ロイヤルストレートフラッシュの一歩手前。あとスペードのAがくれば完成するように仕込んだ。

しかし、ショウセイのロイヤルストレートフラッシュが完成することはない。スペードのAは神馬が持っているからだ。

ショウセイがそれを狙い、一枚だけ交換すれば、ストレートもフラッシュも揃わず、役なしのハイカードとなる。

「おれから行くぞ」

「どうぞ」

ショウセイが言う。

神馬はカードを一枚だけ交換した。新しい札を見る。思わず、にやけた。

予定通り、Kのカードを引き、フルハウスとなった。

と、ショウセイが神馬に笑みを向けた。そして、手元に一枚だけ残し、四枚のカードを取り替えた。

神馬の笑みが凍《こお》りついた。

何、考えてやがんだ……。

ショウセイは新しいカードを見ることなく、神馬に訊いた。

「開いてもいいですか？」

「かまわねえよ」

「では」

ショウセイは手元に残したカードをテーブルに置いた。

ハートのJだった。

そして、新しく引いたカードを一枚ずつめくっていく。

Jが二枚、三枚と重なっていく。スリーカードができあがる。そこで手を止めた。

「黒波さん。あなたの手札は、おそらく、AとKのフルハウス。私がフルハウスを作っても勝てませんね」

ショウセイが言う。

「なんで、わかんだよ……」

神馬は手持ちのカードをテーブルに広げた。

それを見て、ギャラリーからは悲鳴にも似たどよめきが湧いた。

「ところが、私は勝ってしまうんですよ」

ショウセイが残りの二枚を同時にめくった。

ギャラリーも神馬も、それを見て絶句した。

「クアッズ」

ショウセイが静かに告げる。

四枚のJが揃っていた。

「そんなバカな……」

神馬の両肩が落ちる。

「どんな手を使ってんだよ、おっさん……」

「私にいかさまは必要ない。カードに愛されてますからね」

ショウセイは微笑み、金を取ってポケットに入れた。立ち上がる。

「久しぶりに、楽しい勝負をさせていただきました。また機会あれば、ぜひ」

会釈し、店を出て行く。

ギャラリーは全員、呆然《ぼうぜん》としてショウセイの背中を見送った。

九谷が神馬の肩に手を置く。

「だから、言わんこっちゃねえ」

「どうなってんだ、マジで……」

「わからねえが、負けは負けだ。来い」

肩を叩く。

神馬はうなだれて立ち上がった。そのまま九谷と奥の事務所へ向かう。

ギャラリーは憐《あわ》れんだような目で、神馬を見送った。

事務所へ入ると、九谷はハイバックの椅子に座った。仰け反り、脚を組む。

「さて、今日の借金は四百万だ。どうする？」

「すぐにでも返してえところだが、足りねえな。また仕事くれよ。金の分は働く。こないだみてえな拉致の仕事でもかまわねえ。殺しはしねえがな」

「ちょうど、捌《さば》けるヤツが足りなかったとこだ。いつから働く？」

「今からでもかまわねえよ」

「よし。用意させるから、酒でも飲んでろ」

九谷は卓上電話の受話器を取った。部下に指示を始める。

神馬は潜入に成功したことに満足しつつも、ショウセイとの最後の勝負を思い出し、悔しさを滲ませた。

第四章　電脳の深淵《しんえん》

1

周藤は渋谷に来ていた。宮益坂《みやますざか》を上ったところにある瀟洒《しょうしゃ》なビルの八階から十階に、木南が代表を務める〈ユーアイデータキュレーション〉のオフィスはある。

周藤は八階でエレベーターを降りた。

一面ガラスの壁の向こうに受付カウンターがある。

着ている少し大きめのスーツの襟《えり》を整え、メガネを押し上げて、鞄《かばん》を抱えるように持ち、自動ドアを潜《くぐ》った。

すぐさま、受付にいた女性が笑顔を向けてくる。

周藤は少し背を丸め、近づいた。

「あの……二時にアポイントを取っていた日光電子《にっこうでんし》の佐藤《さとう》と申しますが」

名を告げる。

女性は端末を操作した。名前を確認し、再び笑顔を向ける。

「承《うけたまわ》っております。少々お待ちください」

内線電話を取り、連絡を入れる。

周藤は中堅の電子部品会社、日光電子の企画担当課長という肩書で、佐藤直樹《なおき》と名乗って訪問していた。

日光電子は実在する会社で、社長は第三会議の協力者でもある。ここへ来る前、菊沢を通して、会社名を使うこと、佐藤直樹という架空《かくう》の人物が在籍していることの許可をもらっている。

女性が受話器を置いた。

「担当の者が参りますので、そちらでお待ちください」

カウンターの対面にあるソファーを指《さ》した。

「ありがとうございます」

周藤は首を突き出すように会釈《えしやく》し、ソファーに歩み寄って浅く腰かけた。

五分ほどして、ミニ丈のスカートスーツを身に着けたショートカットの女性が顔を出した。周藤を認めて笑顔を向け、歩み寄る。

「日光電子の佐藤さまですか？」

「はい」

周藤は立ち上がった。

「営業担当の小薗香菜です」

女性がポケットから名刺を出した。

周藤はあわてて鞄を開け、中から名刺入れを出して、あたふたと名刺を渡した。

「佐藤です。お忙しいところありがとうございます」

ぺこっと頭を下げる。

香菜は微笑《ほほえ》んだ。

「こちらへどうぞ」

促され、受付を抜ける。

受付の壁の裏は、オープンフロアになっていた。楕円形《だえんけい》のテーブルが点在していて、社員が好きなところに座り、ノートパソコンを開いて、仕事をしている。

窓際には、ガラスで区切られたブースがあった。テーブルがあり、対面で話している人の姿が見える。

左右の端にもガラス壁に仕切られた空間があり、右手のガラス壁の奥には、上階へ行く螺旋《らせん》階段もある。

ちょっとこじゃれたカフェのようなオフィスに、従業員や来客が往来していた。

香菜は周藤を先導し、テーブルの合間を縫《ぬ》って、窓際のブースへ歩いた。周藤も続く。

「きれいなところですねえ。スチール机が並ぶうちの事務所とはまるで違う」

周藤が感嘆《かんたん》の息を漏《も》らす。

「当社は若い人が多いので、働きやすい環境を作っているんです」

「いいですねえ。でも、私は少々落ち着きませんね。仕切りがないのは苦手でして」

周藤がおどおどと言う。

「上のフロアは、集中して仕事をしたい人たちのために仕切りのある個人スペースにしています。ご覧になりますか？」

「あ、のちほど、よろしければ」

「では、打ち合わせのあとで」

香菜はにこりとし、一つのブースに入った。

勧《すす》められた奥の椅子《いす》に腰を下ろし、鞄をもう一つの椅子の上に置いた。中からノートと資料を入れた茶封筒を取り出す。香菜は対面に腰を下ろした。

香菜越しにフロアが見える。開放感あふれるブースだったが、フロアからこちらを見られているようで、慣れていないと落ち着かない部屋でもある。

「では、改めまして、担当の小薗と申します」

香菜が軽く頭を下げる。

「佐藤です。よろしくお願いします」

周藤はテーブルに額《ひたい》がつきそうなほど深く頭を下げた。

香菜はテーブルの端に名刺を置き、周藤を見つめた。

「日光電子さんといえば、制御基板を作られているところですよね。メーカーさんが、私どもにご相談とは？」

話を切り出す。

「実は、うちも正直なところ、本業の売り上げが伸び悩んでいる状態でして。で、SNS事業に参入しようかという話が出たんです。ところが、私がそのSNSというものにまったく詳しくなくてですね。いろいろと話を伺《うかが》っているのですが、その中で、ファクトチェックというものがあると耳にしまして。なんでも、コンプライアンスと照らし合わせて、不適切な投稿には警告や削除を行なうというものなんだそうですが、そうした管理業務を専門的に行なっている企業さんがあると知りまして」

「で、当社にお越し下さったと？　どなたかのご紹介でしょうか？」

「あ、いえ、ネットで検索したら、御社を見つけたもので、唐突《とうとつ》ながらご連絡させていただいた次第です」

周藤はハンカチを取り出し、汗を拭《ぬぐ》いながら話した。

その様子を見て、香菜は目を細めた。

狙《ねら》い通りだった。

この会社を訪れる際、疑われないためにどうするかを、周藤は思案《しあん》した。

歯切れのいい男を演じれば、先方は警戒し、いろいろと背景を調べてくるかもしれない。そう思った周藤は、老舗《しにせ》メーカーの頼りないサラリーマンに扮《ふん》し、教えを乞《こ》う形で内情を探ることにした。

予想通り、目の前にいる女性は、微笑んではいるが、多少呆《あき》れたような表情も覗《のぞ》かせていた。

「当社を見つけていただいて、わざわざご足労いただき、ありがとうございます。佐藤さんがお調べになった通り、当社はクライアント様からご依頼を請《う》け、各社が提示してきたガイドラインに沿ってSNSを監視し、コンプライアンス違反の投稿を行なった方に対して警告したり、投稿を削除したりする業務を行なっております。もちろん、削除といっても、いきなり投稿を消すことはありません。違反者に警告し、それでも同様の投稿が続いた時は、規約違反の通告をしたのち削除するという手続きを踏んでいます」

「面倒な手続きを踏むんですね」

「はい。いきなり、何も言わず削除するのは、言論、表現の自由に抵触《ていしょく》します。SNSの運営で結構揉《も》めるのは、この部分なんですよ」

「はあ、なるほど」

周藤はノートに小さい字で聞いたことを書き込んでいく。

香菜は周藤の手元を覗き込み、気弱そうな小さな字を見て、苦笑した。

周藤は上目遣いに香菜の方を見やった。が、見ていたのは香菜ではない。目の端で、フロア全体を観察していた。

八階のフロアで働いている者は、ラフな格好をしているが、男女とも特に怪しい雰囲気《ふんいき》はない。

が、螺旋階段から上に上がっていく者たちが少々気になった。

蒼白《あおじろ》い顔をして、痩せこけた男が多い。背を丸めて足元を見て歩く者が多く、明るいオフィスにはそぐわない、どんよりとした空気をまとっている。

彼らは、八階フロアの社員には挨拶《あいさつ》もせず、目も合わせることなく階段を上がっていく。まるで、墓場にでも出向くような雰囲気をまとっていた。

周藤は香菜に気取《けど》られないよう、黒目は正面へ向け、目の端で的確にフロアの様子を捉《とら》えていた。

「あのー、たとえば、投稿者に断わりなく、投稿を削除した場合ですね。どのようなトラブルが起こるのでしょうか？」

周藤が訊《き》く。

「法的措置《そち》を取ろうとする人もいますが、最も厄介なのが、ネットでの不評の拡散です。

炎上という言葉をご存じですか？」

「ああ、なんか聞いたことがあります」

周藤はそらとぼけた。が、日光電子の佐藤には、ネットに関して無知な雰囲気も似合っていた。

「不快な思いをした人が、個人のブログやSNSで不満を吐露《とろ》することから始まります。多くの場合、ただの個人的感情であったり、前後発言を切り取られることで、いかにも非常識なことを言っているように加工され、あらぬ非難を浴びせられたりというものがほとんどなのですが、個人の不満の吐露は企業や社会への問題提起となり、それに数多《あまた》のネット民が乗っかって、擁護や非難の応酬が始まる。こうなると、もう問題の本質は変わってしまい、拡散する議論を止められなくなります。勝手にやっておいてくれる分には関知しなくてもいいのですが、本質を外れた議論を基にした非難の矛先《ほこ》が企業側へ向くと、その企業に多大なる風評被害が出てしまいます。SNSを運営する際、最も気をつけなければならないのが、この点でしょう」

「怖いですね……」

メモを取りながら小声で漏らす。

「ですから、私どものような管理会社があるのです。ファクトチェック専門で監視、管理をしているので、そうした事態へのノウハウもありますし、無用に悪評を煽《あお》ろうとする者への法的措置の手続きもスムーズに行なえます。日光電子さんが本当にSNS事業に乗り出されるなら、私どもは十二分にお力になれると思いますよ」

香菜は売り込みも忘れない。交渉に慣れた女性だということが見て取れる。

「それはもちろん。こうしてわざわざお時間をいただき、お話を聞かせていただいている以上、SNSを起《た》ち上げる時にはお願いしようと思っております」

ぎこちない笑顔を見せる。

香菜は笑って脱力し、両肩を落とした。

周藤は茶封筒を差し出した。

「これですが、一応、企画書です。簡単なものですが、お時間のある時に目を通していただいて、またアドバイスいただけるとありがたいのですが」

「今、見ましょうか？」

「あ、すみません。このあと、会社に戻って会議がありますので、また今度、ゆっくりご意見を聴かせていただけると助かります」

「そうですか。では、お預かりいたします。上階のフロアもご覧になりますか？」

「はい、ぜひ」

周藤は立ち上がった。あたふたと鞄にノートを詰め込む。

香菜が少し鞄を覗く。中に物があふれているのを認め、苦笑する。

周藤は鞄を整理するふりをしつつ、底に仕込んだマイクロビデオカメラのスイッチを入れた。

ピンホールカメラから延びたコードが、メガネケースに収めた録画装置につながっている。

用意を整え、顔を上げる。

「すみません、お待たせしました」

鞄を持って、カメラのレンズが正面を向くようにした。少し傾けて香菜の顔を収め、その後、フロアにいる社員たちの顔をできるだけ撮影していく。

香菜と共に螺旋階段の手前に来た。香菜が立ち止まる。

「上の階では、各クライアント様に関わるセンシティブな作業を行なっておりますので、入口を入ったところから中を覗くことしかできませんが、よろしいですか？」

「はい、かまいません」

周藤が恐縮そうに首をひっこめる。

香菜は頷《うなず》いて、螺旋階段を上がり始めた。周藤も続く。八階フロアとは違い、薄暗くなっていく。

狭いスペースにガラスの自動ドアがあった。脇の壁にリーダーとテンキーがある。

香菜は自分のＩＤカードをリーダーにかざし、テンキーで暗証番号を打ち込んだ。

周藤はその様子を撮影した。

ドアが開き、中へ入る。薄暗いフロアに、白いパーティションに仕切られたブースが整然と並んでいた。下のフロアとはまるで雰囲気が違う。

手前の席で作業をしている男の姿が見えた。男は猫背でモニターを覗き込み、何やらぶつぶつ口を動かしつつ、マウスを操作していた。

モニターの明かりに照らされた男は、取り憑《っ》かれたようにモニターを凝視している。

周藤は香菜に気づかれないよう、鞄をゆっくりと左右に振り、フロア全体を撮影した。

「すごい雰囲気ですね」

周藤が小声で言った。

「先ほどお話ししましたように、一つ間違えれば、炎上させてしまい、クライアント様に多大なるご迷惑をおかけしますので、作業には細心の注意を払っております」

「そのようですね」

「よろしいですか?」

「はい、お仕事の邪魔をしてはいけないので」

周藤は言い、先にフロアを出た。

香菜も出てきて、階段を降りていく。そのまま周藤を受付前まで送った。

「お忙しいところ、ありがとうございました」

周藤は深々と頭を下げた。

「こちらこそ、わざわざおいでいただき、ありがとうございました。資料を拝見させていただき、精査したうえで、またこちらから連絡させていただきます」

香菜が言った。

「よろしくお願いします。では、失礼いたします」

周藤は何度も何度もぺこぺこと頭を下げ、エレベーターに乗り込んだ。

ドアが閉まるまで頭を下げる。

周藤は会社を出て、人ごみにまぎれるまで、日光電子の佐藤を演じ続けた。

2

江尻を乗せた車は、千葉県道八六号線から脇道に入り、山道を登っていった。

どこへ連れていかれるのか、若干の不安を覚えたが、林道しかない山の中に置いていかれては途方《とほう》に暮れる。

このまま、樫田に任せるしかない。

木南は助手席に乗っていた。

江尻は後部座席に一人座っている。木南と樫田はたわいもない会話をしていたが、江尻は押し黙って、車窓を眺めていた。

流れる景色を見ながら、木南の話を反芻《はんすう》していた。

何度も何度も、木南の言葉を思い出す。

やはり、極論のように思える部分も多いが、木南の発した言葉が、江尻の迷いを打ち消そうとする。

『誰かがやらなければ、第二、第三の天くんが出てしまうのですよ』

木南の話を思い返すたびに、この言葉が胸の奥深くに刺さっていく。

後部座席から、木南と樫田を見やる。

樫田は少々乱暴な感じに見えて、いい感情は持たないが、木南はあくまでも紳士的で悪い人のようには見えない。

木南が見たという、この世のものとは信じがたい光景とは何なのだろうと気になる。

木南の話は原理主義的ではあるものの、なんらかの信念に基づいたものだということは肌身でわかる。

とりあえず、一度仕事を手伝ってから、その後のことは考えてみよう。

江尻は、ややもすると木南側に傾きそうになる思考を止めるよう、自分に言い聞かせていた。

車はどんどん森の奥を進んだ。雑木が影を作り、日中だというのに薄暗い。

江尻は怖さを押し込めつつ、車に揺られた。

林道を十数分ほど走った時、いきなり視界が開けた。

突然、舗装された道路が現われ、その先に大きな建物がそびえていた。

右にカーブした道路を上がっていくと、正門が見えた。立派な鉄格子のゲートで、右手には警備員の常駐小屋もある。

車が門の手前で停《と》まる。木南が顔を出し、監視カメラを見上げた。

警備員が小屋の中でモニターを確認する。そして、鉄格子が開いた。

車がゆっくりと敷地内へ入っていく。

「顔認証ですか？」

江尻が訊いた。

「そうです」

木南が答える。

江尻は車窓から敷地を見回した。

銀色に輝く三階建ての横長の建物は、高級ホテルのようだった。

鬱蒼《うっそう》とした雑木林は切り拓《ひら》かれ、芝生が敷き詰められた広場や遊歩道がある。その奥にはテニスコートやプールもあった。

「ここは……」

江尻がつぶやいた。

「病院ですよ」

「えっ！」

江尻は驚き、目を丸くした。

木南が笑う。

「正確に言うと、医療ツーリズム向けの滞在型ホスピタルです。検査や高度医療を受けたい人たちが宿泊しながら検査や治療を行なう場所です」

「なぜ、ここに……？」

「私たちの活動が何に役立っているのか、江尻さんにも知ってもらいたいと思いまして」

木南が言う。

車はロータリーを回り、玄関に横付けした。木南が降りた。後部ドアを開ける。

「どうぞ」

木南が促した。

江尻は恐る恐る下車した。

周りを見回しながら、中へと進む木南についていく。

二つの自動ドアを潜ると、豪勢なロビーが現われた。高い天井にはシャンデリアがぶら下がっていて、窓から差し込む陽光できらめいている。

ロビーにはソファーが点在し、高級カフェのようだ。

そこに座っている人たちは、新聞や雑誌を読んでいたり、お茶を飲みながら談笑していたりする。誰もが品がよく、すっきりとした衣服を身に着けていた。

木南は受付カウンターに歩み寄った。それもホテルのフロントのようだった。中の女性も、看護服は着ていない。

「木南です」

名前を告げると、すぐに受付の女性は笑みを向けた。

「伺っております」

女性は訪問者のゲストパスを二つ、カウンターに置いた。

「右手のエレベーターで三階へどうぞ。担当の者がおりますので」

「ありがとう」

木南は微笑み、ゲストパスを取り、一つを江尻に渡した。

江尻はゲストパスを首から提《さ》げた。木南はパスを持ったまま、右のエレベーターホールへ歩いた。

「本当にここは病院なんですか?」

江尻が天井を見やる。

「病院がホテルのようであってはいけないという理由はありませんよ。この頃は、医療ツーリズム向けのこうした施設は各地にできています。落ち着いた場所で、的確かつ高度な医療を受けたいという人に、このような選択肢があってもいいと思いませんか？」

「それはそうですが……」

エレベーターホールで立ち止まり、上向きのボタンを押す。すぐ、真ん中のエレベーターのランプが点滅し、ドアが開いた。

木南は中へ入り、ゲストパスをリーダーにかざした。エレベーター内のボタンが操作できるようになる。

セキュリティーもしっかりしているようだった。

三階へ上がる。ドアが開くと、白衣姿の男が立っていた。

「お忙しいところすみません」

木南は男に歩み寄り、握手をした。

「いえいえ。こちらが江尻さんですか？」

男が江尻を見やる。木南が頷く。

「当院で、外科部長を務めています平井と申します」

右手を差し出す。

「江尻と申します」

江尻は右手を握《にぎ》って、頭を下げた。

「どうぞ、こちらへ」

平井が促す。

落ち着いた伽羅《きゃら》色の絨毯《じゅうたん》が敷き詰められた廊下を奥へと歩いていく。

「ここは……」

江尻がつぶやく。

「療養されている方の病棟です」

平井が言った。

江尻は驚き、また目を見開く。多少、薬品の臭いはするものの、とても入院患者のいる病棟とは思えない。

「ホテルの個室のような造りをしています。もちろん、奥にはナースルームもありますが、療養なさる方々には、リラックスして過ごしていただきたいので。こうした環境下では、術後の回復も早くなるんですよ。今、そのデータを集めて、論文も作成しています」

「そうですか……」

江尻は感嘆《かんたん》した。

「江尻さんはこれから木南社長の仕事の手伝いをなさるとか」

「まだ、決めたわけではないのですが……」

「木南社長が行なっていることがどのような結果をもたらすのか。ぜひ、ご覧になっていただきたい」

平井は歩きながら話し、一つの部屋の前で立ち止まった。

ノックをし、引き戸を開ける。

「失礼します。平井です」

そう言い、平井が中へ入っていった。

木南に促され、江尻は平井の後に続いた。

部屋には当然ベッドもあったが、その周りにはソファーやテーブル、テレビや付き添い用の大きなベッドもある。

男性が仰向《あおむ》けに寝ていた。その脇には女性と小学校高学年くらいの男の子がいる。

江尻は男の子を見て、死んだ息子のことをふっと思い出した。

男性の鼻や腕には、管がつながれていた。

「池原《いけはら》さん、どうですか?」

平井がベッド脇から声をかける。

「おかげさまで、調子はいいです」

男性は笑みを滲《にじ》ませた。少し顔は茶色いが、血色は悪くない。

平井は江尻を手招いた。江尻は平井の脇に歩み寄った。木南は入口近くに立っていた。

「今度、ここで治療をしようかどうか考えてらっしゃる江尻さんです。少しお話を聞かせてもらってもよろしいですか？」

　平井が言う。

「かまいませんよ。江尻さん、治療はどなたが？」

「え－……」

　江尻が言い淀《よど》む。平井が助け舟を出した。

「奥さまです。重度の腎《じん》不全を患っているのですが」

「ああ、私と同じですね。なかなか腎臓の提供者は見つからないでしょう？」

　池原は江尻を見つめた。

「ええ」

　江尻は話を合わせた。

「私も長い間、人工透析《とうせき》をしていましてね。なんとか腎移植を受けたいと思っていたんですが、なかなか提供者が現われなくて。女房や子供からもらえるんですが、私のために家族を傷つけるのも気が引けましてね。で、提供者が現われるのが先か、私が死ぬのが先かという状態にまでなったんですが、その時にこの病院のことを知りました。高額ではあるけれど、短期間で腎臓を提供してもらえると」

「池原さんは、移植手術をしたんですね？」

「ええ、入院して二週間後には。本当に助かった。この子を残して、死にたくはなかったですから」

池原が子供を見やる。池原の妻も息子を見つめた。

その眼差《まなざ》しは、かつて愛おしく天を見つめていた江尻や妻のものと同じだった。

池原の妻が口を開いた。

「提供してくれた方がどなたかは存じませんが、私たちにとっては恩人です。本当にここを見つけてよかった」

そう言い、涙ぐむ。

「江尻さん。早く、奥さまにも手術を受けさせてあげてください。人工透析から解放されるだけで、生きる希望が湧《わ》きますから。金銭的なご苦労はあると思いますが、命には代えられませんからね」

池原が微笑む。

死地を彷徨《さまよ》った人の言葉は、江尻の胸の奥に沁《し》みた。

「調子はよさそうですね。でもまだ無理は禁物です。安静になさってください」

平井は言い、顔を上げて江尻を見た。江尻が頷く。

「ありがとうございました」

江尻が頭を下げた。と、池原の息子が恥ずかしそうに手を振った。

江尻は微笑んで手を振り返した。瞼《まぶた》が熱くなり、涙袋が膨《ふく》らむ。

病室を出た。廊下に出て、滲んだ涙を手のひらで拭う。

「すみません」

江尻は木南と平井に詫びた。

「いえ、お気持ちはお察しします」

木南が言った。

エレベーターの方へ戻っていく。

「江尻さん。池原さんに腎臓を提供した人が誰だか、わかりますか？」

木南が訊いた。

「善意の第三者ということでしょうか？」

「越川です」

木南が言う。

江尻の顔が強《こわ》ばった。顔を上げ、木南を見据える。

「どういうことですか……」

「魂《たましい》の浄化ですよ」

「なんですか、それは」

「死んで当然の人間をこの世から抹殺《まっさつ》する。しかし、一方で池原さんのように、真面目《まじめ》に生きようとしているのに移植手術ができず、泣く泣く命を落とそうとする人もいる。越川という人間の心はクズそのものだったけれど、内臓に罪はない。その内臓を善良に生きる人の治療に役立てることで、腐った魂を浄化する。実に理にかなったことだと思いませんか？」

「越川のようなヤツの腎臓を移植されたと知れば、池原さんは——」

「もちろん、池原さんに事実を伝えることはありません」

平井が言った。

「江尻さん。日本の臓器移植事情は深刻です。ガイドラインが厳しすぎて、移植で助かる命を助けられない。心臓移植で海外に渡航する人たちのニュースをご覧になったことはあるでしょう？　そこまでしなければ、自分を、自分の子供を助けられないという現状はおかしいと感じませんか？」

「それは……」

「私は、木南社長の活動を支持しています。なので、ここで移植医療を行なっているのです。あなた方が生きる価値もない人間を処分してくれることで、何人かの生きるべき人たちの命を助けられるのです。あなたが、越川の処分を手伝ってくれたおかげで、先ほど見た池原さんの息子さんの笑顔は守られたんですよ」

平井が畳みかけた。

江尻は立ち止まって目をつむり、両の拳《こぶし》を握り締めた。

はにかみ、手を振った池原の息子の姿が、天の姿とダブり、まぶしかった。

「一つでも多く、善良な人々の笑顔を救うため、私たちとがんばってくれませんか？」

木南が言った。

江尻は拳を震わせた。そして、目を開き、ゆっくりと顔を上げた。

「わかりました。協力させていただきます」

江尻は言った。

「ありがとうございます、江尻さん」

木南が両手で江尻の右手を包んだ。

力強く握手をしながら、平井を見やる。

平井はほくそ笑み、小さく頷いた。

3

神馬は、九谷に頼まれた仕事を終え、〈ＰＯＰ１〉に戻ってきた。

捕らえてきた男は九谷の部下に任せ、店に入る。バーテンダーが神馬に笑顔を向けた。

「お疲れさんです。お飲み物は？」

「そこのボトルをくれ」

適当に指差す。バーボンのボトルだった。

バーテンダーはボトルのキャップを開け、そのまま神馬の前に差し出した。

神馬はボトルを取って、ボックス席のソファーに腰を下ろした。

ボトルを傾け、バーボンを流し込む。口辺からあふれた酒を手の甲で拭い、一息つく。

「何か、作りましょうか？」

「チーズくれ。切らないでいいぞ」

「承知しました」

バーテンダーは頷き、仕度《したく》を始めた。

神馬はソファーに深くもたれて脚を組み、再び、ボトルを傾けた。

この三日間で、三人の男を捕まえた。すべて、九谷のカジノで多額の借金を背負い、逃げ回っていた者たちだ。二十代の若者もいれば、六十過ぎのくたびれたおっさんもいた。

三人とも、この店に連れ込まれたあとは、消息を絶った。

神馬が殺しや解体を手伝うことはなかったが、三人の男が有松と同じ運命をたどったことは容易に想像できる。

クズがこの世からいなくなることには何の感慨《かんがい》もないが、無益《むえき》な殺しに加担していた用《よう》心棒《じんぼう》時代を思い出し、少々心中がささくれだつ。

バーテンダーがチーズを持ってきた。皿に三つの大きな塊《かたまり》がある。

「どうぞ」

皿を置いた。

神馬は手を伸ばし、一つを手で取って、かじった。酒で流し込む。

「九谷さんは？」

「素材を見に行っています。すぐ戻ってくると思いますので、くつろいでいてください」

そう言い、バーテンダーはカウンターに戻った。

ボトルを傾けながら待つと、十分ほどして、地下に通じる従業員用のバックドアが開く音がした。カーテンを潜り、九谷が顔を出す。

「おー、黒波。お疲れ」

カウンターにあった赤ワインのボトルを取り、神馬の座っているボックス席へ来る。

神馬の斜め右に腰を下ろすと、大股を開いて背もたれに仰《の》け反《ぞ》り、歯でコルクを開けて、赤ワインをぐびぐびと呷《あお》った。

口からこぼれた赤ワインを手の甲で拭う。九谷の体からは血の臭いが漂う。赤ワインが生き血のように見えた。

「いやあ、助かったよ。あれだけ素材が集まりゃあ、注文は捌ける。頼りになるよ。うちの連中じゃ、ここまで短期間で手際よく集められねえ」

「続ける気はねえぞ。三人連れてきたんだから、借金はチャラだろ」

九谷を睨《にら》み、チーズを口に放り込んだ。

「まあ、そうだがな。おまえ、金に困ってんじゃねえか？」

「別に困っちゃいねえよ」

「そりゃ、普通の生活を送ってる庶民が口にすることだ。おまえみてえに、ネジ外れてるヤツは、ひと月にいくらあっても足りねえだろう」

九谷がしたり顔で片笑みを覗かせる。

神馬は渋い表情を見せた。実際は、それほど困ってはいない。しかし、九谷が望む顔を見せることが、次の情報収集につながる。

「たまに、でいいんだ。この仕事、手伝ってくれねえか」

「条件次第では考えなくもねえが」

色気を滲ませる。

九谷が笑みを濃くした。

「ギャラはこれまで通り、一人百万。うちの系列のカジノには出入り自由で、来た時には五十万分のチップをやる」

「毎日、入り浸《びた》っちまうぞ」

「かまわねえよ。その条件でどうだ？」

「悪くねえが……」

神馬はグッとバーボンを飲んで、ボトルをテーブルに置いた。上体を傾けたまま、下から九谷を睨む。

「ずいぶんと景気がいいじゃねえの。臓器の売買ってのは、そんなに儲《もう》かるのか？」

「まあ、そこそこな」

九谷は目を細め、見下ろした。

「気持ち悪いんだよ。あんたが築《きず》いたルートで捌いてんなら、納得できるんだけどよ。平井ってのは、どう見てもこっち側の人間じゃねえし、三人もの男の中身をこの短期間で捌くにゃ、それなりの組織がねえと無理だろ。あんたには世話になってるから、手伝ってもかまわねえんだが、見も知らねえ誰かのために働かされるのはごめんなんだ」

神馬はゆっくりと上体を起こし、九谷を正視した。

「バックは誰だよ」

ストレートに訊く。

カウンターでカランと音がした。バーテンダーがアイスピックを握ったのがわかった。背後で殺気が立ち上る。

九谷はバーテンダーを一瞥《いちべつ》した。かすかにアイスピックを戻す音がし、殺気が和《やわ》らぐ。

「必要か？」

「おれに仕事させてえならな。あんたは知ってんだろ？　おれが金だけでは動かねえことくらい」

神馬は見据えた。

九谷が見返す。

二人の間に、息が詰まるほどの緊迫感が漂う。

ふっと九谷が笑みを浮かべた。

「付き合いが長《なげ》えってのも、めんどくせえな。わかった。今晩、会わせてやる。ただし」

九谷が身を乗り出した。

「後ろ盾に会ったら、もう抜けられねえぞ」

眼力が強くなる。

「その方がスッキリするぜ」

神馬は怯《ひる》むことなく、笑みを返した。

4

栗島のデスクにある右側のモニターのＬＥＤが赤く点滅した。

すぐキーボードとマウスを引き寄せ、操作する。

「よし、ひっかかった！」

独り微笑み、キーボードを叩き始めた。

長井結月の提案通り、彼らが狙うような動画に追跡プログラムを仕込んで、ひっかかるのを待っていた。

彼らが、栗島の撒《ま》いた餌《えさ》を削除したら、アラートが発するよう、セッティングしていた。

動画を消した後、ＩＰアドレスは秒単位で消えていく。プログラムは、ＩＰが消去される前のわずかなタイムラグを捕らえ、サーバーから消滅していくアドレスを追い続けた。

モニターには世界地図が表示されていた。ＩＰアドレスが経由したサーバーの場所が緑色の線で繋《つな》がり、赤丸で示されていく。

アメリカやロシアや中国のサーバーもあれば、エストニアやケイマン諸島のサーバーにも印が付いた。

そして、東南アジア諸国のサーバーを経由し、たどり着いたのは日本だった。

目まぐるしく動いていた緑色の線は、そこで止まった。赤丸は最終的な場所を示すように、波紋を描き、点滅していた。

栗島は衛星地図を重ね、ＩＰアドレスの最終到達地をアップにした。

「えっ？」

目を見開き、前のめりになる。

自席で作業をしていた智恵理が、上体を傾け、栗島を見やった。

「どうかした?」

「いや……まさかなあ……」

栗島は何度もモニターを覗き込んでは、首を傾《かし》げた。

智恵理は立ち上がって、栗島のデスクに歩み寄った。モニターを覗く。一つのビルが大映しになっていた。

「あれ? このビル」

智恵理がつぶやく。

ドアが開いた。地味なスーツ姿の周藤が入ってきた。

「おかえりなさい」

智恵理は笑顔を見せた。

周藤はネクタイを緩めながら、自席に行った。鞄を置く。

「コーヒー飲みます?」

「ああ、頼む」

周藤はメガネを外して、目頭を揉んだ。

智恵理が作り置きのコーヒーを淹《い》れ、カップを持ってきて、周藤のデスクに置いた。

「どうぞ」

「ありがとう」

周藤は一口飲んで、息をついた。

立ったまま鞄を開き、メガネケースを取り出す。それを持って、栗島のデスクに近づいた。

「〈ユーアイデータキュレーション〉の内部を撮ってきた。解析してくれ」

デスクの端に置く。

栗島は返事もせず、モニターを睨んでいた。

「どうした？」

周藤は栗島を見やった。栗島は顔を上げない。智恵理に顔を向ける。智恵理は小さく微笑んで、顔を横に振った。

「うーん、間違いないな……」

栗島はうつむいて、坊主頭を掻《か》いた。やおら顔を起こして、周藤を見上げる。

「ファルコン……」

栗島が口を開く。

「なんだ？」

周藤が見返す。

「こんなこと、あっていいのかなあと思うんですけど……」

栗島が探り当てた場所の画像を表示した。

「これは、〈ユーアイ〉が入っているビルだな」

周藤が言う。

「はい。例のコンテンツモデレートの逆探知をしたんですが、たどり着いた場所はここでした」

栗島の言葉に、周藤は目を見開いた。智恵理も駆け寄ってくる。

「どういうことなの？」

「僕にもわかりません。けど、こんな偶然があるのかなとも思いまして……」

「これは、偶然なんだろうな」

周藤がさらりと言った。

「しかし、偶然は必然でもある。これを見てくれ」

メガネケースを栗島の手元に押し出す。

栗島はケースを開けて、隣の空《あ》いているパソコンのモニターにＨＤＭＩ端子のコードをつなぎ、再生を始めた。

周藤と智恵理も覗き込む。

〈ユーアイデータキュレーション〉のオフィス内の映像が流れる。フロアは、特筆すべき点もない普通のオフィスだ。

「これと、コンテンツモデレートが関係しているんですか？」

「問題は、このあとだ」

周藤が言う。

三人が映像を見続けていると、香菜が螺旋階段を上がる映像に変わった。薄暗いフロアに上がっていく映像に、栗島と智恵理が見入る。

香菜がＩＤカードをかざし、暗証番号を入力してドアが開く。薄暗い部屋の映像が大映しになった。

栗島の目つきが鋭くなった。身を乗り出し、モニターを見つめる。

栗島が途中で映像を止めた。

「どうしたの？」

智恵理が訊く。

栗島は返事をせず、少しだけ戻して、映像を切り取った。それを拡大し、補正していく。

「これは……」

栗島の目が大きくなった。

「何か見つけたか？」

「はい。これなんですが」

栗島が指差した。

パーティションの隙間《すきま》に覗くモニターに映っているのは、殺人の場面だった。首を切り落とされた遺体が転がっている。

「何やってんの、ここで……」

智恵理が眉間《みけん》に皺《しわ》を寄せた。

「おそらく、裏サイトに流れている映像です。こうした映像が、守られたネットワーク以外で流れているのは驚くことではありません。問題はここです」

栗島は画像の左横にある二つのボタンを二本の指で差した。

「一つのボタンは〈DELETE〉。もう一つのボタンには〈SAFE〉と記されているでしょう？　そして、作業をしている男はこの二つのボタンをクリックしています」

栗島が再生を始めた。カーソルが二つのボタンを行き来する。ボタンがクリックされるたびに、モニターには新しい画像が現われた。

「僕がゲリラ情報の解析を行なっていた時も、これと同じようなアプリケーションを使っていました」

「どう使うんだ？」

周藤が訊く。

「あるサイトの画像や動画を見て、裏サイトでも流してはいけないと判断したものは〈D

ELETE〉。相手方のサーバーに侵入して、元まで消してしまいます。一方、この程度であればかまわない、あるいは、こちら側の有益になりそうな情報であれば〈SAFE〉とみなして、そのままネットワークに流す。つまり、世界中に流れている画像や映像を勝手に検閲《けんえつ》しているということです。僕らの頃よりは数段優れたアプリケーションだと思いますが、していることは昔の僕らと変わらない」

「この男がコンテンツモデレーターということか？」

「おそらく」

栗島は深く首肯《しゅこう》した。

「じゃあ、ポンが追っていた動画削除もここで行なわれているってこと？」

智恵理が訊く。

栗島は智恵理に顔を向けた。

「部屋の雰囲気やモニターに映っている画像とアプリケーション。作業している男の動き。逆探知の情報などを考え合わせると、それもあり得るかと。ただ……」

栗島は腕組みをし、首をひねった。

「企業の依頼でなく、無差別的にコンテンツを削除するなら、逆探知で足の付くような脆《ぜい》弱《じゃく》なプロキシはかけないと思いますし、そもそも、本業とは別の場所でひっそりとやるんじゃないかと思うんですよね。もし、企業体の一部で勝手な検閲と削除をしていると知れれば、炎上は必至ですし、事業継続自体も危《あや》ぶまれます。そこまでリスクを負う必要はないと思うんですけどね」

「誰かに頼まれてるとか」

智恵理が言う。

「それは無きにしもあらずですけど、であれば、絶対にバレないようなセキュリティーをかけてないとおかしいです。この人たちが捕まれば、依頼者まで割れる可能性がありますから」

「それもそうね……」

智恵理も腕組みをして、うなった。

「わざとか？」

周藤が言う。

「なぜです？　場所を知られてもいいことはないですよ。本来、隠れてすべきことですから」

栗島が訊いた。

「隠れる必要はないと、彼らが思っているなら、わざわざ面倒なシステムは組まないだろう」

「スキルのある者ならたどり着けるようにしているということですか？」

「そう断言はできないが、可能性も否定できない。ポン、この映像に映っている〈ユーアイ〉の社員の身元を割り出してくれ。それと、上階の映像も細かく分析してみてくれ」

「わかりました」

栗島はさっそく作業を始めた。

「チェリー、〈ユーアイデータキュレーション〉のことを詳しく調べてくれ」

「はい」

智恵理は頷き、小走りで自席に戻った。

周藤は二人を見やり、自分も席に戻って、智恵理がまとめた他のメンバーからの情報に目を通し始めた。

5

周藤は凜子の報告に目を通していた。

凜子は平井の過去を洗っていた。

平井は和歌山県の小さな海沿いの町で生まれ育った。平井の祖父が地元に尽くした医師で、その祖父の姿に憧れ、医師を目指したそうだ。

彼が高校生の時に祖父が死に、メーカーのサラリーマンをしていた父の都合で、和歌山を離れ、東京へ引っ越した。

平井の父は、二年前に死亡していた。

和歌山にあった病院や家族で暮らしていた東京のマンション周辺で、平井について訊いてみた。

悪く言う人はいなかった。

真面目で優しく聡明、正義感もあり、誰もが認める好青年だったようだ。

その平井が変わったのは、大益が語っていた母親の死の直後からだった。

母の死以後は、友人たちとの付き合いも悪くなり、近所の人に挨拶をすることもなくなったそうだ。

医師になってからは父と二人で暮らしていたマンションも出て、独り暮らしを始めると、転居先では近隣の人とは一切関わらず、病院と家を行き来するだけだったらしい。

転居先の住人のほとんどは、平井のことを知らなかった。

凜子は智恵理を通じて、平井の経済状況も調べていた。

武蔵東西病院の勤務医としての給料の他に、別病院からも収入があり、月収は百二十万円ほど。悪くない収入だ。

平井は、武蔵東西病院以外、三つの病院の非常勤医師を務めていた。

二つは、武蔵東西病院と同じく、地域医療を担う病院だったが、一つは法人名だけが記されていた。

九星会《きゆうせいかい》という医療法人だ。それについても調べられている。

九星会の理事長は尾花敏和《おばなとしかず》という医師で、臓器移植学会の副理事も務めている人物だった。

九星会は主に、医療ツーリズム向けの滞在型病院を経営している。

平井は九星会の病院で、執刀《しつとう》を行なっているようだった。

凜子の報告には、大益からのデータも添付《てんぷ》されていた。

大益が平井を疑うに至った資料だ。

大益は、平井の院外活動について、腹心《ふくしん》に調べさせていた。

大益が問題視していたのは、九星会が関わっている執刀だった。

九星会系の病院で執刀を行なっている事実は確認されている。しかし、執刀数と平井の上達速度が比例しない。

また、他の二つの病院より、九星会系の病院に出入りする回数が圧倒的に多い。にもかかわらず、九星会系の病院での執刀数は、他の二院とさほど変わらない。

内容も、臓器移植は何例かあるものの、武蔵東西病院と同じく、通常の外科手術がほとんどだという。

「なるほど。大益先生は、平井だけでなく、九星会も疑っているということか」

独り言《ご》ち、頷く。

凜子は今、大益を通じて、尾花との接触を図《はか》ろうと試みているようだった。

伏木からの報告も上がっていた。

館山市の神余周辺で聞き込みをし、平井が消えたと思われる場所にある施設の特定をしているようだ。

近隣住民の話では、七年ほど前、伏木が踏み入ろうとしていた山の奥へトラックや建設作業員が出入りしていたという。

その後、大きなトラックで何かを搬入したらしいとの証言も得られている。

また、現在は時折、身なりのいい老夫婦や家族連れ、外国人、セールスマンのような男女が山の中へ入っていくのを見たという話や、ふもとの道路沿いまで送ったというタクシー運転手の証言も取れていた。

山中になんらかの施設があることは間違いない。

それは、衛星写真でも確認されている。

切り拓かれた山の中腹には、白色に輝くビルがコの字に並んでいた。周辺には芝が敷き詰められた庭園やテニスコート、プールなどもある。リゾート施設か保養所のようだ。

伏木は、凜子の報告を読んで、その施設は九星会が運営する医療ツーリズム客用の滞在型ホスピタルではないかと記している。

周藤も同じ感想を持った。

しかし、同所に九星会の病院はない。記載されていないだけかもしれないが、施設が何なのかが確認できない限りは、そう断定もできない。

伏木に潜らせたいところだが、伝手《つて》がなかった。

事を急《せ》いて、不測の事態を招きたくはない。

と、智恵理のデスクの電話が鳴った。

智恵理が出る。

「D1オフィスの天羽です。あ、はい……はい。少々お待ちください」

智恵理は手で送話口を押さえ、周藤に顔を向けた。

「ファルコン、アントからです。木南や江尻を乗せたSUVが見つかりました」

「クラウンはいるのか？」

「いるそうです」

「江尻を尾行して、住まいを突き止め、そのまま監視を続けるよう伝えてくれ」

「わかりました」

智恵理は受話器を耳に当て、周藤の指示を伝えた。

「チェリー、俺はユーアイに行って、木南の動向を探る。何かあれば、連絡を」

「承知しました」

智恵理が言う。

周藤はスーツを着替えるべく、仮眠室へ入った。

6

神馬は九谷と共に、神楽坂《かぐらざか》にある看板のない料亭に入った。

着物を着た仲居は、あきらかに場違いな風体の神馬を見ても微笑みを絶やさず迎えた。

二人は、庭に面した廊下を進み、最奥の部屋の前まで案内された。

仲居が障子戸の前で膝《ひざ》をつき、中に声をかけた。

「お連れ様がお着きです」

「入れ」

中から太い声が聞こえてきた。

仲居が障子戸を開ける。猫脚の座卓の奥に、恰幅《かっぷく》のいいスーツ姿の男性が座っていた。

「失礼します」

九谷は丁寧《ていねい》に頭を下げ、部屋に上がった。神馬も会釈し、続く。仲居が障子戸を静かに閉めた。

九谷は男の差し向かいに正座をした。神馬も左隣に並んで正座をし、改めて、男を見やる。

眉の太い男だった。座高からみて、身長は百八十センチくらいありそうだ。顔は浅黒く若そうだが、目尻や口元に皺が目立つ。バックに流した髪にも白髪が覗く。六十歳前後だろうかと、神馬は思った。

「お忙しいところ、お時間いただき、恐縮です」

九谷がかしこまった口ぶりで言って、頭を下げる。

「かまわんよ。彼かな？」

男は神馬に目を向けた。

「はい」

顔を上げ、神馬を見やる。

「挨拶しろ」

九谷が命じた。

「初めまして。黒波と言います」

両腿《もも》に手をつき、軽く礼をする。

「珍しい名前だね。本名か？」

「おれは黒波で通してるんで」

そう言い、男の目をまっすぐ見た。

「おい、口の利き方に気をつけろ」

九谷は神馬をひと睨みし、男の方を見やった。

「すみません。こいつ、世間知らずなんで」

「いやいや、若者はこのくらい尖《とが》っている方がいい」

「ありがとうございます。昔から、こちらの世界で用心棒をやってた男でして。その頃からずっと黒波で通しているんです。俺も実は、こいつの本名は知らねえんですよ」

「そうか。ヤクザの世界で用心棒を務めていたなら、腕も相当のものだろう。私は、実力のある者に細かなことは問わない」

男は深い笑みを見せた。

相当なタマだな、こいつ……。

神馬は、自分の素性《すじょう》を聞いても何一つ動じない男を見て、心の奥でつぶやいた。

「九谷さん。こちらさんは？」

「ああ、こちらは——」

九谷が言いかけると、男が右手のひらを小さく上げた。九谷は口を閉じた。

「まずは、君の意思を確認したい。私の名を聞けば、ここから先、私たちと行動を共にすることになる」

「それは、九谷さんから聞いてます」

「よろしい。では、一つ問う。君は人の死をどう考えている？」

男はいきなり質問を投げかけた。

神馬は少し思案した。男の質問の意図を測《はか》りかねる。相手の意図通りの答えを返したいところだ。

が、会ったばかりで、人となりが何もわからない。しかも、表情はずっと同じ笑顔で、目の色もあまり変化しない。

じっと見つめていて、神馬はふと気づいた。

ああ、そういうことか。

内心、ほくそ笑む。

九谷や神馬の雰囲気に触れても動じることなく、目に感情を表わさないほど、感情をコントロールできる人間は一種類しかいない。

それは、人を殺したことのあるヤツだ。

神馬は口を開いた。

「人間、生きてりゃいつかは死ぬもんだ。それがいつ、どんな形で訪れるかは知れねえが、死んじまったら、ただの肉の塊でしかねえ」

淡々と返答し、直視する。

男は口角を上げた。

「では、生きる意味をどう考える?」

「意味なんかねえよ。メシ食って、息してりゃあ、人間は死なねえ。それだけだ」

「若いな」

男は座卓に両腕を上げ、両手の指を絡めて握った。

「その他大勢の者にとって、死は、君の言う通り、ただの肉の塊になることだ。しかし、意味を持って生きた人間の死は、死後も多くの者に影響を与える。人間、誰しも、意味を持って生きている。いや、生きているだけで意味を持つと言った方がいいか。私のように、何かを成す者は少々違うが、その他大勢も生きているだけで意味を持つ」

「臓器移植のことを言ってんのか?」

神馬が返した。

無礼な物言いに、九谷がまた神馬を睨みつける。男は涼しい顔で九谷を見やり、制した。

「そういうことだ。どんな病気を持っている者でも、どこかの部位は移植に使える。年寄りでも、使える部位はいくらでもある。生きているからこそ、素材として意味を持つのだよ」

男がふっと目を細めた。並の人間なら縮み上がるだろう冷酷な目の色を覗かせる。

「しかしそれも、私たちのように有効利用する術《すべ》を知っている者がいなければ、何の意味も成さない。君の仕事ぶりは、九谷君から聞いているよ。素材を活〆《いけじめ》して、九谷君に渡しているそうだね。素晴らしい。人間を活〆できる腕のある者はそういない。解体を手伝った時のことも聞いている。見事な捌き具合だったと、平井君も言っていたよ。君はその他大勢ではない腕を持っているね。ぜひ、我々の仲間に迎えたい」

男は組んだ指を握り締めた。

「だが、少し様子を見させてもらいたい。本名も明かさない若者を簡単に信用するほど、私も無垢《むく》ではないからね。九谷君」

「はい」

男は九谷を見やった。

九谷が正座をし直し、背筋を伸ばす。

「黒波君に時々、仕事を与えてやってくれ。私の素性は語らないように」

「承知しました」

小さく頭を下げる。

「黒波君、そういうことだ。かまわんね？」

「いいよ」

ぶっきらぼうに答える。

男は笑った。

「ついでに、次に会うまでに、その口調は直しておくことだ。尊敬できない年上に敬意を払う必要はないが――」

男は一度顔を伏せた。そして、ゆっくりと顔を上げる。笑みは消えている。

「私には敬意を払え」

太い声と眼力で威圧《いあつ》する。

神馬は奥歯を嚙んで、見返した。

第五章　陥穽《かんせい》

1

伏木は、周藤からの指示通り、小型ＳＵＶを尾行して、江尻が暮らすマンションを突き止めた。

場所はすぐにＤ１オフィスへ連絡を入れ、同時に、長期監視も視野に、江尻のマンションの出入口が見える正面斜め右にあるマンションの空室を手に入れた。

伏木はそこにこもり、江尻の動向を見張っていた。

アントのメンバーも出入りし、伏木と交代で二十四時間の監視を続けていた。

隣室で仮眠を取っていた伏木が起き出してきた。

アントのメンバー二人が、カーテンの隙間《すきま》からマンションの方を見ていた。

「おはよう」

伏木は声をかけ、あくびをした。

窓際《ぎわ》にいた男の一人が伏木に目を向けた。

「まだ、我々だけで大丈夫ですよ」

「いやいや、一応、D1の仕事だからね。君らに任せっぱなしにはできない。今、何時？」

「午後八時を回ったところです。コーヒーでも飲みますか？」

「ああ、ありがとう」

伏木は言い、洗面所へ行った。歯を磨《みが》いて顔を洗うと、目が覚《さ》めると共に体のだるさも飛んだ。

部屋に戻ると、テーブルにコーヒーが用意されていた。

カップを取って、コーヒーを飲む。ほろ苦い香りが鼻に抜け、ぼんやりとしていた頭もすっきりと覚めた。

「動きはあった？」

「いえ、交替した午後二時以降、一切動きはありません。裏手から出た様子もないですね」

男が答える。

マンション裏の駐車場側にも、アントのメンバーがいる。

「丸々二日、こもりっきりか……」

苦い表情を浮かべ、コーヒーを啜《すす》った。

江尻はマンションへ戻って以降、まったく外に姿を見せなかった。ゴミ出しはもちろん、食料の買い出しに行く気配すらない。

「くたばってんじゃないだろうな」

「それは大丈夫です。生活音は聞こえていますので」

男は窓の右端にあるカメラのような機械を見やった。

三脚に取り付けられたカメラ様のものは、レーザーによる盗聴《とうちょう》装置だ。窓ガラスや壁の振動を捉《とら》え、音声に変換する。室内で動きがあったり、話し声がしたりすれば、録音と同時に接続されたスピーカーから聞こえてくるよう、セッティングされていた。

「テレビを観《み》たり、音楽を聴いたりということはありませんが」

男が付け加える。

「音もない部屋でじっとしているというわけか」

「そういうことになりますね」

「ふむ……」

伏木は天然パーマの頭をぼりぼりと掻《か》いた。

これまで特定できなかった江尻がいきなり現われ、他者と接触した。

当然、早々に次の動きがあると睨《にら》んでいたが、今のところ、その様子はない。

江尻を乗せた車に同乗していたのは、〈ユーアイデータキュレーション〉の木南と同社の樫田であるということが確認された。

そちらは周藤が監視しているが、やはり動きがあったという報告はない。

SUVの辿《たど》ったルートから考えると、彼らが千葉にある施設へ行っていたことは間違いない。

そこで、江尻には何がしかの話があったとも容易に想像できる。

「何を狙《ねら》ってんだ、こいつら……」

伏木はしきりに頭を掻き、江尻たちの次の動きを推量《すいりょう》した。

初めから考えてみる。

事の発端は、教育評論家・越川の殺害だ。怨恨《えんこん》とみられる一方、その遺体の切断手口などから、臓器売買がなされたのではないかという疑いが浮上した。

その後、臓器移植を手がける外科医の平井に接触し、彼の周辺で、人体部位の売買や移植手術が行なわれているような形跡《けいせき》が散見《さんけん》された。

「越川か……」

伏木はふと思い立ち、顔を上げてスマホを取った。電話をかける。

「……もしもし、クラウンだ」

——動き、あったの？

電話口に出たのは智恵理だった。

「いや、動きはないんだが、ちょっと頼みがあって」

——何？

「越川殺害事案の捜査資料と越川の経歴、今調べが付いているところまで、全部こっちのパソコンに送ってくれないか？」

——いいけど。何か気になるの？

「うん、ちょっとね。確認したいだけだから、また僕の中ではっきりしたら、報告するよ」

——わかった。すぐ送るね。

智恵理は言い、電話を切った。

伏木はノートパソコンとコーヒーカップを持って、立ち上がった。

「すまないが、監視を任せていいかな」

男たちに声をかける。

「かまいませんよ」

一人が答えた。

「何かあったら、すぐに呼んでくれ」

伏木は言い、隣室に引っ込んだ。

2

凜子は九星会主催のパーティー会場にいた。深紅《しんく》のドレスに身を包み、体の線をあらわにしている。すれ違う男たちは、凜子の胸元に好色《こうしょく》な目を向けていた。

隣には大益がいた。凜子は、大益のパートナーとして付き添っていた。

歩きながら、時折、ワインレッドの眼鏡を押し上げる。眼鏡のつるには、カメラが仕込まれていて、バッグの中の記憶媒体に記録されるようになっている。

「行くぞ」

大益が顔を寄せて、小声で囁《ささや》いた。

凜子が頷《うなず》く。

大益は凜子を連れ、壇上の近くの円卓を囲んでいる尾花に近づいていった。

「尾花君」

大益が声をかける。

「大益先生」

尾花が立ち上がった。

大柄で浅黒い男だ。眉《まゆ》が太く、眼力が強い。

「お忙しいところ、ありがとうございます」

深く腰を折って、頭を下げる。

「ご家族はお元気ですか？」

「おかげさまで」

大益は笑みを覗《のぞ》かせるが、凜子にはぴりっとした空気が伝わってきた。

周りが聞けば、親しい者同士の何気ない挨拶《あいさつ》に聞こえる。

だが、凜子はかすかな違和感を得た。

尾花の言葉の裏には、大益のプライベートは把握している、という意味が隠れている。

つまり、脅《おど》しが込められていた。

なぜ、尾花が大益を脅すのか、明確ではないものの、大益のこれまでの話から推察するに、おそらく大益が九星会についてひそかに調べていることと関係していると思われる。

敵は警戒している。翻《ひるがえ》れば、大益の調査が的《まと》を射《い》ているという証左《しょうさ》でもある。

「そちらは？」

尾花が凜子に目を向けた。

「うちの大学で〈リグロース〉というベンチャー企業を起《た》ち上げた成沢というのがいてね。こちらは、その部下の松尾君だ。彼はうちの学会の副会長で、医療法人九星会の理事長も務めている尾花君」

大益はさりげなく男たちの素性《すじょう》を伝えた。

「松尾友佳梨と申します」

凜子がたおやかに頭を下げ、尾花の全身をしっかりとカメラに収めた。

尾花は下衆《げす》な視線を凜子に向けた。

「せっかくのパーティーなのでね。私だけでは色気がないなと思い、同行してもらったんだよ」

大益は笑みを浮かべた。

「〈リグロース〉でしたか……その会社の主力商品は？」

尾花が訊《き》いた。

「人工皮膚の研究開発をしております。先生方の病院では、移植手術や再生医療を多く扱っているとお伺《うかが》いしています」

「そういうことか」

尾花が片笑みを覗かせる。

「大益先生。こちらとはどのような条件で？」

尾花はちろりと大益を見上げた。

「いやいや、私は彼らの研究を支援しているだけですよ。ただ、臨床試験《りんしょう》は、まず私のところで、という話にはなっていますが」

大益は含みを持たせた。

「一度、松尾さんの会社の話を聞いてみないかね？」

「そうですね」

尾花は頷き、凜子に目を向けた。

「お名刺、いただけますか？」

「あ、失礼しました」

凜子は手に持ったバッグから名刺を取り出した。

「改めまして。〈リグロース〉の松尾と申します」

渡す時に二の腕を寄せ、上体を傾けて、谷間を強調する。

尾花の下卑た視線が胸肌に刺さる。凜子は頭を下げつつ、内心ほくそ笑んだ。

尾花に話す内容は、事前に大益と擦り合わせていた。

ただのパーティーパートナーでは、尾花たちに余計な警戒心を抱かせてしまう。

そこで、大益が研究を支援しているということにした。

肝は〝臨床試験を大益のところで行なわせている〟という点だ。

もし、〈リグロース〉が画期的な発見をすれば、大益は共同研究者として論文を出せる上、医療特許の一部を取得できることになる。

尾花にアピールしたかったのは、医療特許のことだ。

新薬、再生医療用の素材や道具の特許は、巨万の富を生む。開発には膨大《ぼうだい》な時間と資金が必要だが、大益の立ち位置は、自分が少しだけ資金を提供し、研究は〈リグロース〉に任せ、新製品が開発された時は勝馬《かちうま》に乗れるという最も美味《おい》しいところだ。

尾花が時折《ときおり》覗かせる、相手の腹の奥まで覗き込むような禍々《まがまが》しい目つきが気になる。普通の人間があまり見せることのない目だ。

大益も、尾花とは付き合いは長いが、得体の知れないところがあると語っていた。

尾花は名刺を見つめ、やおら顔を上げて凜子に笑みを向けた。

「また改めて、こちらから連絡させていただくということでよろしいですか?」

「ありがとうございます。ご都合のよろしい時に連絡いただければ、伺いますので」

凜子は少し目を潤ませ、尾花を見つめ、微笑《ほほえ》んだ。

3

栗島と智恵理はオフィスに詰め、それぞれの分析活動にあたっていた。

栗島は、周藤が持ち帰った〈ユーアイデータキュレーション〉の内部映像の詳細な分析を続けている。

智恵理は、伏木や凛子、周藤から上がってくる報告を整理する傍ら、第三会議調査部やアントが集めてきた同社についての報告書を読み込んでいた。

背景に目を通していくうちに、智恵理の分析対象は木南の方に移っていた。

どちらかといえば、木南は裕福《ゆうふく》な家庭で育っていた。父は商社に勤《つと》め、母も外語大学を卒業し、父と結婚後、木南と兄を育てながら翻訳《ほんやく》の仕事をしている。

木南の兄は、父と同じく、一流商社に入り、食料品の素材を探すべく、世界を渡り歩いている。

そうした環境で育った木南自身も、海外への興味は尽きなかったようで、地元の進学校をトップの成績で卒業し、母と同じ外語大学へ進学していた。

しかし、順風満帆《じゅんぷうまんぱん》なはずの木南は大学を突然辞め、放浪を始めた。

きっかけは、青年海外協力隊に参加したことだったらしい。

第三会議調査部が、当時、木南と共に協力隊の隊員としてボランティアに参加していた友人たちから、複数の証言を得ている。

それによると、木南は水も飲めず、ゴミを漁《あさ》るしかない子供たちの姿を目《ま》の当たりにし、かなりのショックを受けていたそうだ。

隊員たちの役割は、現地の子供たちに簡単な勉強を教えたり、井戸掘りや道の整備を手伝ったりすることだったが、木南はその役割を逸脱し、窮状《きゅうじょう》を訴えてもまったく動こうとしない現地機関に怒鳴《どな》り込み、各地で数々のトラブルを起こしていた。

そのせいで派遣期間途中に登録解除され、帰国するよう強《し》いられた。

しかし木南は、その後も帰国せず、世界各地を旅して歩いた。

強制除隊前、木南は、自分の目で世界を確かめたい、と、他の隊員に語っていたという。

その後の動向は不明とされていたが、第三会議調査部は、彼の渡航記録を割り出し、各国の捜査機関に協力を仰《あお》いで、滞在中の木南の行動を詳細に調べ上げていた。

木南はヨーロッパから中東、アフリカ、中南米を回り、最後にアジアへ戻ってきている。

日本へ帰国する前は、フィリピンに四年滞在している。

フィリピンでの動向も当局が調べていた。

木南はマニラ郊外のアパートに住んでいた。そして、雑多《ざった》な中心街にあるビルに、頻繁《ひんぱん》に出入りしていたらしい。

「えっ」

智恵理は報告書の一文に目を留めた。

タブレットを持って立ち上がる。

「ポン、ちょっといい？」

「はい」

栗島が手を止め、顔を上げた。

智恵理は歩み寄って、タブレットを手前に置く。栗島は覗き込んだ。

「ここ見て。木南が海外を転々《てんてん》としていた時の記述なんだけど、木南が出入りしていたフィリピンのビルにはコンテンツモデレーターが多く出入りしていたと記されているの」

「あ、本当ですね。でも、フィリピンなら、あり得ますよ」

「どういうこと?」

「コンテンツモデレーターは、世界中で十万人規模でいると言われています。その業務のほとんどは、新興国で行なわれているそうです」

「なぜ、新興国が多いの?」

「一つは、先進国で行なえば、露見しやすく、バレたら、勝手に削除を依頼していた企業は表現の自由を脅《おびや》かす企業というレッテルを貼られ、企業の信頼、さらには価値をも失います。もう一つは、その仕事内容が苛酷《かこく》だからです。前にも話したと思うんですけど、この仕事では、毎日何時間も、目を覆《おお》いたくなるような映像や画像と向き合わなくちゃならない。それは精神を蝕《むしば》んでいき、中には世を憎《にく》んで廃人同然になる人もいます。先進国には、そんなきつい仕事をやろうという人間はいません」

「新興国の人たちに押しつけているってこと?」

「そういうことです。つまり、有害コンテンツの削除を依頼している人たちは、秘密裏《り》の業務を行なっているコンテンツモデレーターを道具としか考えていません。壊れれば、新しいものに替えればいいというわけです」

「ひどいね」

「嫌になりますよ、何もかも……」

栗島は、自らが携わっていた作業を思い出したようで、眉根を寄せた。

「ほとんどの人は、半年も続きません。しかし、中には長期で続けていても平気な人がいます」

「殺人に興味のあるイカれた人たち？」

「いえ、そうした殺人狂を気取るような人たちは、真っ先に辞めていきます。現実は彼らの想像を超えて悲惨ですから」

「じゃあ、どういう人種よ」

「思想を持った人たちです」

栗島が答える。

「僕が部隊でコンテンツモデレートをしていたとき、僕のように病む人たちが続出しました。しかし、その中で淡々と業務をこなしていた人たちが二種いた。一つは、宗教にのめり込んでいる人たち。彼らは非人道的行為をする者たちを裁くのは使命だと思っています。もう一つは、宗教に関係なく、狂信的に正義を重んじる人々。自分たちは世直しをしているだけだと信じきっています」

「私たちも、人のことを言えないか」

智恵理が自嘲《じちょう》する。

「違いますよ、僕らと彼らとは。ファルコンも言ってたけど、僕らが遂行する仕事には、何重ものチェックが入っています。そして何より、僕たちは〝仕事〟として暗殺を行なっている。彼らのように、私情、思想は挟《はさ》まない」

栗島は強く言いきった。

「……そうだね」

智恵理は微笑んだ。

「でも、おかげで見えてきました」

栗島が自分のモニターに目を戻した。

「映像に映り込んでいる他のパソコンの画像解析や、彼らのIPアドレスがアクセスしたサイトを検証していたんですが、一つの特徴を見つけたんです」

栗島はモニターに並べたいくつかのサイトをクリックした。

智恵理が覗き込む。

「フィリピンなどで行なわれているコンテンツモデレートは、いわゆる公序良俗《こうじょりょうぞく》に反するものを片《かた》っ端《぀ぱし》から削除する作業です。特定のジャンルに偏《かたよ》らないのが特徴というべきかもしれません。しかし、〈ユーアイ〉がターゲットにしているのは、児童ポルノに関するものが多いという特徴がありました」

「児童関係に偏っているということ?」

「そうですね。途中ですが、グラフにしてみました」

モニターに円グラフを表示する。

〈ユーアイデータキュレーション〉の上階で作業している者たちが立ち寄ったサイトの八割強が、児童ポルノに関するものだった。

「木南の背景から考えてみると、おそらく彼は、青年海外協力隊や世界放浪する際に、多くの子供たちが物のように扱われている姿を見て、怒りを覚えたんだと思います。部隊のコンテンツモデレーターの中にも、子供が殺されるシーンに出くわすとあからさまに怒りをあらわにする人もいましたから」

「世界の貧しい子供たちを守る一環として、コンテンツ削除を行なっているということ?」

「そうです。ファルコンも言ってましたけど、そういう理由なら、自分たちの活動を誇示《こじ》するために、わざと〈ユーアイ〉のサーバーに辿り着けるよう、セキュリティーを甘くしているというのも納得です。一つは、こうして監視している者がいると、児童ポルノを愛好する者たちに知らしめるため。もう一つは、そうした者に嫌悪を抱く者を仲間に引き入れるため」

「なるほどねー。けど、世界中で子供たちの悲惨な状況を見てきたからといって、そこまでの行動に出るかしら？　コンテンツの削除だけだったらわかるんだよ。でも、〈ユーアイ〉は、臓器売買に絡《から》んでいる可能性もある。しかも、今、私たちが調べている臓器売買は、殺人も含めての話。正義を標榜《ひょうぼう》する青年が、なぜそこまで振り切れたのかな」

「それもそうですねえ……」

栗島は腕組みをして、うなった。

ドアが開いた。

栗島と智恵理がドア口を見やる。

神馬だった。

「おかえり。どうしてたの？」

智恵理が声をかけた。

「クズどもを狩ってたんだ」

神馬は疲れた様子で栗島の隣に腰を下ろした。デスクに肘《ひじ》をかけ、うつむいて大きく息をつく。酒の臭いが漂った。

「コーヒーでもいる？」

「胃薬くれや」

神馬は言った。言葉尻が刺々《とげとげ》しい。

「あんた、なんか嫌な感じになってるよ」

「仕方ねえだろ。九谷の仕事、手伝わなきゃならねえんだからよ。おまえ、替わるか？」

神馬は顔を傾け、下から智恵理を睨み上げた。

「昔のあんたとは、絶対、仲間になれないね」

智恵理は睨み返し、冷蔵庫に歩み寄った。

「大丈夫ですか？」

栗島が気づかう。

「まあ、なんとかな」

神馬は片笑みを浮かべた。

「さっさと片づいてくれねえと、身がもたねえ。ポン、ちょっとモンタージュ作ってくれねえか」

「いいですけど、誰のです？」

「九谷の上に会ってきたんだ。ただ、名は名乗らなくてよ」

「用心深いですね」

「ああ。だが、それだけ慎重だってことは、本命だという証拠だ」

「どんな顔ですか？」

栗島はモンタージュ作成用のアプリケーションを起ち上げた。

「輪郭《りんかく》は少し角張ってて、眉が濃くってな」

神馬は説明を始めた。

これじゃない、こんな感じ、と、二人でやいのやいの言いながら、神馬が目にしたという男の顔を作っていく。

智恵理は冷蔵庫から胃腸薬ドリンクの小瓶《びん》を取って、神馬の下に戻った。

「はい、飲んで」

「わりいな」

神馬はモニターに目を向けたまま、小瓶をひったくり、ふたを開けて流し込んだ。空いた瓶とふたをデスクに放る。

「ほんと、あんた、片づけられない人の典型みたいだね」

呆《あき》れて、小瓶とふたを拾《ひろ》う。

「おまえの仕事を取らねえだけだ。ポン、唇はもう少し厚いんだよ」

指を差して、指示をする。

「誰よ、これ？」

智恵理が訊いた。

「九谷を雇っている人らしいですよ」

栗島が答えた。

「本丸ってこと？」

智恵理が目を見開く。

「そういうことだ。ポン、もう少し、鼻を大きくしてくれねえか？」

「はい」

栗島が範囲指定をし、鼻を一回り大きくする。

「ああ、こんな感じだ」

神馬が頷く。

「あれ？」

智恵理は上体を傾け、神馬の頭越しにモニターを見つめた。

「なんだよ、うっとうしいなあ」

神馬は智恵理の胸下から抜け出した。

「見たことあるなあ……」

智恵理はモニターを凝視し、しきりに首を傾《かし》げる。

「知ってんのか？」

「見た気がするんだけど……。どこで見たのかな……あっ」

智恵理は思いついたように上体を起こし、自席に駆け戻った。

小瓶とフタを自分のデスクに置いて、キーボードを叩《たた》く。

「ポン、そっちにデータ送るよ」

「了解」

メッセージに写真を添付し、エンターキーを叩く。すぐさま、栗島の下に届いた。

栗島はモニターに写真を表示した。

「ああ！　こいつだ！」

神馬は写真を見るなり、声を上げた。

「ほんと！　間違いない？」

「間違うわけねえよ。こう見えても、記憶力はいいんだ。誰なんだよ、こいつ」

「医療法人九星会の理事長、尾花敏和。日本臓器移植研究学会の副会長も務めている人物よ」

「九星会ってのは、クラウンが調べてた、例の千葉にある施設のオーナーか？」

「そう。今、リヴが接触を図《はか》ってる」

「やめさせろ」

神馬が言った。

「なぜ？」

「こいつ、九谷を小物のように扱って、おれの睨みにも眉一つ動かさねえようなヤツだ。おそらく殺しも経験してる。リヴじゃかなわねえかもしれねえぞ」

「アントがフォローしてるし」

「そんなことはわかってる！　そうじゃねえんだ。得体が知れねえ。深入りした途端《とたん》に刻まれてもおかしくねえニオイを放ってる。アントのフォローが間に合わなかったら、殺《や》られるぞ」

神馬は険《けわ》しい表情を智恵理に向けた。

智恵理は真顔になった。

神馬の人となりはともかく、仕事、特に殺しに際して、危機を察知する嗅覚《きゅうかく》には一目《いちもく》置いている。

「ツーフェイスに連絡する」

「ああ。ついでに、第三会議にこいつのことを調べさせとけ」

「わかった」

智恵理はすぐに受話器を取った。

4

凜子はタイトなスカートスーツに身を包み、横浜《よこはま》に出かけていた。尾花に誘われた。

横浜ベイシェラトンで食事でもということだった。

尾花については、神馬の警告が凜子にも届いていた。

しかし、凜子は危険を承知で誘いを受けた。

今、手を引けば、尾花との接点はなくなってしまう。大益も疑っているということ、九星会という大きな組織のトップであるということを鑑《かんが》みると、尾花が本丸、あるいは本丸に近い人物だということは推察できる。

ここが勝負どころ、と、暗殺部情報班員として生きてきた凜子の〝勘《かん》〟が囁いていた。

レストラン入口のカウンターで名を告げると、席まで案内された。

最上階の店の窓際の席からは、横浜のベイエリアが一望《いちぼう》できる。

歩きながら、目の端で客の姿を捉える。見知ったアントの職員の顔がある。カップルを装い、尾花を監視していた。

凜子は心の中でうなずき、尾花の席に近づいた。

尾花は席にゆったりともたれ、脚を組み、窓の向こうを見つめていた。ガラス越しに凜子と目が合い、振り向く。

「お招きいただき、ありがとうございます」

凜子はハンドバッグを両手で持ち、一礼した。

スカートスーツではあるが、ブラウスはVカットの深いものを着ている。一瞬、尾花の視線が胸元に向いた。

「来てくれてありがとう。どうぞ」

向かいの席を指《さ》す。

凜子はバッグを隣の椅子に置き、尾花の右斜めの席に座った。尾花の視線が、凜子の体を舐《な》め回すように這《は》った。

店員が来る。

「お飲み物はいかがいたしましょうか?」

「任せるよ」

「かしこまりました」

一礼して、下がる。

「こちらにはよく来られるんですか?」

「そうだね。このホテルにはよく泊まるので、その時はここを使うんだよ」

「いいですね。夜景を見ながらのフレンチって」

「松尾さんのような美しい女性にはぴったりの店だね」

照れそうなセリフをさらりと言い放つ。

凜子ははにかむそぶりを見せた。

店員が戻ってきた。

「クリュッグ、グランド・キュヴェ・ブリュットでございます」

そう言い、深緑色の瓶を尾花に見せる。尾花はうなずいた。

店員がグラスに注ぐ。そして、一礼して下がった。

「では、今宵《こよい》に乾杯」

尾花がグラスを掲《かか》げた。凜子も両手でグラスを持ち、目の高さに上げる。

口に含んだ。爽《さわ》やかな酸味とクリーミーで濃厚な香りが口の中に広がる。

凜子は口をすぼめ、こくりと飲み干した。

「さすがクリュッグ。おいしいですね」

頬がほんのりと桃色に染まる。

「そうだね、と言いたいところだが、私は味音痴《おんち》でね。正直、何がどう美味《うま》いのか、よくわからない」

そう言って、人のよさそうな素直な笑みを覗かせる。

凜子は微笑みを返しながら、心の奥で警戒した。

尾花は押し出しが強く、見る者を威圧する。当然、向き合う相手は身構えるが、気取《きど》らない言葉と笑みをふいに向けられると、そのギャップに相手はふっと心を開いてしまう。

典型的な人たらしだ、と凜子は感じた。

「ただ、あなたの口に合えば、本望《ほんもう》だ」

「私もよくわからないんですけど、おいしいものはおいしいでいいかなと」

「素敵な感想だ」

笑みを濃くし、シャンパンを空ける。すかさず店員が近づいてきて、シャンパンを注いだ。

「製品開発は進んでいるのかな?」

「はい、おかげさまで。といっても、まだ商品化するには、二年近くかかりそうですが」

「医療品の開発には時間がかかるものだ。しかし、国も大衆も、拙速《せっそく》に結果を求めすぎる。長期視点で物事を考える感覚の希薄化は、由々《ゆゆ》しき問題だね」

「私もそう感じています。大益先生のご協力で、様々な医療メーカー様とお話しするのですが、みなさん、理事長と同じことをおっしゃります」

凜子が話を合わせる。

「九星会では、そうした開発者やメーカーをサポートしているんだよ。臨床の場を提供したり、現場の意見を吸い上げて、開発側に提案したり。こうした医療関係者の連携がなければ、日本の医学の発展は期待できんからね」

「おっしゃる通りです。そして、そういう活動を実践なさっているのは、素晴らしいことだと思います」

「君のように話のわかる女性と会食できるのはうれしいよ」

「私も、理事長のような方とお話しできるのは光栄です」

凜子は目を見て微笑んだ。

前菜が出された。

「まあ、今日はゆっくりと食事を楽しもう」

「ありがとうございます」

凜子は首を傾けて会釈《えしやく》し、前菜のテリーヌを口に運んだ。

5

神馬は渋谷の裏カジノで、ポーカーに興じていた。

今宵も賭神《としん》シュウセイと大勝負を繰り広げていた。そして、いつもと同じように負け続けている。

神馬の苛立《いらだ》ちが全身にあふれ、ギャラリーたちは少し遠巻きに見物していた。

九谷がカジノに姿を見せた。客の壁を割って、近づいてくる。

神馬の肩を指でトントンと叩いた。顔を寄せる。

「ちょっといいか？」

声をかける。

神馬は肩越しにちらりと九谷を睨んだ。

「勝負だ！」

残っていたチップをすべてテーブルにぶちまけ、カードを開く。

ストレートだった。ギャラリーからどよめきが起こる。

「いい手ですね。だけど、私は――」

さらっとカードを置いた。

ギャラリーからさらなるどよめきが沸《わ》き起こった。

フルハウスだった。

「どうなってんだよ！」

神馬はテーブルを叩いて、立ち上がった。

ギャラリーがびくっとする。が、ショウセイは涼しい顔で微動だにしなかった。

「だから、前にも言っただろう。私はカードの神に愛されているんだ」

「その神様、連れてこい。殺してやる」

「その前に、私を倒さなければね」

ショウセイは余裕の笑みを滲《にじ》ませた。

神馬は歯噛《が》みして、ショウセイを睨んだ。

「今日はやめだ！　また、来いよ。次は倒してやる」

「いつでも、受けて立ちましょう」

ショウセイは笑みを崩さなかった。

神馬はもうひと睨みし、カジノから出て行った。九谷が追ってくる。

「今日も派手《はで》にやられたな」

「うるせえ！」

神馬が吐き捨てる。九谷は片笑みを浮かべた。

裏通路からバーに出た。カウンターに座って、目の前にあるボトルを取る。キャップを開け、口に運ぼうとした。

と、九谷がその手首を握った。

「待て。仕事だ」

神馬は大きく息をついた。

「この頃、多くねえか？　借金はねえはずだぞ」

「わかってる。先生からの依頼だ」

「先生？　ああ、こないだのおっさんか」

「そういう言い方はやめろ」

「なあ、九谷さん。あいつ、何者なんだ？　あんたがそこまで気をつかう相手なんざ見たことがねえ」

「それはおいおい教える。今は余計なことを訊くな」

九谷が睨んだ。

「今から、横浜に行ってくれ」

「どんな獲物だ？」

「この女だ」

スマートフォンを出して写真を表示し、神馬に見せた。

九谷の手元を覗く。神馬は胸の内で目を見開いた。

凜子だった。尾花と食事をしている。

あのバカ……忠告しただろうが！

腹の中で怒鳴るが、表にはおくびも出さなかった。

「傷つけず、拉致《らち》してこい」

「刻むんじゃねえのか？」

「まあ、最後はそうなるが、これだけの珠《たま》だ。十分稼《かせ》がせてから刻んでも遅くはねえ」

「そうだな。どこへ連れてくんだ？」

「それは後で指示をする。ともかく、女が一人になったところでさらえ」

「わかったよ」

神馬はボトルを置いて、立った。

「傷一つ、つけるんじゃねえぞ。だから、おまえに頼んでるんだからよ」

「何度も言うな。やるよ」

神馬がドア口に行こうとする。

九谷はトントンと指でカウンターを叩いた。カウンターにいた若い男が立とうとする。

神馬は若い男の肩を押さえた。

「一人でいい。さらうだけだし、人数かけりゃ、他のヤツが傷つけちまうかもしれねえ。九谷さん、バイク借りるぞ」

「わかった」

カウンターの中を見て、顎《あご》を振る。

バーテンダーがバイクのスマートキーを出し、神馬に放った。神馬が片手で受け取る。

外に出た。スマートキーを内ポケットに入れ、同時に自分のスマホの電源スイッチを三回、短く押した。

緊急信号を発信したのだ。信号はＤ１オフィスに届き、事務所にいる栗島がパソコンで神馬の位置を特定し、追跡するはずだ。

神馬は変わらぬ表情でバイクにまたがり、エンジンをかけた。二、三度空《から》ぶかしをし、発進させる。

バイクは店前の路地を出て行った。

九谷が店から出てきた。

「追え」

「はい」

後ろにいた若い男が九谷の脇から駆け出て、バイクを発進させる。

九谷は、神馬の残像《ざんぞう》を見据えた。

6

マンションの寝室で、智恵理から送られてきた資料を読み込んでいた伏木が、ある資料の一行に目を留めた。

越川が主宰《しゆさい》していたフレンドシップ・トリップの乗船者名簿だ。

そこに、〝江尻天〟という名前があった。

すぐ、江尻克正の戸籍を取り出し、確認する。

江尻天は鬼籍《きせき》に入っていた。

さらに調べると、江尻天は、フィリピン沖の洋上で船から転落し、水死したとの記載が見つかった。

「臭いな……」

伏木は独り言《ご》ちた。

子供の事故。海外旅行で気分が高揚《こうよう》し、はしゃぎすぎて転落したということはあるかもしれない。

しかし、気になった。

名簿によると船には越川も乗っていた。その船で、江尻の一人息子が命を失い、江尻が越川殺害事案に関与している。

関わりがない……と考えるには、無理がある。

だが、これだけでは、江尻が越川をバラバラに切り刻むほどの殺意を持っていたとは到《とう》底《てい》言い難《がた》い。

もう一つ、見えない何かがあるはず……。

深慮していた伏木は、ゆっくりと目を見開いた。

「まさか……」

伏木は、越川が児童性愛者だったという記述を思い出した。

「伏木さん、江尻が動きました」

隣の部屋から声がかかった。

部屋から駆け出る。

カーテンの隙間から、江尻の部屋を覗いた。電気が消えている。

「部屋を出たのか？」

「はい。あ、出てきました」

見張っていた男が玄関に目を向けた。

伏木も玄関を見やる。

江尻は玄関口で立ち止まり、何度も左右を確認すると、顔を伏せ気味に右方向へ足を向けた。

「追ってくれ」

伏木が言う。

男はすぐ、外で見張っていたアント職員に連絡を入れる。すると、ラフな格好をした若い男とジーンズ姿の女が江尻の後を追った。

「玄関を見張っていてくれ。江尻が戻ってきたら、すぐに連絡を」

「どちらへ？」

「ちょっと調べたいことがあるんで、入ってくる」

伏木は江尻の部屋を指さした。

「鍵《かぎ》は預かっているよな？」

「はい」

男はバッグの中から、江尻の部屋のスペアキーを出した。

不測《ふそく》の事態があった時、部屋へ踏み込むため、アントに事前に用意させていたものだ。

男がキーを差し出す。

「二、三十分で戻ってくる」

伏木はキーを受け取り、部屋を出た。

エントランスを出ると、通行人のふりをして周囲を確認しつつ、向かいのマンションに入っていった。

勝手知った住人のような顔をしてエレベーターに乗り込み、階を上がり、江尻の部屋の前に立つ。

伏木は目の端で周りを確かめ、ディンプルキーを差し込んだ。回すと、ロックが外れた。ドアバーを引き、開けて、するりと中へ入る。

ポケットからＬＥＤライトを出し、スイッチを入れ、廊下を照らした。

玄関で靴を脱いで上がり、暗い廊下を進む。手前の左のドアは浴室と洗面所。その斜め右のドアは寝室だった。

さらに、その左斜め前にあるドアを開ける。

子供部屋だった。

中へ入ってみる。亡くなった当時のままなのか、勉強机の上には教科書が置かれていて、片付けられていない筆記用具が転がっている。

机や床に埃《ほこり》はない。掃除をしているようだ。それでいて、当時の面影《おもかげ》をなくさないように机の上やベッドの布団を片づけないあたり、江尻の息子に対する深い思い入れが見て取れる。

伏木は一つ息をついて、突き当たりのドアを開いた。

リビングだった。

正面に息子と妻の遺影がある。骨壺《こつつぼ》も置かれたままだった。

右手のキッチン周りは雑然としていた。カップラーメンや弁当の容器が散らばっている。腐ったものがあるのか、饐《す》えた臭いがこもっていた。

左のテーブルには一体型のデスクトップパソコンがある。

パソコンの前には、ＤＶＤが数枚、無造作に置かれていた。

伏木はパソコンを起動した。蒼白《あおじろ》い明かりが、伏木の顔を照らし出す。

画面が現われた。壁紙は、江尻と妻子が幸せそうに笑っている画像だ。家族の幸せを凝《ぎょう》縮《しゆく》しているような画像だった。

　ＤＶＤを一枚取り、再生してみた。

　家族旅行に行った時の動画だろうか。大きめの浴衣《ゆかた》を着た息子と江尻が卓球をしている様子が流れる。時折、息子を励《はげ》ます妻の声も入ってくる。

　別のＤＶＤを入れてみる。家族の写真だった。自動でスライドショーが再生されるようになっている。

　笑顔あふれる家族三人の姿が浮かんでは消える。

　伏木は胸が苦しくなった。

　この幸せを一瞬にして失った江尻の絶望は計り知れない。

　数枚あるＤＶＤの中に、ケースの色や形が違うものが一枚だけあった。

　伏木はそれも再生してみた。

　と、いきなり、子供の叫び声がスピーカーから飛び出してきた。

　伏木は驚き、再生を一時停止した。画面は暗い。

　音量を落とし、一時停止を解除する。

　男の子が泣き叫んでいる。暗がりには、何かが動いていた。

　ビデオを撮っていた何者かが、赤外線に切り替えた。緑色の鮮明な画像が映し出される。

伏木は目を見開いた。

全裸の男の子が複数の大人《おとな》の男に手足をつかまれ、床に仰向《あおむ》けに押しつけられていた。

伏木は映像の男の子と遺影の男の子の顔を見比べた。

「なんてこった……」

絶句《ぜっく》する。

虐待を受けていたのは、江尻天だった。

天は泣き叫んで暴れている。

裸の小柄な男が天の脇に屈《かが》んだ。首筋や腕に皺《しわ》が覗く年配者だ。男は天の頬に往復ビンタを食らわせた。

そして、頬を片手で握って絞り、屹立《きつりつ》した男性器を無理やりねじ込んだ。

激しく腰を動かす。天は、涙を流しながら、えずいた。

──歯を立てるんじゃないよ。

声が聞こえる。

伏木は画面を見据えた。

興奮した年配の男が顔を上げた。

伏木の眉間に縦じわが立った。

「この……クズが！」

越川だった。

抵抗できない天を凌辱《りようじよく》し、恍惚《こうこつ》とした笑みを浮かべている。

おぞましく、激しい怒りを禁じえない映像だった。

と、突然、越川が相貌《そうぼう》を歪《ゆが》め、悲鳴を放った。腕を押さえていた男をなぎ倒し、股間を押さえる。

天は激しく暴れた。男たちの手が離れる。

天は立ち上がり、駆け出した。

――そのガキ、逃がさないで！

越川が怒鳴った。

男たちが追っていく。

映像はそこで途切れた。

「これを見せられたのか……」

伏木は江尻の心中を察した。

越川はフレンドシップ・トリップの責任者だ。教育評論家としても名高く、地位もある。江尻は信頼して、息子を預けたに違いない。

それが、逃げ場のない洋上で信じられない性暴力を受け、そこから逃げ出そうとして水死した。

親としては、耐え難いだろう。

そのまま再生を続けていると、突然、声が流れ出した。

画面は暗いまま。音声はデジタル加工されている。

――あなたの愛する息子は、モノのように扱われ、殺された。これをあなたは許すのか？　こんな人間を放置し、野放しにするのか？　我々は、このような人間が存在することを許さない。あなたが真の怒りを覚えるならば、こちらに連絡を。

その声の後、メールアドレスが表示された。

伏木は、メーラーを起動した。検索窓にアドレスを入れ、送受信メールの中から同アドレスのメールを探す。

しかし、そのアドレスのメールはなかった。

ブラウザを起ち上げる。メールアドレスを検索窓にコピーして貼り付け、エンターキーを押す。

検索結果は表示されなかった。

「短期連絡用のアドレスとサーバーか……」

サーバー名だけでも探ろうと、検索窓にカーソルを合わせた。

すると、過去の検索履歴が表示された。

吉峰瑛二という名前が並んでいる。

クリックしてみた。

関東で〈吉峰会〉という法人を持ち、保育園や幼稚園、認定こども園を経営している男だった。地元紙のインタビュー記事なども検索でひっかかる。

検索窓の表示をスクロールする。

伏木の目が鋭くなった。

〝吉峰瑛二　児童ポルノ〟〝吉峰瑛二　児童虐待〟という検索ワードが並ぶ。

「次はこいつということか？」

伏木はその場からすぐ、智恵理に連絡を入れた。

7

木南の動向を見張っていた周藤の下に、次々とメッセージが入ってきた。

江尻が動いたという。

江尻単独で動くということは考えられない。木南たちも動くだろうと踏み、アントに尾行の準備をさせていた。

と、電話が鳴った。

周藤は少し離れて、ビル陰に身を寄せた。

智恵理からだった。

すぐにつないで、スマートフォンを耳に当てる。

「どうした？」

——サーバルから緊急信号が出されました。横浜方面へ向かっています。

周藤の表情が険《けわ》しくなる。

「何があった？」

——リヴが尾花と接触しています。その関係だと思われますが、アントの話ではまだ二人は食事中のようです。

「ということは、九谷の関係で何かあったということか」

——そう思われますが、緊急信号ですから、サーバルだけの問題ではないと考えられます。

「アントは？」

——サーバルを追跡しています。

「わかった。そのまま、追跡を続けるように伝えてくれ。不測の事態が起こった場合は、尾花と九谷を拘束する。その準備も整えろ」

——了解。もう一点、クラウンから、江尻の次の標的らしき人物を見つけたとの連絡がありました。

「誰だ？」

——吉峰瑛二という児童教育施設の経営者です。詳細は、まとめたものを送ります。

「わかった」

周藤はいったん電話を切った。

まもなく、智恵理からＰＤＦデータが届く。周藤はすぐに開き、目を通した。

伏木が江尻のマンションで発見したものの詳細が記されている。加えて、吉峰瑛二の履歴が記されていた。

「こいつも児童性愛者ということか？」

そう考えると、江尻が動く動機にも納得がいく。

周藤はすぐにオフィスに電話を入れた。

「チェリー。吉峰瑛二の居場所は？」

——今日は都内の教育学会のパーティーに出席しているようです。

「どこだ？」

——飯田橋《いいだばし》のメトロポリタンです。

「吉峰周辺に監視を配置。吉峰がターゲットならば、今夜、なんらかの行動に出るだろう。江尻が単独で吉峰を誘拐しようとするような挙動を見せた時は、両名を確保しろ」

周藤は素早く判断し、指示を伝えた。

8

「先生、今日はありがとうございました」

凛子はホテルのロビーで頭を下げた。

「いやいや、私の方こそ楽しかったよ。申し訳ないね。もう一軒、誘いたいところなんだが、仕事があってね」

「いえ、お食事をご一緒させていただいただけでも光栄です。また、お話、聞かせてください」

「もちろん。では、また」

尾花は右手を上げ、そのままタクシー乗り場へ歩いていった。

凛子もついていく。そして、尾花がタクシーに乗り込んだところで、もう一度深々と頭を下げた。

車が去っていく。テールランプを見送った凛子は、小さく息をついた。そして、かすかに首をかしげる。

「どういうこと……？」

思わず、口からこぼれる。

凜子の予想では、このあと二軒目に誘われ、ホテルかどこかに誘われる。あるいは、何か飲まされ、どこかに連れ込まれるのではないかと思っていた。

が、尾花はあっさり凜子と別れ、去っていった。

気づかれた？

会話の内容や食事時の尾花のしぐさを振り返る。だが、特段不自然な言動があったようには思えない。

単に紳士を気取っただけか。もしくは、初めから性的興味がなかったのか。

尾花の予想外の行動に、凜子の思考は迷走していた。

仕方ない。一度、オフィスに戻ろう。

凜子はふっと笑みを漏《も》らし、タクシーに乗り込んだ。

アントの職員が凜子を見ていた。

凜子は右手を上げて指を動かし、サインを送った。

〝今日は大丈夫。オフィスに戻る〟

アントの職員は凜子を見て頷き、ロビーの人ごみに紛《まぎ》れ、姿を消した。

タクシーは第二京浜へ向かうべく、環状一号線を東へ向かっていた。

鶴屋町《つるやちょう》一丁目交差点で信号にひっかかり、車が停《と》まる。と、運転席側にバイクが近づいてきた。フルフェイスのヘルメットをかぶった男が窓を叩く。

タクシーの運転手は窓を開けた。

「なんですか?」

「さっき、手前の交差点でおれを抜かした時、ちょっとこすったんだけど」

そう言い、バイザーを上げる。男は凜子に顔を向けた。

凜子は男を見た。すぐ、ヘルメットの男が神馬だと認めた。

「こすったら、わかりますよ。勘違いじゃないですか?」

「わかってねえだろ? ちょっと、タンクの傷、見てもらえねえかな?」

「すみません、お客様の送迎中なので、あとで会社の方へ——」

運転手が名刺を出そうとする。

凜子が後ろから声をかけた。

「運転手さん、私はかまいませんよ」

「いや、でも……」

「こういうことは、その場ではっきりさせておいた方がいいですから。私は帰るだけなので」

「そうですか……」

運転手が渋々答える。

神馬はバイザーを戻して、手を振ってタクシーを誘導した。交差点を左折し、まっすぐ進んで、人気《ひとけ》のない駐車場に入っていく。タクシーも続いた。

タクシーのヘッドライトが当たる位置にバイクを置く。運転手が降りてきた。

「ここなんだけど」

神馬はバイクを降りて、タンクを指さした。

運転手が前屈みになり、車体を覗く。瞬間、神馬は運転手の腹に強烈な膝蹴りを叩きこんだ。

運転手が目を剝《む》いた。口から唾液を吐き出し、腹を押さえる。

神馬はもう一度、肩をつかんで、膝蹴りを入れた。運転手は息を詰め、両膝から崩れ落ちた。

周囲を見やった。駐車場が見える路上に、不審なバイクが一台停まっている。

神馬は後部座席に回った。ドアを開け、上半身を車内に入れる。

「九谷の手下がいる。やられるふりを」

神馬の指示に、凜子が首肯《しゆこう》する。

神馬は凜子の肩をつかみ、後部座席から引きずり出した。そして、見張っているバイクのドライバーを意識しつつ、凜子の腹部に右拳を叩きこむふりをした。

凜子は腰を引き、殴《なぐ》られたふうを装った。そのまま神馬に倒れこむ。

神馬は凜子の腰に腕を巻いて、バイクまで引きずっていった。

「何やってんだ、リヴ。尾花からは手を引けと、チェリーから連絡があっただろうが」

「わかってる。けど、ここが勝負どころだと思ったから」

「あぶねえんだって、あの尾花とかいうヤツ」

「でも、今日は何もなかったでしょ？」

「何もねえじゃねえよ。九谷におまえをさらってこいと命令された。尾花は最初から、おまえと会った後に自分は帰るふりをして、おれたちにさらわせるつもりだったんだ。おれが任されたからよかったものの、他の連中ならどうなってたかわかんねえ」

引きずりながら言葉を交《か》わす。

「撤収するぞ」

「ダメ。このまま連れて行って」

「正気か？」

思わず立ち止まる。

が、見張りの視線を感じ、凜子を抱え直すふりをした。

「ここから先はまずいって」

「まずいってことは、それだけ本丸が近いってことでしょ？　攻めどころよ。いざってときは、サーバルがいるでしょ？」

「おまえなあ……」

神馬はため息をついた。

「ともかく、私がどこへ連れていかれるのかぐらいは確かめないと。ここを逃せば、尾花と接触するチャンスはなくなるよ」

凜子の声は力強い。

神馬はもう一度、深いため息をついた。

「わかったよ。おれのポケットからスマートフォンを取り出して、ヘルメットの中にセットしろ」

神馬は言った。

凜子を後ろのシートにまたがらせる。もたつくふりをしながら死角を作る。

その間に、凜子は神馬のポケットからスマホを取り、オフィスへの緊急連絡ボタンを親指でタップした。

神馬はサブのヘルメットを取って、凜子にかぶせた。

凜子は左耳にスマホを当て、顎ガードにスマホの下部をひっかけ、固定した。

ぐったりと神馬の背中にもたれかかる。神馬は凜子の腕を自分の腹部に回させ、両手首をベルトで縛りつけた。

走り始める。サイドミラーを見る。神馬を見張っていたバイクが後を尾《つ》けてきていた。

——リヴ、大丈夫？

智恵理の声が聞こえる。

「私は大丈夫。今、サーバルに捕まって、移動中」

――捕まってって、どういうこと？

「詳細は割愛《かつあい》。これから、サーバルと敵のアジトに乗り込む予定」

――ちょっと待って！　ファルコンの指示を仰いでからにして。

「時間がないの。サーバルの電波を追って、アントにフォローを要請して。お願いね」

――リヴ！　危ないって！

「心配ない。私も暗殺部員だから。あ、タクシーの運転手さんにも悪いことをしちゃったから、面倒なことにならないよう、処理しておいてね。場所は、鶴屋町一丁目の交差点を左折して――」

話していると、神馬が人気のない暗がりでバイクを停めた。

振り返り、凜子の様子を確かめるふりをしつつ、ヘルメットからスマートフォンを取り返す。

智恵理との通話が続いている。何か、智恵理が言っているが、無視をして、いったん通話を切る。

「チェリーは何と？」

「危ないからやめてって。かわいいわね」

凜子の口元に笑みが浮かぶ。

「かわいいじゃねえよ」

神馬は呆れて言い、九谷に連絡を入れた。

すぐに九谷が電話口に出た。

「女、さらったぞ」

ぶっきらぼうに言う。

——さすがだな。

「どこに連れて行くんだ？」

——地図データを送る。それを見ながら、連れてこい。

九谷は言い、電話を切った。

まもなく、スマートフォンにデータが送られてきた。開く。

「ほお」

神馬はにやりとした。

「リヴ、おまえの賭け、案外《あんがい》当たりだったかもしんねえぞ」

「どこへ行くの？」

「クラウンが見つけた千葉の施設だ」

神馬はバイクのハンドルに取り付けたホルダーにスマホを固定した。地図を表示すると同時に、もう一度、緊急信号を発信する。

「ヘタすりゃ、おれたちだけで敵と殺り合うことになる。九谷は強《つえ》えぞ」

「私たちもでしょ？」

凜子が言う。

「そうだな」

神馬は笑みを覗かせ、スロットルを回した。

9

「ポン、サーバルたちを追えてる？」

智恵理は、栗島の後ろからモニターを覗き込んだ。

「はい、ばっちり」

「どこに向かってる？」

「横浜から東方面なので……千葉ですかね？」

「ひょっとして！」

智恵理の頭に、伏木が見つけてきた施設のことが浮かぶ。

「可能性はあります」

栗島はうなずいた。

「見張っておいてね」

智恵理は栗島の肩を握って、自席へ駆け戻った。

第三会議への報告文書を素早く入力する。

と、メールが届いた。第三会議からだ。先に開いてみる。

尾花たちの調査報告が添付されていた。

ＰＤＦを開いて、スクロールする。智恵理の目がみるみる険しくなる。

「何、これ……」

智恵理は周藤に連絡を入れた。

数コールで、周藤が電話に出る。

——どうした？

「サーバルとリヴが、九星会の千葉の施設に向かっている模様です。アントのサポートも頼んだので、まず大丈夫だとは思うんですけど、尾花や九谷についての報告が上がってきて、それが——」

——すぐに送ってくれ。

「わかりました」

智恵理は電話を切り、ＰＤＦを周藤のアドレスに送った。

「どうしたんですか？」

栗島がモニターの脇から顔を出す。

「尾花たちの報告が届いたの。ポンも見てくれる？」

「はい」

栗島が言う。

智恵理は、栗島だけでなく、周藤以外の他のメンバーのアドレスにもデータを送った。

栗島はすぐにPDFを開いた。

目を通していくほどに、栗島の顔も智恵理と同様、険しくなっていった。

報告は、まず九谷の動向から始まっていた。

九谷は十年ほど前まで、頻繁に東南アジア各国へ渡航していた。

そこで臓器売買を手伝っていたと記されている。現地警察の報告書だった。

近年、東南アジアの貧しい農村地域では、借金のカタに臓器を売る、あるいは一獲千金《いっかくせんきん》を狙って臓器を売買するということが行なわれていた。

しかし、実態は、臓器を取られても金は入らず、ただ体を悪くして村に帰らされる者が多かった。

また、金のために自分の肉体を売った者は村で忌《い》み嫌われ、コミュニティで生きられなくなることもあった。

それでも、貧しさゆえ、自らの肉体を切り売りする者が後を絶たない。

九谷は数名の仲間や現地の者を使って、臓器売買の仲介をしていたようだ。

巧《たく》みに、自分の存在は隠しつつ、仲介業を行なっていたので、現地当局も九谷を逮捕するまでには至らなかった。

その後、仲介者のグループから、九谷の姿が消える。

そこに現われたのが、尾花だった。

当時、尾花は、東南アジア地域の病院で、臓器移植手術の指導を行なっていた。

それ自体は、東南アジア地域の医師会から依頼されたものなので、問題はない。

が、尾花は指導とは別に、個人でも現地で移植手術を行なっていた。

その顧客はほとんどが欧米人。他、日本や中国の富裕《ふゆう》層などが主《おも》だった。移植手術の記録は残っている。

しかし、臓器がどこから提供されたのかはあいまいだった。

現地当局は、それらの臓器が貧しい農村地帯の人から提供されたと睨んで捜査を進めたが、そうした事実は出てこなかった。

そこで浮上したのが、木南だった。

仲介者グループを抜けた九谷が、木南に接触していたことが当局の追跡調査で判明している。

木南は当時、フィリピンのマニラで、コンテンツモデレーターをしていた。

コンテンツモデレートの会社は秘匿されているが、現地警察のサイバー関係部署は、大方の存在を把握している。

コンテンツモデレートは、それ自体、犯罪ではない。各社の規約に従って、ネット上にアップされた情報を削除する行為は合法だ。

たとえ、行き過ぎたことがあったとしても、警察としては、サイバー関連部署がつかみきれなかった犯罪に結びつく画像や動画を削除してくれる〝善意の者〟なので、摘発することはない。

当局が、九谷と木南の接触をつかんで半年後、木南は会社を辞め、マニラから姿を消した。同時期に、九谷も帰国している。

その後、木南の同僚に行なった、現地当局の聞き取り調査の報告が記されている。

それによると、木南は、殺されても当然と思える者をコンテンツ削除中に選別し、居所を調査していたという。

逆探知を手伝わされた者もいたという証言もある。

木南がそれら人物の居所を探り出した後、情報をどうしたかは、当時は判明していなかった。

しかし、その後の調査で、木南が見つけだした者が突然失踪《しっそう》し、行方知れずになっている事例が数件報告されていた。

　姿を消す際、九谷に似た人物が数名の仲間とともに拉致したという証言もあった。

　全容解明にまでは至らなかったものの、九谷、木南、尾花が協力し、正規の手続きを踏んでいない臓器移植を行なっていた可能性が記されていた。

「これ……今、木南たちの周りで起こっていることと同じじゃないですか」

　栗島が思わずつぶやく。

「世直しでもしているつもりなの、この人たち？」

　智恵理がモニターを睨みつける。

「けど、厄介《やっかい》ですね。この事実が露呈しても、昨今《さっこん》の倫理《りんり》観重視の風潮《ふうちょう》では、非難されるどころか義賊《ぎぞく》として扱われる可能性もありそうですし」

「何が義賊よ。ただの人殺しじゃない」

「僕らも言えた義理ではないですけどね」

　栗島が苦笑する。

　智恵理は一瞬、言葉を呑《の》んだ。

「でも、私たちは違う。そうよね？」

「そうです」

　栗島は強く頷いた。

再び、第三会議から報告が届いた。

江尻のデスクトップパソコンからの通信解析結果だった。

それによると、江尻は頻繁に〈ユーアイデータキュレーション〉のサーバーとメールのやり取りをしていたことがわかった。

栗島もその報告に目を通した。

「ほんと、この人たち、バレてもかまわないというレベルの脇の甘さですね。雑なのか、何なのか……」

「まあでも、少なくとも、吉峰瑛二の件は止められそうだから、その結果を待つしかないかな」

「そうですね」

栗島は首肯し、モニターに目を向けた。

10

江尻宅を出た伏木は、パソコンやＤＶＤの解析はアントに任せ、飯田橋に赴《おもむ》いた。

他のアント職員に紛れてパーティー会場に潜り込み、吉峰瑛二の動向を見張っている。

吉峰は胸を張り、名士然とした振る舞いで、ワイン片手に参加者と談笑していた。

狙われているとも知らず、のんきなものだな――。

苦笑しつつ、吉峰と周辺の動向を何度も確認する。

怪しげな参加者は見当たらない。会場やホテル周辺を警戒しているアント職員からも、不穏《ふおん》な報告はなかった。

一方、江尻の姿も確認されていない。

尾行していた者から、飯田橋へ向かっているとの報告は受けていたものの、電車で飯田橋駅についてすぐ、江尻は人ごみの中を走り、姿をくらました。

まかれてしまったのは仕方ない。かたや、江尻が唐突《とうとつ》な行動に出たというのは、今宵、吉峰の拉致を実行しようとしている証左《しょうさ》でもある。

江尻たちはどう動くつもりなのか、読めない。そこで、伏木らは、吉峰を徹底して張ることにした。

吉峰を張っていれば、江尻たちは必ず、姿を見せるだろうという予測からだ。

パーティーは中締めを迎えた。会場に一本締めが響き、出席者たちが出入口に集まり始めた。

混雑する。吉峰を見逃さないよう、アントや伏木は近くにいた。

と、いきなり、円筒形の赤い物体が複数飛んできた。

「逃げろ！」

誰かが叫んだ。

同時に、フロアに落ちた円筒形のものから煙が上がった。

「発煙筒か！」

伏木は吉峰に駆け寄ろうとした。

が、人々がパニックとなり、出入口付近は混乱状態に陥《おちい》る中、吉峰に近寄れない。発煙筒の煙が吉峰の姿を消していく。

「吉峰を確保しろ！」

伏木は叫んだ。

11

周藤はずっと木南の会社前で、動向を見張っていた。しかし、木南が動く気配はない。

「おかしいな……」

独り言ちる。

尾花と九谷は動いた。江尻も動いたという報告が入っている。

だが、木南は一向に動く様子を見せない。

そろそろ動いてもよさそうなものだが……。

これまでのところ、木南は江尻が動くとき、江尻自身に積極的に自ら絡んでいた。江尻が動いたということは、今宵、越川に続くターゲット吉峰を拉致するはず。しかし、木南は動かない。

他に目的があるのか……？

尾花は凜子と接触し、すぐにその場を去った。代わりに、九谷が神馬に、凜子の拉致を命令した。

その神馬は、凜子を連れて、伏木が特定した千葉の施設に向かっている。

神馬の話では、凜子はいずれ臓器移植のために解体するつもりだが、その前に性を商品として売るつもりだと九谷は言っていたらしい。

であれば、九谷が経営する風俗店に運ぶのが最も手っ取り早い。

しかし、それをしなかった。

なぜ、そうしない？

周藤は思考した。

スマホが鳴った。伏木からだ。すぐに出る。

「どうした？」

――ヤツら、会場で発煙筒をまいた！

「なんだと！」

周藤はスマホを強く握りしめた。

「吉峰は？」

——わからない。見失った。アントが確保しているかもしれない。

伏木の声から、切迫している様がわかる。

周藤の思考が目まぐるしく回転した。

パーティー会場に発煙筒を投げ込んで、強引に拉致をするとは、暴挙にもほどがある。

まるで、自分たちの存在を誇示《こじ》するかのような行動だ。

誇示するかのよう——。

しまった！

周藤は目を見開いた。

「クラウン！　吉峰は確保するな！」

——なんだって？

「吉峰を泳がせろ！　おまえもアントも接触させるな！」

——さらわれちまってもいいのか？

「かまわん。拉致されるのを確認して、少人数で尾行しろ。おそらく、行き場所は館山の施設だ」

——なぜ、わかるんだ？

「おそらく、だ。とにかく、俺たちの存在を明かすな」

周藤は命じ、電話を切った。

すぐ、菊沢に連絡を入れる。

「——ツーフェイス。ファルコンです。至急、今回のターゲットに関する白黒判定を第三会議に諮《はか》ってください。クロ判定が出次第、任務を実行します」

周藤は言い、〈ユーアイデータキュレーション〉が入っている階の窓を睨んだ。

12

木南は社長室でスマートフォンを握っていた。デスクの前には、樫田がいた。

「はい。はい……わかりました」

返事をして電話を切り、スマホを置く。

「どうでした？」

「やはり、嗅《か》ぎ回られていたようだ」

木南が言う。

「九谷さん、すごいですね」

「長年、裏社会で生きてきた人だからな。鼻が利《き》くんだろう」

木南は小さく笑った。

電話は尾花からだった。今すぐ、〈ユーアイデータキュレーション〉の企業からの依頼以外のコンテンツモデレート部門を閉鎖し、姿を隠せという命令だった。

発端《ほったん》は、九谷の疑念だった。

カジノを荒らす〝ショウセイ〟という人物が突如《とつじょ》現われ、怪しんでいたところに、しばらく会っていなかった〝黒波〟というチンピラが現われた。

越川の件の捜査が進む中で、次々と妙な者たちが姿を見せ始めたことに違和感を覚えた九谷は、しばらく黒波にショウセイの相手をさせたり、臓器移植用の獲物を狩らせたりしてみた。

ショウセイについては、あまりに負け知らずなのだが、他の裏カジノでも同じだったので、越川の件とは関係のない敵だと見た。

一方、黒波に関しては、疑念が深まったという。

仕事はきっちりとこなす。躊躇《ちゅうちょ》なく、人を痛めつける様も昔と変わらない。ギャンブルに熱くなり、有り金すべてを突っ込むあたりも懐かしい黒波の姿だという。

だが、ギャンブルの借金がなくなっても九谷の仕事を受け続けたり、殺しは頑《かたく》なに拒否したりする黒波には、違和感を覚えたという。

黒波は元々、誰の手下にもならない自由な男。使われているという感覚を覚えれば、勝手にその場を去るような男だ。

が、明らかに九谷に使われているにもかかわらず、黒波は自分から離れようとしない。

さらに、刑務所を出てからこれまで、黒波がどこで何をしていたのかを調べてみたが、まったくわからなかったという。

九谷は何かが動いているのかもしれないと感じ、仕掛けることにした。

吉峰瑛二の拉致を決行する際、わざと隙を見せて、状況を見る。

何事もなく、単なる杞憂《きゆう》であれば、これまで慎重に進めていた日本での臓器移植商売をさらに大胆に手広く行なうことができる。

かたや、妙な動きが見えれば、自分たちが知らない何者かが動いていることになる。それが警察であろうと、商売敵《がたき》であろうと、この機に潰しておく必要がある。

さらに、何かが動いているようなら、一度撤収する方がいいかもしれない。

はたして、九谷の勘は的中した。

吉峰拉致の会場で、何者かが「吉峰を確保しろ」と叫んだらしい。

それは、吉峰の動向を何者かが見張っていたという証拠だ。

吉峰をターゲットにしていることがバレているという点を精査すると、江尻と木南、あるいは樫田のやり取りが捕捉《ほそく》されていることを意味する。

通信記録を解析してまで迫ろうとするのは、商売敵でなく、当局関係だろうと推察される。

話を聞いた尾花は、警察が動いていると判断し、〈ユーアイデータキュレーション〉で行なっている、企業側の依頼ではない獲物探しのコンテンツモデレート部門の閉鎖を木南に連絡してきた。

黒波は、尾花に接近してきた松尾という女と共に、館山の施設に向かっている。そこで、黒波と松尾を拷問《ごうもん》し、組織を特定するつもりだという。

拷問するのはもちろん、九谷だ。医療施設だから、悲鳴が聞こえない場所はいくらでもある。

「黒波っての、相当強いと聞いてますけど、大丈夫ですかね?」

樫田が言う。

「強いったって、たかが一人。九谷さんたちの精鋭《せいえい》に囲まれれば、どうしようもない」

木南がにべもなく言う。

「やっぱ、警察ですかね?」

「わからんが、一時撤収は避けられないな」

「これから、どうするんですか?」

「国内で我々の目的を遂行するには、リスクが高い。拠点は外国に移すしかないだろうな」

「せっかく、帰国できたんですけどね」

「どこだろうと、我々のやるべきことは変わらない。もし、これ以上、ついてきたくなければ、それでもいいんだぞ？」

木南は樫田を見上げた。

「他にしたいこともないんで。もう少し、付き合わせてもらっていいですか？」

「かまわないぞ」

木南と樫田は顔を見合わせ、笑った。

「小薗君を呼んでくれ」

木南が言う。

樫田はいったん社長室を出た。ドア口から小薗香菜を呼びつける。香菜は不愛想《ぶあいそう》な顔で腰に手を当て、歩み寄ってきた。

「偉《えら》そうに呼びつけてないで、近くまで来なよ」

「うるせえな、姫じゃあるまいし。入れ」

樫田は香菜を睨みつけた。香菜も睨み返し、中へ入る。デスクの前に立ち、木南を見下ろした。

「なんでしょう？」

「ここを閉鎖することにした」

木南が言う。

唐突《とうとつ》な発言に、香菜は目を丸くした。

「なぜです？」

「正式には、樫田に任せていた部門を閉鎖することにした。君に任せている企業依頼のコンテンツ管理部門は、引き続き継続してもらいたい。その際、社名は変更し、君に代表となってほしいんだ」

「待ってください。なぜ、急に？　樫田の部門で、何をしていたんですか？」

「君は知らない方がいい」

木南は静かに答えた。

香菜はいきなり、樫田の胸ぐらをつかんだ。

「おまえ、何やってたんだよ！」

絞り上げて揺らす。

樫田は香菜の手首をつかんだ。ギリギリと握り絞る。香菜の指が離れた。樫田は両腕をゆっくりと押し返した。

「僕が命じていたことだ。樫田はそれを実行してくれていたにすぎない。小薗君、僕が築いてきたこの場所を託せるのは、もう君しかいない。今、上がっている利益も、僕らの報酬も、すべて君と社員に渡す。僕たちの一つの遺志《いし》と思って継いでほしい。頼む」

木南はデスクに手をつき、頭を下げた。

「社長……」

香菜は樫田の手を振り払った。涙が滲む。

「今から三日間、臨時休業にする。三日後、君はこの席に座り、指揮を執《と》ってほしい」

「社長はいないということですか？」

香菜の言葉に、木南は頷いた。

「あんたは？」

香菜は樫田を見た。

樫田は笑みを浮かべた。

「反《そ》りは合わなかったが、嫌いじゃなかったぞ」

笑みを濃くする。

香菜の目から、大粒の涙がこぼれた。

「下の階の社員を全員帰宅させてくれ。そして君も、帰ってくれ。三日後から君が動けるよう、用意しておく。しっかりな」

木南が言う。

「大丈夫。おまえならやれる」

樫田は肩を叩いた。

香菜は混乱しながら、社長室を飛び出した。ドアが閉まる。

「あいつ、大丈夫ですかね？」

樫田がドア口を見た。

「人を統率《とうそつ》する力も、惹《ひ》きつける魅力もある。それを見込んで、スカウトした女性だ」

木南は目を細めた。

「こっちはこっちで急いで片づけるぞ」

木南は真顔になった。

樫田も真顔で首肯し、社長室を出て、螺旋《らせん》階段の上にある部屋へ向かった。

第六章　正義の向かう先

1

菊沢は、警視庁本庁舎地下二階の隠しモニター室に入った。加地が表で見張りをしている。

周藤からの要請で、菊沢が岩瀬川に打診《だしん》し、緊急招集した会議が始まっていた。

岩瀬川、井岡、瀬田、組対部長の兼元、国際ネットワーク監視委員会の嶋田・ディーン・晃弘もテレビ会議に出席している。いずれも、今回の臓器密売に関する問題の決定権を持つ面々だった。

菊沢がＤ１メンバーの集めてきた情報を提示し、その後、第三会議が収集した情報が追加された。

菊沢は、並んだモニターに映《うつ》る出席者の顔を見回した。

誰もが一様《いちよう》に渋い表情を覗《のぞ》かせている。

菊沢には、出席者の逡巡《しゅんじゅん》が手に取るようにわかった。

尾花、九谷、木南といった人物についての報告を読む限り、限りなく〝クロ〟に近い。が、決定打がなかった。

暗殺部は、人の命を奪《うば》う。だからこそ、万が一にも、冤罪《えんざい》があってはならない。罪なき者を罰すれば、それは国家権力を利用した、ただの殺人となってしまうからだ。

第三会議が扱う案件で、確固《かっこ》たる証拠を入手することは難しい。それでも、99・9パーセントの割合にまで、根拠を固める必要はある。

そうした点から勘案《かんあん》すると、現事案については、まだそこまでの証拠は揃《そろ》っていなかった。

しかし、周藤が緊急判定会議を要請してきたということは、急を要する事態になっているということに他ならない。

菊沢としては、すぐにでもクロ判定を出してやりたいところだが、判定が合議制である以上、独断で動くわけにもいかない。

重苦しい空気の中、警視総監の井岡が口を開いた。

――議長、一つ伺《うかが》いたいのですが。

岩瀬川に向かって話しかける。

岩瀬川は井岡の顔が映るモニターに目を向けた。他の出席者も井岡のモニターを見やる。

――なんだね？

――第三会議の判定事案について、判定は一事案について一決議のみと規約に定められていますが、今回の事案の場合、今上がっている尾花、九谷、木南の三名の証拠が確定しない限り、クロ判定は出せないということになるのでしょうか？

――規約ではそうなるが。

――一事案の中の個々の事案において、個別に判定を下すことは可能ですか？

井岡の問いに、他の出席者はざわついた。その中で、副総監の瀬田も、井岡と同じように落ち着いた表情をカメラに向けている。

――何か、情報でもあるのかね？

岩瀬川が訊《き》いた。

――瀬田君。

井岡が言う。瀬田はうなずき、カメラにまっすぐ顔を向けた。井岡に代わって、口を開く。

――実は、六角一家若頭の九谷道元《みちもと》については、うちの者を数年にわたって従業員や客として複数人送り込み、裏カジノの内偵《ないてい》捜査を進めていました。その中で違法金融、借金を抱えた者への暴行や強制労働など、様々な罪状が炙《あぶ》り出されていたわけですが、その一つとして臓器売買も浮上していました。そこに、暗殺部一課のメンバーの一人が関わってきました。潜入捜査員の報告では、九谷が秘密裏《り》に臓器売買を行なっていたことはほぼ確実。その証拠は一課のメンバーが握《にぎ》っているだろうとのことでした。菊沢君、そうだね？

瀬田が菊沢のモニターを見やる。

「はい。一課のメンバー、サーバルから、九谷が賭博で借金を抱えた者の臓器を売買しているようだという報告がありました。平井という医師と共に、臓器の摘出を行なったとの報告も受けています」

――なぜ、報告書に記述がないんだね？

岩瀬川が訊いた。

「現時点で臓器の提供先、提供施設が判明していないからです。早晩《そうばん》、判明するだろうとのことでしたので、その報告を受けた後、第三会議へ報告書を提出する予定でした」

菊沢は正直に話した。

岩瀬川に上げる報告は、何より正確でなければならない。特に、肝《きも》となる情報は、上げた時点で第三会議がクロ判定をすることもある。

九谷に関する情報は、報告すれば即、第三会議がクロ判定する可能性があった。

九谷に対しては、菊沢もクロ判定でいいと感じていた。しかし、全体として見れば、尾花や木南をクロとする根拠は弱い。

もし、九谷の情報を基《もと》にクロ判定が行なわれれば、誤判定が行なわれる可能性もあった。

――そういうことであれば、仕方がないな。

岩瀬川も納得した。

瀬田の話を受け、井岡が続けた。

――今、迅速に判定を下す必要があります。今後も、こうした事態が出てこないとも限りません。今回の事案については、九谷のクロ判定はほぼ間違いのないところです。現在、一課のメンバーが、臓器移植が行なわれているであろう館山の施設に向かっています。まず、九谷をクロと認定し、処分。関係者を捕捉《ほそく》して、尾花及び木南の情報を収集し、再度、判定会議を行なう。そうした手法も有効かと思うのですが。

「私も総監の意見に賛成です。機を逃せば、全容解明が困難になるばかりか、ターゲットに逃亡される恐れもあります。暗殺部員から判定会議を要請してくるなど、初めてのことですから」

――他の方々は、どう思われるか？　井岡君の提案に賛成であれば、挙手を。

岩瀬川が訊く。

菊沢は肘《ひじ》から先の右腕を上げた。モニターを見る。他の出席者も手を挙げていた。

――全員一致で、個別判定を行なうことにする。規約の改定はまた後日、素案を取りまとめて会議に諮るとする。では、九谷道元についての判定を行なう。各人、判定ボタンを押してもらいたい。

岩瀬川が言った。

次々とクロの判定がモニターに表示される。最後に、岩瀬川がクロの判定を下した。

――では、九谷道元はクロと認定する。先ほどの提案通り、九谷以外の関係者は拘束し、情報収集を。これにて緊急判定会議を閉会する。

岩瀬川の締めの言葉に、出席者全員が首肯《しゅこう》した。

2

ホルダーに付けたスマートフォンの画面が赤く点滅した。緊急連絡を報《しら》せる表示だ。

神馬はバイクを路肩に停《と》めた。肩越しに背後を見やる。後を尾《つ》けてきていた九谷の仲間が距離を取って停止する。

「どうしたの？」

凜子は神馬の背にもたれかかったまま、訊いた。

「オフィスからの緊急連絡だ」

神馬は顔を前に向けたまま言い、地図を確認するふりをして、メッセージを見る。フルフェイスのシェードの中で、神馬の目が大きくなった。

「九谷に執行命令が出た」

「判定会議が行なわれたの？」

凜子の声にも驚きが混じる。

「そうらしい。今、チェリーがこっちへ向かってるそうだ」

「チェリーだけ？　ポンは？　クラウンやファルコンはどう動いているの？」

「書いてねえ」

メッセージを見返すが、詳細は記述されていない。

神馬は時折周りを見て、道に迷っているふりをしつつ、スマホを操作した。〝詳細を〟と短く入力し、メッセージを送る。

と、すぐに智恵理から返信が来た。

〝個別判定が行なわれた。先に九谷を処分。関係者は確保。現場には私とアントが向かっている。到着を待て〟

神馬は返信に目を通しながら、小声で読み上げた。

「チェリーたちの到着まで、どのくらいなの？」

凜子が訊く。

「わからねえ。が……」

再び、肩越しに後ろを見やる。

「じっとしてりゃ、九谷に逃げられる。このまま、行くしかねえ。万が一の時は、おまえが見届け人になれ」

神馬は言った。

「わかった」

凜子が答える。

神馬は〝待てない。突入する〟と送り、バイクを発進させた。

3

周藤は〈ユーアイデータキュレーション〉本社の入ったビルの前で、菊沢からの連絡を受けた。

菊沢からの指示は明確だった。

神馬は凜子と共に館山の九星会の施設に乗り込み、九谷を処分。遅れて到着する智恵理は、アントと共に関係者を確保し、臓器売買についての情報を入手。

伏木は、江尻と吉峰を確保。のちに事情聴取。

周藤は木南を監視し、クロ判定が出次第、処刑を執行。見届け人代理は、栗島が務める。栗島はオフィスから、周藤の下に向かっているということだった。

第三会議が異例の決定をしてくれたことには感謝する。

ただ、うまくいくかどうかはわからない。すべては、館山に向かっている神馬が、九谷の処刑を成功させられるかどうかにかかっている。

神馬の力を信じて、待つしかなかった。

伏木から連絡が入った。

パーティー会場で吉峰を拉致した者たちの車を特定し、追跡しているという。第三会議調査班からも報告が入っていて、車には江尻とみられる男も乗っているということだった。

方角は、周藤が予測した通り、館山方面だ。九星会施設に向かっているのは間違いない。

途中で追いつけば、江尻と吉峰、同乗者を捕らえるつもりだが、施設に向かう山道に入られたら、そのまま伏木たちも施設へ突入するということだった。

伏木の判断は、菊沢にも承認されている。

周藤としては、できれば、事態が混沌《こんとん》としそうな施設内での確保は避けたいが、伏木が合流すれば、九谷の処刑を執行できる確率も上がるというメリットもある。

「任せるしかないか……」

周藤は目を閉じ、一つ大きくうなずいた。

仲間を信じよう。

目を開け、顔を上げる。

と、ビルの玄関の自動ドアが開いた。ぞろぞろと人が出てくる。周藤が〈ユーアイデータキュレーション〉に赴いた時、見かけた顔もあった。

「動きだしたのか？」

立ち上がって、少し離れたところに身を隠し、様子を見る。

蒼白《あおじろ》い顔をした淀んだ雰囲気《ふんいき》の者はいない。出てきているのは、螺旋《らせん》階段の手前にある通常フロアで働いている者たちのようだ。

スマホの時計を見やる。午後九時を回ったところ。

一斉に退勤しているところだろうか……。

人の出が途切れる。そして、少し遅れ、小薗香菜が姿を見せた。こぎれいなジーンズにオフホワイトのジャケットというこざっぱりとした格好だ。

しかし、爽《さわ》やかな装《よそお》いとは違い、気分が塞いでいるのか、うつむいたまま周りを見ることなく、足早にビルから離れようとしている。

何かあったな——。

周藤は通りに走り、少し距離を取った場所から、ビルの方へ歩いた。

香菜とぶつかりそうなところで立ち止まる。

「小薗さん？」

呼びかけた。

香菜が立ち止まり、顔を上げる。

「ああ、やはり、小薗さんだ。日光電子の佐藤です」

周藤はオフィスを訪問した時の名を名乗り、笑顔で頭を下げた。

香菜はとっさに愛想《あいそ》笑いを浮かべ、会釈《えしゃく》を返した。

「どちらへ？」

香菜が訊く。

「近くで打ち合わせがあったので、もし、小薗さんがまだ会社にいらしていたらご挨拶《あいさつ》をと思い、御社へ向かっていたところです。路上でばったりお会いできるとは思いませんでしたが。今、お帰りですか？」

「ええ」

「遅くまで大変ですねえ。まだ、残ってらっしゃる方がおられるんですか？」

周藤はビルを見上げ、〈ユーアイデータキュレーション〉が入っているフロアを見た。

まだ、明かりが点《つ》いている。

「うちは、二十四時間体制でシフトを組んでいるんです。不適切な投稿は、時間に関係なくありますから」

「そうですか。いやはや、大変なお仕事で。ご苦労様です」

佐藤を演じている周藤は、ややとぼけた返答をし、頭を下げる。

「小薗さんが帰られるということは、別の方が業務管理をなさっているのですか?」

「はい」

「社長さんがいらっしゃるなら、先日はご挨拶できなかったので、ぜひにと思うのですが。少し寄らせていただいても大丈夫でしょうか?」

そう問うと、香菜の笑みがぎこちなくなった。

「社長は出張してまして。それと、夜間は緊急を要する案件以外は受け付けないことになっているんです」

「そうでしたか。いや、それはすみませんでした。また改めて、ご挨拶に伺います。では」

周藤は深々と挨拶し、香菜に背を向けて歩き去った。

香菜の視線を感じる。信号まで歩き、角を右折したところで、植木に身を隠した。

香菜の様子を覗く。香菜はしばらく周藤の方を見つめていたが、周藤の姿が見えなくなったことを確認し、駅方向へ歩きだした。

香菜の行方を目で追う。と、背後から気配が近づいてきた。

神経を張る。

「ファルコン」

栗島の声だった。

振り向くと、スポーツバッグを肩に提げた栗島が、後ろに立っていた。

「どうしたんです？」

「いいところに来た。アントは？」

「来ています」

栗島は道路端に停まったワンボックスカーに目を向けた。

周藤は車に向かって右手を振り、アントの職員を呼び寄せた。

スーツを着た職員が一人、車から降りてきて、周藤の下に駆け寄ってくる。

「ユーアイ社員の小薗香菜が駅へ向かった。あのオフホワイトのジャケットを着たジーンズの女だ」

「かしこまりました」

職員は首肯し、香菜を追った。

「何かあったんですか？」

「わからんが、彼女の様子がおかしかった。社内で何かあったのかもしれん。ともかく、社長の木南はまだ中にいる。オフィスが入ったビルの出入口をすべて押さえてくれ」

「わかりました。手配します」

栗島が去ろうとして、立ち止まった。

「あ、ファルコン。これは？」

栗島は指で引き金を引く仕草《しぐさ》を見せた。

「クロ判定が確定してからだ。持っていてくれ」

「了解です！」

返事をし、ワンボックスカーに走った。

周藤は植木の陰から、ビルを見上げた。

4

平井は、館山の臓器移植専門施設のロビーにいた。隣には九谷がいて、玄関や受付、病室や手術室へ続くドアの裏に、九谷の部下たちがいた。

「九谷さん……。何が始まるんですか」

平井は玄関を見つめ、声を震わせた。

平井が別病院の勤務を終え、館山に到着したのは、午後二時すぎだった。

その頃、施設では入院患者が運び出されていた。

あまりに人数が多いので、施設管理者に訊いてみると、理事長命令で、すべての患者を転院させている最中だという。

平井は、その決定をまったく知らされていなかった。

患者全員の移動が終わると、医療スタッフや事務関係の職員も施設を後にし、入れ替わりに九谷の部下がやってきた。

そして、平井は残るように言われ、待っていると、午後八時すぎに九谷が姿を現わした。

すぐさま、九谷に理由を訊《たず》ねたが、九谷は「いずれわかる」と答えただけで、詳細は語らなかった。

それから、九谷の部下が用意したウイスキーを飲んだり、ロビーをうろついたりしていたが、時が経《た》つにつれ、緊張感が増してくるのを肌で感じ、再び九谷に訊いた。

と、九谷のスマートフォンが鳴った。九谷が電話に出る。

「俺だ。ああ……ああ、わかった」

短い返事をして、電話を切る。

スマホを上着の内ポケットにしまいながら、平井の方に左腕を回した。平井がびくっと肩を竦《すく》ませる。

九谷は後ろのソファーの方へ、平井を連れて歩き出した。

「来るぞ」

耳元で言う。

「な……何がですか？」

聞き返した平井の声が多少上擦る。

「まあ、座れ」

九谷は長ソファーに平井を座らせた。隣に自分も腰を下ろす。

ウイスキーのボトルを取ると、背もたれに肘をかけて仰《の》け反《ぞ》り、脚を組んだ。親指でキャップを開け、ウイスキーを飲む。

九谷の目は玄関口に向いていた。

平井も、持っていたグラスを両手で握り、玄関を見つめる。

まもなく、自動ドアが開いた。

平井は入ってきた男を見て、目を見開いた。

「あ、あいつは……」

「そう。黒波だ」

神馬だった。左肩に女を抱えている。

神馬は九谷を見据えたまま、歩み寄ってきた。ソファーの前で立ち止まる。

「捕まえてきたぞ」

「ご苦労さん」

九谷は片笑みを覗かせた。その目は笑っていない。神馬の目も鋭《するど》い。

ただならぬ空気感に、平井はグラスを握り締めた。

神馬は片膝《ひざ》をついて、担《かつ》いだ女をそっと降ろした。

「優しいじゃねえか」

「商品にすんだろ。あんたが言ったんじゃねえか。投げ降ろしていいのか？」

下から睨《にら》み上げる。

「そうだったな。すまねえ」

九谷は軽く詫《わ》びた。

神馬は女の後頭部を支え、床に寝かせた。長い髪の毛がふわりと床に広がる。気を失っているのか、目を閉じたまま、力なく仰向《あおむ》けになった。

平井がさらに目を大きく開いた。

「この人は……！」

思わず、腰を浮かせる。

「松尾友佳梨という名前だったかな。だが、それが本名かどうかはわからねえぞ」

九谷が言う。

「どういうことですか？」

平井は凜子を見たまま、訊いた。

「こいつは、犬だ」

九谷は断言した。

平井が蒼ざめた。

「犬とは……」

「俺たちのことを嗅《か》ぎ回ってる連中がいる。この女も、その一人だ」

「それは何かの間違いじゃないですか？　松尾さんは大益先生の紹介で知り合ったベンチャー企業の社員です。会社の存在も、在籍も確認しましたよ」

「それら全部がフェイクだとすれば？」

九谷は平井を見た。

「俺らもよくやるんだ。銀行屋とか役人を騙《だま》す時、完璧な一般企業をでっちあげるような真似《まね》を。なあ、黒波」

ゆっくりと神馬に目を向ける。

「知らねえよ、そんなこと」

「おまえは殺し専門だったからな」

九谷が右の手のひらを上に向けて上げた。ソファーの後ろにいた部下が、九谷の手に短刀を置く。

九谷は渡された短刀を神馬の足元に投げた。

カランと音を立てて床に落ち、ハバキが外れ、鞘《さや》から少し刀身が覗く。

「ということだ。黒波、その女、殺してくれねえか」

九谷は神馬を見据えた。

「で、殺した後、平井先生。臓器を取り出してくれ」

そう言い、平井に顔を向け、ウイスキーを飲む。

「そんな……」

平井は震え、握っていたグラスを落とした。グラスが割れ、中に入っていた水割りが飛び散る。

「売りもんにするんじゃねえのか？」

神馬は九谷を見返した。

「シャブで漬けて、裸にひん剝《む》きゃあ、犬でもおとなしくなるだろうが、仕込む余裕がねえんだ。野良犬も追い込まれりゃ嚙《か》みつくだろ。無駄な怪我《けが》はしたくねえんでな。簡単な話だ。ぶっ刺しゃいい」

左の口角を上げる。

試してやがるな……。

神馬は九谷に目を向けたまま、気配を探った。フロア全体にそこはかとなく殺気が漂《ただよ》っている。

目に映る敵は七人程度だが、各ドアの向こうからも殺気を感じる。

多いな……。

ここは病院のはずだが、多少、消毒液の臭いはするものの、患者や医師、看護師が動いている気配がない。

感じるのは殺気だけ。つまり、今、神馬の目に映る者と感じている気配の人間しか、この場にいないということだ。

「早くやってくれよ。時間が無駄になる」

「ちょっと待てよ、九谷さん。おれは、この女を連れてくるところまでは請《う》け負ったが、殺しまでは請け負ってねえ。おれに殺しを依頼するなら、必要なもんがあるだろうが」

言いながら、短刀を取り、柄《つか》と鞘を握る。

「おお、すまねえ。一本でどうだ?」

九谷が言う。一本とは、百万円のことだ。

「拉致込みで一本は安くねえか？　二本くれよ」

「足下見んじゃねえよ」

「あんたこそ、おれの足下、見てんじゃねえ。あんたには世話になってるが、おれのレートは知ってるだろ。二本でも安いぐらいだ」

神馬は交渉しながら、打開策を思案《しあん》していた。

おそらく、ロビーにいる者もドアの裏に隠れている者も道具を持っているだろう。

ロビーは広く、テーブルやソファーも多いので、逃げる分にはなんとかなる。

が、神馬が凜子を連れて逃げれば、自身が九谷の敵だったことを証明することになり、九谷はどさくさに紛れて逃げてしまうだろう。一度逃がすと厄介《やっかい》な男だ。

それに、関係者を捕捉できなければ、木南と尾花の判定が行なえず、結果、取り逃がすことになる。

といって、凜子を殺すわけにもいかない。

どうする……。

「わかった。二本で手を打とうじゃねえか」

九谷が言った。返答が予想以上に早い。

凜子を殺した後、神馬も始末するつもりだということはすぐにわかった。

「即金だ」

神馬は引き延ばしを図《はか》った。

「まったくよお……」

九谷はため息をついた。上着の内側に手を入れる。

神馬は短刀の柄に絡《から》めた小指に力を込めた。瞬時に鞘から刀身を抜ける。両眼は静かに、しかし、鋭さを増した。

「おいおい、そう尖《とが》るな」

九谷はポケットから帯封《おびふう》のついた札束を取り出した。百万円の束だ。

それを、一つ、二つと神馬の足下に放る。

「それでいいんだろ?」

九谷が言った。

神馬は札束を拾《ひろ》い上げ、パラパラとめくった。間違いなく、一万円札百枚の塊《かたまり》だった。

いったん、短刀から手を放し、ズボンの後ろポケットに札束をゆっくりとねじ込む。

逃げられねえな……。

神馬は再び、短刀の柄を握った。凛子の存在が足手まといになりかねない。

急所を外して刺すしかねえか——。

覚悟を決めて、神馬が刀身を抜こうとした時だった。

「あー、待て。もう一匹獲物が来た」

九谷が玄関に目を向けた。

振り向く。

入ってきたのは、九谷の部下に連れられた吉峰だった。途中、暴行を受けたのか、顔が腫《は》れ、唇《くちびる》が切れている。

その集団の中に、江尻の顔もあった。

吉峰は、九谷の部下に両脇を抱えられ、引きずられていた。そのまま九谷の前まで連れて来られ、神馬の脇に放られる。

吉峰は後ろ手に縛《しば》られていた。受け身が取れず、顔から床に落ちる。呻《うめ》いた吉峰の口から、血が飛び散った。

「黒波、こいつもついでに殺《や》ってくれ」

九谷は百万円の束をもう一つ出し、神馬の前に放った。

「誰だ、こいつ？」

「おまえが知る必要はねえが、一言でいえば、クズ中のクズ。生きる価値のねえ輩《やから》だ」

「そうかい」

神馬は吉峰を見下ろし、にやりとした。

周りには、神馬が吉峰を蔑《さげす》んでいるように見えただろう。が、神馬の胸の内は違っていた。

吉峰と江尻がここへたどり着いたということは、伏木とアントの職員がすぐ近くにいるということだ。

場所は特定できているはず。五分、十分でここへ来るだろう。

伏木らが外を固めていれば、凜子を逃がしても問題はない。自分は、敵の攻めを掻《か》い潜《くぐ》り、九谷を仕留めることに専念できる。

神馬はゆらりと立ち上がった。吉峰と凜子を交互に見やる。

「どっちから殺るかな」

足先で吉峰と凜子をつつく。

その時、凜子にはサインを送った。凜子がかすかに唇を動かし、神馬の指示を受け取ったことを示した。

「やっぱ、おっさんからかな？」

神馬は片膝をついてしゃがみ、吉峰の胸ぐらをつかんで、上体を引き起こした。柄を握って振り、鞘を抜く。飛んだ鞘は床に転がり、音を立てる。

神馬は切っ先を吉峰の喉元に突きつけた。

「やめろ！　やめてくれ！」

吉峰が叫び始めた。

ロビーに叫び声が響き渡る。

「騒ぐんじゃねえよ」

胸ぐらをつかんだまま、立たせる。そして、顔を近づけ、囁《ささや》いた。

「おれが突き飛ばしたら、逃げろ」

言うなり、吉峰を九谷の方へ突き飛ばした。同時に、凜子の腕を爪先で蹴る。

吉峰はよろよろと後退した。テーブルに膝裏がかかり、背中から倒れ込む。吉峰の頭が九谷の太腿《ふともも》に落ちた。

凜子は素早く起き上がった。玄関に向けて走る。

途中、九谷の部下が二人、凜子の行く手を阻むように立ち塞《ふさ》がった。

凜子はその手前で立ち止まる。瞬間、半身で構え、右上段の回し蹴りを放った。長い髪の端がふわりと揺《ゆ》れる。

向かって右にいた男は、不意に飛んできた蹴りを避けられない。

凜子の足の甲が、男の首筋を打った。

男は目を見開いた。動きが止まる。凜子はそのまま足を振り抜いた。

男の体が真横になぎ倒される。左側にいた男は、倒れてきた男を抱え、共に床に転がった。

神馬は九谷に突進した。吉峰の頭が、九谷の足を押さえている。立てないはずだ。吉峰を飛び越えると同時に、九谷の脳天に短刀を突き立てる——つもりだった。

玄関の方から、銃声が聞こえた。凜子の呻き声も聞こえる。

神馬は立ち止まり、振り向いた。

玄関は、銃を構えた三人の男に塞がれていた。おそらく、外にいた者だろう。凜子は左上腕あたりに被弾し、膝を落としていた。

ロビーに接するドアが一斉に開いた。

九谷の部下がぞろぞろと出てくる。みな、拳銃や自動小銃を握っている。

「おまえも犬だったとはな」

九谷は神馬を睨んだ。

吉峰の髪の毛をつかみ、後頭部に押さえられていた太腿を抜く。

「俺を裏切ったヤツがどうなるか、知ってるよなあ、黒波」

九谷は右拳《こぶし》を握り締めた。

凄《すさ》まじい殺気を感じ、吉峰が暴れる。が、九谷はつかんだ髪を離さない。

「おまえは好きだったんだがな。残念で仕方ねえよ」

言うなり、その拳を吉峰の顔に振り下ろした。

吉峰の鼻が顔面にめり込んだ。首が九十度以上、後ろに折れ曲がる。鈍い音もした。首が折れたようだ。

白目を剝いた吉峰の口と鼻から、おびただしい血があふれる。鮮血は吉峰の両眼を覆《おお》い、額《ひたい》に流れ、髪の毛の先から滴り落ちた。

隣にいた平井は、凄惨《せいさん》な光景に絶句し、身を強《こわ》ばらせた。

九谷はゆっくりと立ち上がった。銃を持った九谷の部下が、四方から間合いを詰めてくる。

負傷した凜子の脇に来た部下三人は、三方から、凜子の頭部に銃口を向けた。

「てめえらが何者か、話してもらおうか」

九谷は血走る双眸《そうぼう》で、神馬を睨み据えた。

5

神馬は、自分と凜子を囲む九谷の部下たちをぐるりと見回した。そして、ゆっくりと九谷に視線を戻す。

九谷は笑っていなかった。まっすぐ、神馬を見据えている。

潰れた右目尻が上がっている。九谷が本気で怒った時の特徴だ。

神馬はうつむいた。肩が揺れる。口から小さな笑い声が漏《も》れる。その声は大きくなり、神馬は顔を上げて笑いだした。笑い声がロビーに響いた。

「な……何がおかしい！」

平井が声を張り上げる。

神馬は平井には目もくれず、九谷に目を向けた。

「さすがだな、九谷さん。だから、おれは、九谷さんは騙せねえと言ったんだよ」

「誰にだ?」

「言いたくはねえんだが――」

躊躇《ちゆうちよ》を見せた途端《とたん》、ロビーのあちこちで撃鉄《げきてつ》を起こす音がカチカチと響いた。

神馬は両手を小さく上げた。

「わかってるって。あわてんな」

左右を睥睨《へいげい》し、九谷を見やる。

「あんたの読み通り、おれたちは犬だ。が、あんたが思ってるのとは違うかもしれねえ」

「回りくでえのは苦手だ。知ってんだろ」

九谷の怒気《どき》が増す。

「サツだろ、おまえ?」

「残念」

少し顎《あご》を引いて、上目遣《うわめづか》いに睨む。

「同業者だ」

「俺をこれ以上怒らせるな、黒波……」

「あんたが話せと言うから、話してやってんだ。知ってるぜ。あんたが引き合わせたおっさんは、九星会理事長の尾花だろ? その尾花と組んで、東南アジアで違法臓器移植をしていたこともよ」

にやりとする。

九谷が気色《けしき》ばんだ。

「それと、マニラで木南ってヤツと組んで、臓器移植を始めたことも知ってるぞ」

神馬は得た情報を口にする。

潰れた右目が、一段と吊《つ》り上がった。

図星《ずぼし》か──。

腹の中でほくそ笑む。

神馬は情報を小出しにしながら、時間を稼いでいた。

今、動けば、凜子と共に殺られてしまう。

伏木やアントが到着すれば、まだ勝機もある。智恵理が間に合えば、二十人を超える男たちが放つ弾幕から脱出できる算段も立つ。

「あんた、おれがムショを出て、何をしてたか知らねえって言ってたな。そりゃ、知らねえよな。日本にいなかったんだからよ」

神馬は思いつくまま、でたらめを話す。

しかしそれは、九谷や裏社会を知った上での話。ただ逃れたいだけの素人《しろうと》が話す内容とはまるで違う。

九谷の苛立《いらだ》ちが手に取るようにわかる。

神馬の話が嘘《うそ》ならいいが、本当なら、自分たちの屋台骨《やたいぼね》を揺るがしかねない。

神馬はさらに続けた。

「うちのボスが、あんたらの動きを気にしてんだよ。派手にやるのはかまわないが、万が一、摘発されるようなことがあれば、こっちの商売にも支障が出る。で、おれが探って来いと命令されたんだ」

「おまえが誰かの下に付くっていうのか？　そりゃねえだろ」

九谷が疑いの眼を向ける。

「おれは、金をもらえりゃ、いくらでも誰かの手足になるぜ。知ってんだろ？」

神馬が返す。

九谷の表情がかすかに強ばった。

神馬は裏社会の人間を騙す術《すべ》を心得ている。

裏で生きる者たちは、常に疑心暗鬼《ぎしんあんき》。自分の身内ですら、心の底から信じることはない。

義理だ人情だと口にしながら、自分の利益にならないと判断すれば、簡単に裏切る。

裏社会の者を落とす時は、説得してはいけない。胸の奥に四六時中《しろくじちゅう》くすぶっている疑念を焚《た》きつければいい。

「おまえのボスは誰だ？」

九谷が訊く。

「その前に、銃を下ろさせろ」

神馬は九谷を睨んだ。

「どの立場で、物言ってんだ？」

九谷は片目を見開く。

神馬は怯《ひる》むことなく、九谷を正視した。

「しゃべらねえぞ。いいのか？」

「口、割らせてやろうか？」

九谷の左眼が血走ってきた。

「やめようぜ、九谷さん。おれが暴れりゃ、どうなるか。わかってんだろ？　ここにいる半分は殺すぞ」

眼力を強めた。

九谷と睨み合う。どちらも退《ひ》かない。立ち上る両者の凄まじい殺気に、周りの部下や平井は顔を引きつらせた。

息苦しい空気がロビーを覆う。

ふっと、九谷が笑った。

「本気のおまえは、やっぱり好きだな。わかったよ。おまえに口を割らせようとした俺がバカだった」

九谷が右手を上げた。笑顔が消えるとともに、九谷の顔から血の気が引き、蒼くなる。

やばい！

九谷が腹を決めた時の顔だ。

神馬の足の筋肉が張った。

「殺れ！」

九谷の声がロビーに響く。

部下たちが一斉に引き金にかけた指に力をこめた。

それより、０・５秒ほど先に神馬は動いていた。

振り返ると同時に、凜子を囲んでいる男の一人にナイフを投げた。同時に、後方へ飛び、宙で半分ひねりながら、フロアで前転した。

回転するナイフは、凜子の左にいる男に飛んでいた。男はナイフを認め、あわてて背を仰け反らせる。

凜子は神馬の動きに呼応《こおう》し、左の男の右腕を下から押し上げた。

ナイフはわずかにカーブした。逃げる男を追うように迫り、男の左二の腕を抉《えぐ》る。

男が顔をしかめた。瞬間、思わず指に力が入り、引き金を引いた。

凜子は男の腕を、真向かいにいる男の仲間の方へ向けていた。

発砲音が轟《とどろ》いた。

火花と共に撃ち出された銃弾は、男の仲間の右肩を貫《つらぬ》いた。血飛沫《ちしぶき》を上げ、男の体が回転する。

凜子はナイフが刺さった男の右腕を引いた。男の体が前のめりに崩れる。その腕を、背後にいた男に向けた。

男の指に自分の指を重ね、下から発砲する。

凜子を見下ろしていた男の眉間《みけん》を銃弾が撃ち抜いた。頭蓋骨《ずがいこつ》が砕《くだ》けて飛ぶ。弾《はじ》かれた男の踵《かかと》が浮き上がり、後方へ飛んで背中から落ちた。

凜子は腕を握った男の肘裏に、左手を添え、力を入れた。男の右腕が自分の方へ折れ曲がる。

銃口を男の胸に押しつけた。引き金を引く。弾丸が心臓を抉った。

凜子は男の手から銃をもぎ取った。倒れ込む男の体を振り払い、片膝をついて、目に映る敵に向け乱射する。

ようやく、九谷の部下が発砲を始めた。

ロビーにけたたましい銃声が轟く。

凜子は頭を低くしてフロアを走り、ソファーに身を隠しながら、敵に向け発砲を続けた。

神馬は銃を構える敵の元に走った。わざと敵の囲いに入り、縦横無尽《じゅうおうむじん》に動き回る。敵は、同士討ちを案じ、なかなか引き金を引けない。

その隙《すき》に、手刀《しゅとう》や拳で敵を倒し、銃を奪い取っては発砲した。

平井はあわててソファーの裏に隠れ、身を縮《ちぢ》めた。

しかし、九谷は仁王《におう》立《だ》ちしていた。時折、跳弾《ちょうだん》が頰や腕、足を掠《かす》める。が、微塵《みじん》も動じない。

ロビーが硝煙《しょうえん》で煙《けぶ》る。発砲音が聴覚を揺さぶり、火薬臭が嗅覚《きゅうかく》に突き刺さる。

混沌とする状況の中、神馬は江尻の姿を認めた。

江尻は弾幕の中、ボーっと突っ立っていた。まさに抜け殻《がら》といった様相《ようそう》だ。

「何やってんだ、おっさん」

江尻は木南の所業《しょぎょう》を証明するために欠かせない証人だ。死なせるわけにはいかない。

その江尻は、風にあおられた風船のように、ふらふらとロビーの中央に歩きだした。

「くそっ」

神馬は目の前の男を殴《なぐ》り倒し、ガードのない広間へ飛び出した。

「黒波を狙え！」

九谷の怒声《どせい》が轟く。

銃口が神馬に向けられる。九谷の部下たちは、同士討ちもかまわず、一斉掃射《そうしゃ》をした。

神馬は江尻の背中に飛びついた。そのままソファーの後ろに押し倒す。江尻を包むように身を丸くする。

銃弾がソファーの背を突き破る。

「死ぬ気かよ、おっさん！」

江尻の耳元で怒鳴《どな》る。

「もういいんです。ほっといてください」

力のない声で答える。

「ほっとけじゃねえんだよ！　てめえが木南のしてることをゲロしねえと、これからもっと多くの人間が死んじまうんだ！　食肉みてえに切り刻まれてよ！」

怒鳴っている時、神馬が相貌《そうぼう》を歪《ゆが》めた。

左肩と二の腕に被弾した。傷口から飛び出した血が、江尻の顔に被《かぶ》る。

ぼんやりしていた江尻が、目を見開いた。

凜子が、倒れた敵の銃を拾い、両手で発砲しながら、神馬のところへ駆け込んできた。滑り込んで、身をかがめる。

「大丈夫？」

「たいしたことねえ。リヴ、おっさんを連れてここを出ろ」

「この人数じゃ、逃げられるかどうか……」

　凜子は答えながら、ソファーの背もたれから腕を出し、敵に発砲を続ける。

「九谷の標的はおれだ。引き付けてる間に、走れ。おっさんがいるってことは、クラウンも近くまで来ているはずだからな」

　神馬は言うと、江尻の髪の毛をつかんだ。

「五秒くらいしか猶予《ゆうよ》はねえ。弾の当たらねえところまで死ぬ気で走れ。とろとろしてると、おれがぶち殺すぞ。わかったな」

「あ、はい……」

「わかったな！」

　神馬は江尻の鼻先に顔を突きつけた。黒目を睨みつける。

「はい！」

「わかりゃいい」

　髪の毛を離して、ソファーの陰から敵の影を見据える。

「リヴ、3でいくぞ」

「わかった」

　神馬の背にうなずく。

「3、2、1……行け！」

神馬が先に飛び出した。九谷に向かって突進していく。敵の銃は神馬を追った。

「走って！」

江尻を促《うなが》す。

江尻は意を決し、ソファーの裏から飛び出した。玄関へ向かう。

凜子は江尻の後ろを走る。玄関口に敵の姿が見える。凜子は走りながら、右に持った銃の引き金を立て続けに引いた。

江尻の体が竦む。

「止まらないで！」

凜子は江尻の背中を突き飛ばすと同時に、振り向いた。左手の銃を、神馬を狙っている敵に向け、連射する。

五人の男が立て続けに被弾し、床に沈んだ。

弾が切れた。凜子は銃を投げ捨て、江尻をカバーしながら玄関を走り抜けた。

神馬は縦横無尽に飛び跳ね、敵の攻撃を翻弄《ほんろう》しながら、目の端で、凜子たちが建物から無事に出たことを捉えた。

その時、神馬の中に多少の安堵《あんど》がよぎり、わずかに動きが鈍《にぶ》った。

乱れ飛ぶ銃弾の一発が、左ふくらはぎを抉った。飛びあがっていた神馬が着地する。ブツっと、太いゴムが切れたような音が体の中に響いた。

踏みしめようにも力が入らず、そのまま右膝を落とす。

九谷がサッと右手を上げた。

掃射が収まる。

しんとなった。煙が漂い、火薬臭が舞う。耳の奥で金属音が響き続ける。

九谷が半歩前に出た。神馬は立ち上がろうとしたが、激痛に顔を歪め、再び右膝を落とした。

九谷は神馬を見下ろし、ゆっくりと歩を進めた。視界には、床に伏せ、呻く部下が多数映る。

「腱《けん》をやっちまっただろ。ブチって音がここまで聞こえてきたぞ」

片笑みを滲ませ、歩み寄る。

「まあしかし、暴れてくれたなあ、黒波よ」

神馬の前で立ち止まった。

「まだ、息をしてるヤツがいるのは残念だ」

神馬は強がり、九谷を見上げた。額に滲んだ脂汗《あぶらあせ》が頬《ほお》に伝《つた》う。

「長ドス、持って来い！」

神馬を見据えたまま声を張る。

「おれの前で長刀持つとは、いい度胸だな」

「おまえほどじゃないが、俺も長ドスの扱いには慣れてる。ほんとは、おまえ愛用の漆一文字《うるしいちもんじ》で刻んでやりたいんだがな」

「あんたには扱えねえよ」

「おまえを刻んだ後に見つけ出して、試してやるよ」

九谷の脇に部下が来た。日本刀を持っている。

九谷は柄を握った。鞘は部下が握っている。刀身を引き抜いた。よく研《と》がれた刃《やいば》がぬらりと光る。

「散々、俺に恥をかかせたんだ。一発で死ねると思うなよ」

「さっさと殺さねえと、返り討ちに遭《あ》うぜ」

「そうかい」

九谷は切っ先を、立てた神馬の右の腿に刺した。重みで肉に刃が沈む。

神馬は歯を噛みしめた。

「両脚やられりゃ、動けねえな」

九谷は柄を揺らした。潜《もぐ》った刃が肉と皮を切る。血がマグマのようにあふれ出した。

「切るとこ間違えりゃ、意味がねえ」

「そうか。ここらあたりかな？」

ぐさぐさと太腿を刺す。

神馬はたまらず、右膝を落とした。膝立ちすると、黒いズボンが流血でさらにどす黒く濡《ぬ》れた。

「こっちも、やっとかねえとな」

九谷は右肩を狙う。

動きはわかった。後退《あとずさ》りしようと思ったが、足が動かない。

切っ先がずぶっと右肩の付け根に食い込んだ。

「くそったれが……！」

神馬は右膝を前に踏み出した。

このままでは、ただ殺られるだけだ。自ら刀身を肩に刺し入れ、九谷に迫ろうとした。

が、九谷はその動きを読んでいた。刀身を上に振り抜く。

服ごと肉皮が斬れた。傷口から血が噴き出す。神馬はたまらず右肩を押さえ、後ろに倒れた。

仰向けになった神馬を嘲《あざけ》るような笑みを浮かべ、九谷が切っ先を胸元目がけ、落としてきた。

神馬は横に転がった。

切っ先がフロアを削《けず》る。

九谷はなおも、神馬の胸元を狙った。

「ほらほら、転がらねえと心臓やっちまうぞ」

笑いながら、切っ先を落としてくる。

完全に遊ばれていた。

傷口から噴き出す血が、床に赤い筋を描く。なんとか避けられてはいるが、転がってばかりではいずれ刺される。

時折、視界に映る九谷の部下たちも、おかしそうに笑っていた。

「おいこら、どうした、黒波！」

九谷が笑い声を立てた。

ちくしょう……。

神馬は怒り心頭《しんとう》だった。拷問を受けたことは何度かあるが、三下《さんした》にまで笑われる無様《ぶざま》な姿をさらしたのは初めてだ。

いくら九谷が相手とはいえ、この屈辱には耐えられない。

刺し違えるか――。

覚悟を決めた瞬間、周藤の顔が浮かんだ。栗島に伏木、凜子に智恵理の顔も浮かぶ。

死に際《ぎわ》に人間の顔を思い出すとはな……。

転がっている神馬の口元に笑みが滲んだ。

まあ、悪くねえか。

神馬は脳裏《のうり》に浮かんだ仲間に別れを告げた。真顔になる。

今までより早く横に転がった。右肩をフロアに押し付けると同時に足を開いて、プロペラのように回転する。

神馬の体が逆《さか》さに跳ね上がった。

気配を感じた九谷は立ち止まった。

宙に舞い上がった神馬は、反転し、着地した。両脚に種類の違う痛みが走る。左脚は地についている感覚もない。

が、神馬は大怪我《おおけが》を負っているとは思えないほど、凛《りん》とした立ち姿を見せた。

「すげえな、やっぱり」

九谷の顔から笑みが消える。

柄を両手で握り、正眼《せいがん》に構えた。切っ先を神馬の喉笛《のどぶえ》に向ける。

「あんたもすげえよ」

神馬は右脚を引いて、半身に構えた。アキレス腱を損傷している左脚では、いくら根性を出しても踏み込めない。

右脚なら、一度は踏み込める。

九谷が動いた瞬間、剣先を掻《か》い潜《くぐ》り、懐《ふところ》に入れば、わずかだが勝機はある。

腕を下げ、九谷を見据える。九谷も刀を構えたまま、見返す。呼吸が止まりそうなほどの緊迫感がロビーを覆い、周囲の者は固唾《かたず》を飲んで見守っていた。。

じりじりと時が過ぎる。二人とも睨み合ったまま、ぴくりともしない。

しかし、両者の頭の中では、激しいやり取りが繰り広げられているる。

ほんの数ミリ、狙いを外すだけで。ほんの一秒、立ち合いが遅れるだけで、結果は変わる。

互いの息づかいと筋肉の揺らぎを肌で感じつつ、攻め入るタイミングを計っている。

どちらも動かない。

いや、動けない。

それほどまでのギリギリの攻防が続いている。

その場にいる誰もが、一秒一分を何百倍にも感じていた。

いつ終わるとも知れない静かな格闘の重圧に耐え兼ね、倒れそうになっている者もいる。が、音を立てることすら憚《はばか》られる様相だった。

アドレナリンが、神馬の全身に這《は》い回る痛みを消していく。脳みそにクーラーを浴《あ》びたように頭が冴えてきて、神経の昂《たか》ぶりが鎮《しず》まっていく。

体中が、しんとした森の奥にある湖のような空気感に満たされていく。周囲の人の気配も物音も感じない。

九谷の姿も春霞《はるがすみ》のようにぼやけ、輪郭《りんかく》だけが見えていた。

神馬は、亡霊のような九谷の気配と息づかいだけを感じ取っていた。

睨み合いが永遠に続くかと思われたその時、玄関のドアが開いた。外気が舞い込み、九谷をかたどっていた霧《きり》が揺れた。

神馬は左脚を少し踏み出した。

霧の奥から鈍く光る剣先が飛び出してきた。喉元に向かってくる。

神馬は右脚をわずかに左外へ回し、上体をひねった。剣先が首の右脇を過ぎる。

瞬間、左脚を大きく踏み込んだ。

神馬の体が瞬時に九谷の後ろに出た。

左脚を軸にして右脚を後ろへ半回転させ、九谷の背後を取る。

九谷は背後に顔を向け、右後方に刀を水平に振った。

神馬は右手で九谷の右前腕をつかんだ。そして、九谷の体の回転に合わせて左へ回り、左腕を九谷の首に巻き付けた。

拳を握り、肘を折る。一瞬のうちに、九谷の首を絞めた。

九谷は苦しげに呻いた。

回転しながら、神馬はその場に座り込んだ。九谷の手から刀が飛び、床に飛び転がる。

神馬は右肘の裏に左手首を挟《はさ》み、九谷の首を絞めあげた。九谷は神馬の腕を掻きむしった。が、神馬は放さない。

ここで逃げられれば、九谷を倒すチャンスは二度とない。

圧迫から解放された九谷の部下が、状況に気づき、銃を起こし、神馬に銃口を向けた。引き金を引こうとする。

その時、玄関の方から銃声が轟いた。

放たれた銃弾は、部下の頭を撃ち抜いた。

飛散した血肉が神馬にかかる。神馬はまったく気にせず、九谷を絞め続けた。

九谷の顔が紫色になり、膨《ふく》れてきた。口辺に唾液の泡が滲む。

複数の銃声がロビーに轟いた。次々と九谷の部下が倒れていく。

「サーバル！」

伏木の声がした。

やっと来たか……と思った時、かすかに腕が緩んだ。

九谷はその隙を逃さなかった。左手で神馬のアキレス腱を握る。

激痛が脳天を貫き、神馬はたまらず腕を解き、足を押さえてのた打ち回った。

九谷は立ち上がろうとした。が、脳が軽い酸欠状態になっていて、ふらつき、膝を落とした。

銃撃戦を掻い潜って駆けつけた伏木は、九谷の顎を蹴り上げた。

九谷は仰向けに倒れた。口から血が噴き出ている。頭が揺れたせいか、九谷の黒目は所《しょ》

る。

アントの職員が多数、現場に突入していた。圧倒的な力で、九谷の部下を制圧してい

銃声が落ち着いてきた。神馬はロビー全体を見回した。

在《ざい》なく揺れ、全身が痙攣《けいれん》していた。

「大丈夫か？」

屈んで、神馬を抱き起こす。

「大丈夫なわけねえだろ……。遅《おせ》えよ、おまえ」

「すまん。山の中で迷っちまった」

伏木が笑う。

「頼りになんねえな。まあ、命があったから、よかったけどよ」

神馬は笑みをこぼした。

アントが九谷の部下を運び出していく。入れ替わりに、凜子と智恵理が入ってきた。

神馬に歩み寄る。凜子は足を引きずっていて、智恵理に支えられていた。

「サーバル、大丈夫？」

凜子が訊く。

「おまえこそ、どうなんだ？」

「なんとか」

凜子はふっと目を細めた。

「チェリー、早かったな」

伏木が言う。

「特別な送迎で飛ばしてきたから」

智恵理はにっこりと笑った。

凜子が九谷の座っていたソファーの後ろに目を向けた。陰からそっと顔を出していた平井と目が合う。

「クラウン」

凜子が言うと、伏木は神馬から離れ、ソファーの後ろへ走った。平井の襟首《えりくび》をつかんで、引きずり出す。

そのまま、神馬たちの元へ戻ってきた。

手を放すと、平井は喉をさすり、咳《せ》き込んだ。

平井は凜子や伏木を見回した。

「君たちは……何者なんだ？」

怯え、声が震えている。

「今、教えてあげる。サーバル、仕事できる？」

智恵理が訊いた。

る。

「当たり前だ」

右膝を立てる。が、すぐ崩れそうになる。伏木が屈んで脇を支えた。ゆっくりと立たせる。

智恵理は神馬に桜の代紋が入った黒刀・漆一文字黒波《うるしいちもんじくろは》と令符を渡した。

鞘を突き、九谷の脇に歩み寄る。

九谷を見下ろす。九谷は少し正気を取り戻していた。しかし依然、体は動かない。

観念したように、神馬を見上げる。

「そいつ、まだ持っていやがったのか……」

九谷は声を絞り出した。

「相棒だからな、こいつは」

神馬は右手に令符を握った。

「九谷道元。おまえは、違法臓器移植ビジネスで稼ぐため、幾人もの命を奪ってきた。よって、桜の名の下、極刑に処す」

ぱらりと開く。

背後に髑髏《どくろ》が描かれた紅い旭日章《きょくじつしょう》を九谷に見せる。

九谷は目を丸くした。

「おまえ……暗殺部か。どうりで、ブランクがあるわりには動きに無駄がねえと思った。

殺気も物凄かったしな。さすがの俺も、暗殺部の人間に勝てる気はしねえ」

ふっと力の抜けた笑みを覗かせる。

令符を智恵理に投げ返し、鞘から黒刀を抜く。漆黒《しっこく》の刃は、煌々《こうこう》と照らされているロビーの明かりを吸い込んだ。

九谷の喉仏に、ゆっくりと剣先を近づける。

「黒波」

「なんだ？」

「地獄でカジノ開いて待っててやるから、遊びに来いや」

にやりとする。

「荒らしてやるよ」

神馬は片笑みを覗かせ、切っ先を喉に刺し入れた。

九谷が双眸を見開いた。口が開き、血の塊があふれる。九谷は二、三度息を詰めて咳き込み、宙を睨んだまま絶命した。

「暗殺部って、なんなんだ……」

平井は息絶えた九谷を見つめ、つぶやいた。

伏木が屈んで、平井の肩に手を回す。平井はびくっと上体を震わせた。

「そのまんまだよ。あんたも、ああなりたくなかったら、自分がやってきたことと見てきたことのすべてを話すことだ」

九谷を顎で指す。

「わかったか？」

肩を握る。

平井は何度もうなずいた。

6

午後十時を三十分ほど過ぎた頃、周藤のスマートフォンに緊急通報メッセージが流れてきた。

すぐに、メッセージを開く。

《木南友愛、クロ判定。処分せよ》

菊沢からだった。

周藤はスマートフォンをポケットにしまった。明かりがついたままのユーアイデータキュレーションのオフィス階を見上げる。

ビル内からは、ユーアイの従業員と思われる者たちがぽつぽつと出てきていた。

九時ごろに出てきた者たちとは違い、顔は蒼白くどんよりとした空気をまとった者が多い。

　おそらく、螺旋階段上のスペースで働いている社員だろうと、周藤は見ていた。

　その退社の流れは、午後十時ごろに落ち着いた。ほとんどの社員が退社したと思われる。

　だが、木南や樫田は出てきていなかった。

　栗島が駆け付けた。

「ファルコン、メッセージを見ましたか？」

「ああ。行こうか」

　周藤がビル陰から出ようとした時だった。

　足を止め、ビル陰に引っ込んだ。

「どうしたんです？」

　栗島が歩み寄る。

「小薗香菜が戻ってきた」

　周藤は駅方向の道へ目を向けた。栗島も陰に身を寄せ、視線を追う。

　確かに、香菜だった。

　ビルに睨むような目線を向け、脇目も振らず歩いている。歩みは速い。怒っているようにも見える。

「何しに戻ってきたんですかね？」

栗島が言う。

「わからん……」

周藤は香菜を見つめる。

小薗香菜も、当然、調査対象となっていた。第三会議の調査部が周藤たちの依頼を請け、調べた結果、木南らが行なっている臓器移植には関わっていないとの結論が出ていた。

「とにかく、今、彼女に会社に戻られるのは困るな。ポン、処分が終わるまで、彼女を拘束するよう、アントに指示してくれ」

「了解です！」

栗島は専用無線を出し、周藤の陰に身を寄せ、指示を出した。

すぐにアントが動いた。

ビルの前にスーツを着た男が二人現われた。通行人を装い、左右から香菜に近づいていく。香菜は二人をまったく気にする様子はない。尾行を続けているアント職員にも気づいていないようだった。

香菜が、ビル前の広場に入ってきた。左右から迫《せま》る男たちの足取りが早くなる。

テナント名を並べた屋外用の自立案内板の脇を過ぎようとした瞬間、尾行を続けていたアント職員が、背後から両腕を巻き付け、案内板の陰に連れ込んだ。

左右から距離を詰めていた男たちも香菜を囲う。

香菜の右手にいた男が香菜の鼻と口を左手のひらで塞いだ。上着の右ポケットから注射器を取り出し、香菜の左二の腕に刺した。ポンプを押し、薬剤を注入する。

二人の男がさらに香菜に身を寄せた。男たちの壁の隙間に、もがく香菜の姿がわずかに見える。

が、まもなく、脱力した香菜は膝から崩れ、男たちの壁に消えていった。

玄関前の広場にワンボックスカーが入ってきた。バックで入り、自立案内板の近くで停まる。

男たちは周囲を見回し、人目がないことを確認すると、ぐったりとした香菜の脇を抱え、車へ向かった。

一人が先に走り、スライドドアを開ける。二人の男は遅滞《ちたい》なく香菜を運び、瞬《また》く間《ま》にセカンドシートに乗せた。

外からスライドドアを閉めた男が助手席に乗り込む。ドアが閉まると、すぐさま車は敷地内を出た。

周藤が香菜の拘束を依頼して、わずか数分で、彼女は現場から姿を消した。

「相変わらず、手際よすぎですね、アントは」

栗島が目を丸くする。

「このくらいは、問題なく、こなしてもらわなければ困る。行くぞ」

周藤は改めて栗島を促し、共にビル内へ入っていった。

7

ユーアイデータキュレーションのオフィスには、木南と樫田だけが残っていた。

「木南さん。なぜ、モデレーターを全員帰したんですか？」

樫田が訊く。

「九谷さんの部下から気になる連絡が入った。館山の施設が急襲されたそうだ」

木南が言う。

樫田の顔が強ばった。

「誰ですか、そんな真似をするヤツは！」

声が人気《ひとけ》のないオフィスに響く。

「わからない。だが、襲ってきた者たちは手練《てだ》れで、瞬《またた》く間に武装した九谷の部下たちを制圧したそうだ」

「九谷さんは？」

樫田が訊いた。

「九谷は死んだ」

玄関の方から声がした。

樫田が顔を向ける。木南もゆっくりと玄関を見やった。

立っていたのは、周藤と栗島だった。

「君たちか。僕らの活動を邪魔したのは」

木南は周藤を見つめた。

「人殺しが活動とは恐れ入るな」

木南を見据え、中へ入った。栗島も続く。

「てめえら、何モンだ！」

樫田が怒鳴り、前へ出ようとする。

木南が右腕を水平に上げ、止めた。

周藤は木南の前に歩み寄り、対峙《たいじ》した。斜め後ろに栗島が付く。

樫田は栗島を睨んだ。栗島は真顔でまっすぐ、気負いなく樫田を見返した。

周藤は室内の気配を探った。

「……二人だけか」

「気配でわかるとは、ただ者ではないね」

木南が笑む。

「おまえも勘がいいな。俺たちが来ることを予測して、社員を全員帰宅させたのだろう？」

「まあ、そんなところだ」

「逃げる気はなかったのか？」

「必要ない。僕は僕の使命を果たした。悔いはないよ」

木南が静かに返す。

「そうか」

周藤は上着の内ポケットに手を入れた。

樫田が腰に手を回す。

木南が樫田の腕を押さえた。樫田を見て、顔を横に振る。

周藤は令符を出した。はらりと開く。

「警視庁暗殺部一課のファルコンだ」

「暗殺部だと？」

樫田は眉尻を上げた。顔の色を失う。

木南は微笑んだ。

「すごいな。警察が僕らと同じようなことをしているとは」

「似て非なるもの。我々は罪人であっても、のべつまくなしに殺しはしない。厳格なルールの下、任務を遂行している」

「一つ訊きたい。君たちの言う罪人とは、どのような者を指すんだ？」

木南が訊ねた。

「社会の混乱を招く者」

周藤は即答した。

「それでは、数多《あまた》いる酔っ払いや走り屋なども罪人となるのか？　連中は社会を混乱させているぞ」

「話をすり替えるな。そのような者たちは、法で裁けばいい。だが、世の中には巧《たく》みに法をすり抜け、私利私欲を満たそうとする者がいる。我々が対峙する罪人は、そうした者たちだ」

「なら、僕らも同じじゃないか。君たちが調べた通り、僕らが殺してきたのは、法の目を逃れ、欲望に取り憑《つ》かれて非人道的行為を繰り返してきた者たちばかりだ」

「違うだろう？　児童に性的虐待を繰り返していた越川のような人間はともかく、ギャンブルに負け、借金を背負った者まで殺すことはない」

「裏カジノに浸《つ》かり、借金を繰り返すような人間にどれほどの価値がある？　食い詰めて、強盗や殺人を犯すのがオチだ。僕はそうした人間を腐るほど見てきた。僕らは犯罪の芽を摘《つ》み、処分した肉体を有効利用したまでのこと。暗殺部などという組織があるなら、僕らの活動を参考にしてほしいくらいだ」

木南は滔々《とうとう》と持論を語る。

「おまえは一つ、わかっていないことがある」

周藤は木南を正視した。

「無秩序な行動は、必ず、暴走する。そうなると、誰にも止められなくなる。おまえはコンテンツモデレーターを務める中で、嫌というほど、そうした事例を見てきたんじゃないのか？」

周藤の言葉に、木南が多少気色ばんだ。

「我々は違う。秩序を伴《ともな》わない感情の暴走を止める仕組みを整えた上で、慎重に慎重を期し、任務を遂行している。そこに私情はない。おまえたちのしていることは、単なる私刑だ。それは許されない」

「僕たちは、法の番人が看過《かんか》してきた社会悪を掃除してきただけなんだがな。どうやら、この議論は平行線で終わりそうだ」

木南は目元を和《やわ》らげた。

「頼みがある。僕は処分されてもかまわない。だが、樫田は許してやってくれないか？　彼は僕についてきただけ。君たちの論理を借りれば、殺すことのない人間だ。どうだろうか？」

周藤を見つめる。

「我々に協力し、すべてを話すなら、樫田については考えてもいい。一生、我々の監視下に置かれることになるがな」

「そうか。樫田」

木南は樫田を見やった。

「どうする？　もう、僕らに勝ち目はない。生きながらえることを選ぶか、死を選ぶか。君に任せる」

「木南さん、オレは命を拾うのも、死ぬのもごめんだ。第三の道を選ぶ」

樫田は言うなり、腰のホルダーに差したサバイバルナイフを抜いた。

木南の脇から前に出て、構える。木南は静かに見つめた。栗島も後ろから全体をおとなしく見ている。

周藤は令符を上着の横ポケットに入れた。顔を上げ、自然体で立つ。

樫田を見つめる目は気負いなく涼しげだ。

が、周藤と目が合った途端、木南は鳥肌が立った。

一見穏やかな瞳の奥に、感情を持たない殺意が覗く。

同じ目を、東南アジアで見たことがある。

男は地元では知られた殺し屋だった。細身でおとなしく、時間がある時はいつも自宅の作業場で黙々《もくもく》と網籠《あみかご》を作っているような男だ。どこからどう見ても、とても殺し屋とは思えなかった。

その男と一度だけ、仕事を共にした。

初めは足手まといかと思ったが、いざ、仕事を始めると、男はものの数分で、ターゲットと周囲にいた取り巻き三人を殺害した。

しかも、銃を持つ相手に対し、日頃、網籠作りで使っている鉈《なた》一本で、あっという間に仕留めた。

男の表情は、殺しに挑む時も、返り血を浴びた後も、網籠を作っている時の穏やかな顔とまったく変わらなかった。

ただ一カ所、変化していたのは目の奥。元々、喜怒哀楽《きどあいらく》という感情を見せない不思議な目つきだったが、仕事に入る直前から終えて余韻《よいん》が引くまでは殺意が滲んだ。

それも激しい殺意ではなく、虫を踏みつける子供のような無邪気な殺意だ。

ぞっとした。

勝てる勝てないといった次元ではない。目を合わせた瞬間、自分が人間でないような錯覚に見舞われる死神《しにがみ》の眼差《まなざ》しだった。

今、目の前に立つ周藤という男は、彼と同じ目をしている。

細胞の一つ一つに宿った様々な感情や心理が、すべて闇に飲み込まれていく。震えることすらできず、硬直《こうちょく》した。

木南は後ろからそっと、樫田の肩を握った。

樫田の体が跳ね上がりそうなほど、びくりと揺れた。手に持っていたナイフが落ちる。

周藤は二人を見つめたまま、右手のひらを水平に上げた。

栗島がバッグの中からナイトホークカスタムファルコンコマンダーを取り出した。銃把に髑髏を背負った紅い旭日旗が刻印された周藤専用の特注モデルだ。

栗島はサプレッサーを付け、周藤に手渡した。

周藤は二人に目を向けたまま、スライドを引いた。

「木南友愛、樫田正仁両名は、コンテンツモデレーターという立場を利用してターゲットを探索し、殺害後、九谷、尾花と組み、違法臓器移植に加担した。秩序なき私刑の執行に加え、遺体を違法臓器移植に利用しビジネス化している組織体制の一端を担っているという事実は看過《かんか》できない。よって――」

銃口を持ち上げる。

「両名を桜の名の下、極刑に処す」

宣言が終わるなり、樫田に向け、発砲した。

空気を裂く音が響き、銃弾が放たれた。樫田の眉間《みけん》に穴が開く。

まもなく、後頭部から脳みそと鮮血が噴き出した。木南の顔に、樫田の血肉が降りかかる。木南は顔色一つ変えない。

両眼をカッと見開いた樫田は、弾かれた勢いで真後ろに倒れ、デスクの天板に仰向けになった。宙を睨む樫田の頭部から流れる血の川が、デスクの端から滝のように落ちる。

周藤は木南に銃口を向けた。硝煙が漂う。

「僕を殺しても、また、僕のような志を持った者が現われるぞ」

「その時は再び、処分するまでだ」

周藤は引き金を引いた。

木南の頭部の左半分が吹き飛んだ。

木南は倒れなかった。仁王立ちした木南の目から、光が消えた。

8

菊沢は、大益と共に尾花の私邸を訪れた。

二人、玄関前に立ち、菊沢がインターフォンを鳴らす。

いるはずの家人は出てこない。部屋の明かりは、二階の一カ所だけ灯《とも》っている。

屋敷周りを固めていたアント職員の一人が、菊沢の下に駆け寄ってきた。

「屋内に生体反応はありません」

耳打ちする。

「どういうことだ？」

菊沢がつい聞き返した。

「普通に捉えれば、家の中に誰もいないということになりますが」

「そうだな……」

菊沢は二階の明かりを見やった。

「どうかしたのか？」

大益が訊く。

「家の中に生体反応がないそうです」

菊沢が言うと、大益の顔つきが険《けわ》しくなった。

「菊沢君」

大益の語気が強くなる。

菊沢はうなずき、アント職員にドアの鍵を開けるよう、命じた。

アント職員が無線で連絡を取り合う。すぐ、他二名の職員も駆けつける。一人が小さなスポーツバッグを持っている。

二人は門扉《もんぴ》を開け、アプローチを小走りに進み、玄関の前で片膝をついた。道具を取り出し、さっそく開錠を始める。

大益と菊沢が敷地へ入り、ゆっくりと玄関へ向かう。

開錠の訓練を受けているアント職員も多少てこずるほどの防犯性の高い鍵だったが、五分後、ドアを破壊することなく、開錠に成功した。

職員三人と共に、菊沢と大益は中へ入った。玄関や一階に明かりはない。二階への階段も暗い。ドアが閉まると、隣にいる大益の顔も見えなくなった。

アント職員がLEDライトを点《つ》け、廊下や壁を照らした。廊下を上がって奥へ進む。まもなく、玄関の明かりが点いた。

職員が戻ってくる。

「一階と二階の部屋を確認しろ。人がいた場合は、その場で待機してもらうように」

菊沢は脇にいたアント職員に命じた。

首肯し、三人のアント職員が一階と二階に散った。ドアを開閉する音がする。

すると、二階を調べていた職員が、階段を半分ほど降りて来て、玄関に顔を向けた。

「ツーフェイス！　尾花氏が死んでいます」

職員が言う。

菊沢と大益は顔を見合わせた。二人は靴を脱いで上がり、二階へ急ぐ。

「こちらです！」

職員が奥の部屋へ促す。

菊沢は少し開いたドアを引き開けた。中へ踏み込む。

書斎だった。表から見た時、一カ所だけ明かりが点いていた部屋でもある。

尾花はハイバックの革張りの椅子にゆったりともたれ、両肘を肘掛けに置いていた。頭は背もたれに乗って、少し傾《かたむ》いている。口からは唾液があふれ、鼻水が垂れ流れていた。

大益が大きな机を回り込み、尾花の傍《かたわ》らに立った。脈を測《はか》り、目を開いて瞳孔《どうこう》を確認する。死亡を確認し、深いため息をついた。

天板には注射器と文字が書かれた便箋《びんせん》が置かれていた。

大益は注射器を取った。

「ペントバルビタールか。なんということを……」

「何ですか、その薬剤は？」

「主にペットの安楽死に使うものだが、実験動物の麻酔にも用いられる」

大益が説明する。

覚悟の自死ということか……。

菊沢は、残された便箋に目を通した。大益も便箋に目を向ける。

そこには、最期の言葉が遺されていた。

《私の死と我々の組織の崩壊で、日本の移植医療はさらに十年遅れることになる。大益教授以下、我が国の移植医療に携わる医師たちは、臓器移植を切望しながら叶《かな》わず消えざるを得ない多くの善良な命に対し、何ら解決策を提案できない自らを恥ずべし》

恨《うら》み節《ぶし》とも取れる内容だった。

大益は便箋を片手で握り締めた。破り捨てようとする。が、丸めた便箋を自分のポケットにしまった。

「先生……」

菊沢が見やる。

「尾花君の行為は許されるものではない。しかし、このような事態を引き起こしてしまったのは、我々の議論が遅々《ちち》として進んでいないことも大きな一因《いちいん》だ。肝《きも》に銘《めい》じ、日本の移植医療を牽引《けんいん》するよ」

大益は尾花を一瞥《いちべつ》し、背を向けた。

菊沢もアントに後処理を指示し、大益と共に尾花の屍《しかばね》が鎮座する書斎を後にした。

エピローグ

周藤は、中野《なかの》にある東京警察病院を訪れていた。

いつもなら、地下にある暗殺部処理課の本部、通称〝蟻《あり》の巣〟へ向かうところだが、今日は最上階の西角にある個室病床へ出向いた。

ノックをし、スライドドアを開ける。広いスペースの左壁際の中央に置かれたベッドに神馬の姿があった。

体中に包帯を巻かれていた。九谷に撃たれた箇所だけでなく、戦闘の中で様々な部分に被弾していた。

全身から摘出された銃弾は十発に及んだ。出血もひどかったが、幸い、致命的な損傷はなかった。

しかし、入院を余儀《よぎ》なくされ、加地が管理できる東京警察病院の個室に入ることとなった。

仰向《あおむ》けに寝かされた神馬の腕には、点滴《てんてき》の管《くだ》が付けられていた。

「どうだ？」

声をかける。

「ファルコンか。こんなところへ来て大丈夫なのか？」

顔を傾け、起き上がろうとする。

「寝てろ」

ベッド脇のパイプ椅子《いす》に腰を下ろす。

「たいしたことねえよ」

神馬は強がり、上体を起こした。痛みに顔が歪《ゆが》む。それでも、枕を当て、ヘッドボードにもたれる。

「こいつも邪魔なんだよ」

神馬は点滴の管を握った。

「そいつは取るな。完治が遅れると、仕事に支障が出る」

周藤がたしなめる。

心配していないわけではない。が、優しい言葉をかければ、反発して、点滴の管を引き抜くだろう。

だから、わざと〝仕事〟という言葉を使った。

はたして、神馬はすんなりと管から手を離した。

「リヴは？」

「昨日、退院したよ。退院祝いにチェリーとポン、三人で食事に行ったみたいだな」

「クラウンは嫌われたか」

神馬は笑った。

「江尻は？」

「治療中だ。こっちのな」

周藤は自分の胸元を指でつついた。

江尻は傷の手当てを終え、精神科に入院した。今は毎日、日が暮れるまで、ベッドに座ってぼんやりと窓の外を眺めているという。

「壊れちまったか？」

「一般人には耐え難《がた》い刺激に晒《さら》され続けていたからな。正気でいられる方がおかしい」

「おれらは、おかしな部類ってわけか？」

「そうも言える」

周藤が微笑《ほほえ》む。神馬も苦笑した。

「九星会を中心とした臓器売買ルートは完全に壊滅した」

周藤が言う。

九谷の部下とユーアイデータキュレーション、九星会系列の滞在型病院で働いていた医師や看護師の証言で、組織の全容はほぼ解明された。

組織構築の指揮を執《と》ったのは、尾花だった。

遺書に記したように、尾花は日本国内の移植医療が進まないことに苛立《いらだ》っていた。

それだけであれば、純粋な医療従事者による憂慮《ゆうりょ》で終わっただろう。

しかし、尾花は医師であると同時に、ビジネスマンでもあった。

東南アジアへ移植手術の指導へ出向いた尾花は、ある移植手術を担当した時に、当時、同地で臓器のバイヤーをしていた九谷と出会う。

尾花は九谷から話を聞き、金の臭いを嗅《か》ぎつけた。

九谷から回される違法臓器移植の仕事を手伝いながら、システムを学んだ。

そして、木南も加え、組織の体系化を整え、日本国内に戻り、違法臓器移植を始めた。

尾花があえてリスクを取り、国内に回帰《かいき》したのは、二つの要因があった。

一つは、富裕《ふゆう》層を取り込むために、先進医療を提供できる環境を確保するためだ。

東南アジアや中東・アフリカのリゾートで始めることも考えたが、最先端の医療を学べる機会は乏《とぼ》しい。

欧米も考えてみたものの、地盤が弱いため、事業を拡大するには時間がかかる。

勝手知ったる母国である日本が、尾花たちの弱点をカバーし、理想を具現化できる最も好都合な場所だった。

もう一つは、日本における移植医療の伸展《しんてん》を考えてのことだ。

生体からの移植や脳死に対する意識の変化もあり、徐々に手術件数も増えてはいるが、それでも世界的に見れば、圧倒的に少ないのが現状だ。

このまま、日本国内での臓器移植が増えないようであれば、施術を行なえる医師も減少する。

結果、臓器提供のハードルが下がっても、執刀医が足りなくなり、助けられる命も助けられなくなる。

現状を放置しておいていいことは何もない。

尾花は、移植医療とビジネスを直結させることで、憂慮される事態に備えようとした。

この二つの動機は、仲間を集めるのに役立った。

前者を売りにすれば、九谷のような脱法もいとわない金の亡者《もうじゃ》を集められる。

後者の理念を語れば、平井のような腕のいい外科医をスカウトできたり、善意や正義の名の下であれば道を外すことも良しとする木南のような理想家を手なずけたりすることもできた。

九谷が尾花に付き従ったのは、単にビジネスライクな利害関係だけではなく、理念を具現化しようとする際の尾花のスピーディーな行動力に魅力を感じたからだという。

九谷は愚鈍《ぐどん》ではなかったが、将来を見据えた大きな絵図が描ける男でもなかった。

尾花と共に進めば、必ず、デカくなれる。生前の九谷は、ことあるごとに、そう部下に語っていたという。

「夢を見ちまったのか、あの人がな……」

神馬は九谷のくだりを聞き、宙を見つめた。

九谷の気持ちは、わからなくもない。

神馬も九谷と同じく、今日明日をも知れず、命のやり取りが続く日々を送っていた。休まる暇もなければ、未来を考えることもできない。

自ら選んだ道とはいえ、刹那《せつな》的な日々を生きていると、時々、生きていることはおろか、死ぬことさえも虚《むな》しくなる。

生きているという実感のないまま、呼吸をして歩いているような虚無感《きょむかん》に包まれると、息苦しくなる。

神馬の場合、未来を見せてくれたのは周藤だった。周藤の誘いがなければ、今頃は再度罪を犯して刑務所に入っていたか、もしくは命を落としていただろう。

口には出さないが、暗殺部に誘ってくれたことは感謝している。

九谷にとっては、それが尾花だっただけだ。結果は真逆となったが、本質は変わらない、と神馬は感じた。

「尾花は、心不全で急死したということで処理された」

周藤が言う。

尾花が自死を決行した日、本当は家族で旅行に出かけているはずだったと、親族が証言した。

しかし、尾花は仕事を理由に一人自宅に残り、妻と子供二人はヨーロッパへと旅立った。

尾花が家族に旅行を提案したのは、わずか二週間前のことだったという。

家族は戸惑ったものの、いつも仕事に忙殺されている尾花から旅行を誘われるなど、これまでただの一度もなかったことなので、各人、スケジュールを調整して合わせたそうだ。そして、提案から十日後、妻子はバタバタと出発した。

その話を聞き、周藤は、尾花がわざと旅行の話を持ち出し、家族を自分から遠ざけたのではないかと思った。

二週間前といえば、見えざる手が自分の周囲に伸びていることを、十分感じていたはずだ。

万が一の場合、自らの命を絶つ、と覚悟していたのではないか。

真偽のほどは確かめようもないが、周藤は尾花の死に様《ざま》や遺《のこ》したメッセージを見るに、そう思えてならなかった。

尾花が心不全で急死したことにすると決めたのは、大益だった。

学会や日本の臓器移植を守る意味もあったのだろうが、何より、交流のあった尾花の家族にやり場のない十字架を背負わせることだけはしたくないと、大益は気づかった。

特に、子供たちには、移植医療に尽力《じんりよく》した立派な医師という尾花の姿を、心に残しておいてやりたいと語った。

今事案の最大の協力者であり功労者の大益の申し出を諮《はか》った第三会議は、九星会の件を内々に処理し、事案そのものを秘匿《ひとく》する決定を下した。

「なあ、ファルコン」

「なんだ？」

「おれは今回、九谷の下で罪もねえ連中をさらっちまった。大丈夫なのか？」

顔を前に向けたまま、周藤の方を見ずに訊《き》いた。

周藤は微笑み、腕を軽く叩《たた》いた。

「他人の人生を気にかけられる心があれば大丈夫だ。それに、おまえに抜けられちゃ困る。しっかり治して、戻ってこい」

もう一度笑みを向け、席を立った。

（この作品は、『小説ＮＯＮ』（小社刊）二〇一九年三月号から二〇二〇年七月号に連載され、著者が刊行に際し加筆・修正したものです。また本作品はフィクションであり、登場する人物、および団体名は、実在するものといっさい関係ありません）

一〇〇字書評

壊人

切り取り線

購買動機（新聞、雑誌名を記入するか、あるいは○をつけてください）

□（　　　　　　　　　　　　）の広告を見て
□（　　　　　　　　　　　　）の書評を見て
□ 知人のすすめで　　□ タイトルに惹かれて
□ カバーが良かったから　　□ 内容が面白そうだから
□ 好きな作家だから　　□ 好きな分野の本だから

・最近、最も感銘を受けた作品名をお書き下さい

・あなたのお好きな作家名をお書き下さい

・その他、ご要望がありましたらお書き下さい

住所	〒				
氏名		職業		年齢	
Eメール	※携帯には配信できません		新刊情報等のメール配信を　希望する・しない		

この本の感想を、編集部までお寄せいただけたらありがたく存じます。今後の企画の参考にさせていただきます。Eメールでも結構です。

いただいた「一〇〇字書評」は、新聞・雑誌等に紹介させていただくことがあります。その場合はお礼として特製図書カードを差し上げます。

前ページの原稿用紙に書評をお書きの上、切り取り、左記までお送り下さい。宛先の住所は不要です。

なお、ご記入いただいたお名前、ご住所等は、書評紹介の事前了解、謝礼のお届けのためだけに利用し、そのほかの目的のために利用することはありません。

〒一〇一－八七〇一
祥伝社文庫編集長　坂口芳和
電話　〇三（三二六五）二〇八〇

祥伝社ホームページの「ブックレビュー」からも、書き込めます。
www.shodensha.co.jp/bookreview

祥伝社文庫

壊人《かいじん》　D1警《けい》視《し》庁《ちょう》暗殺《あんさつ》部《ぶ》

令和2年7月20日　初版第1刷発行

著　者　矢《や》月《づき》秀《しゅう》作《さく》
発行者　辻　浩明
発行所　祥伝社《しょうでんしゃ》
東京都千代田区神田神保町3-3
〒101-8701
電話　03（3265）2081（販売部）
電話　03（3265）2080（編集部）
電話　03（3265）3622（業務部）
www.shodensha.co.jp

印刷所　堀内印刷
製本所　積信堂
カバーフォーマットデザイン　芥　陽子

Printed in Japan ©2020, Shusaku Yazuki ISBN978-4-396-34644-7 C0193

祥伝社文庫の好評既刊

矢月秀作

D1 警視庁暗殺部

法で裁けぬ悪人抹殺を目的に、警視庁が極秘に設立した〈暗殺部〉。精鋭を擁する闇の処刑部隊、始動!!

矢月秀作

警視庁暗殺部 D1 海上掃討《そうとう》作戦

遠州灘沖に漂う男を、D1メンバーが救助。海の利権を巡る激しい攻防が発覚した時、更なる惨事が！

矢月秀作

人間洗浄（上） D1警視庁暗殺部

国際的労働機関の闇を巡る実態調査は危険過ぎる。しかし、日本でも優秀な技術者が失踪して――。どうするD1？

矢月秀作

人間洗浄（下） D1警視庁暗殺部

技術者失踪を追い、組織へ潜入を試みたリーダー周藤が撃たれた！　とことんやり返す逆襲の弾丸を喰らえ！

門田泰明

ダブルミッション㊤

東京国税局査察部査察官・多《た》仁《に》直文《なおふみ》。偶然目撃した轢《ひ》き逃げが、やがて政財界の黒い企みを暴く糸口となる！

門田泰明

ダブルミッション㊦

№1査察官・多仁らによって暴かれる巨大企業の暗部。海外をも巻き込む巨大な陰謀の真相とは？

祥伝社文庫の好評既刊

中山七里
ヒポクラテスの誓い
法医学教室に足を踏み入れた研修医の真琴《まこと》。偏屈者の法医学の権威、光崎《みつざき》とともに、死者の声なき声を聞く。

中山七里
ヒポクラテスの憂鬱
全ての死に解剖を——普通死と処理された遺体に事件性が？ 大好評法医学ミステリーシリーズ第二弾！

安東能明
侵食捜査
入水自殺と思われた女子短大生の遺体。彼女の胸には謎の文様が刻まれていた。疋田は美容整形外科の暗部に迫る——。

安東能明
彷徨捜査
赤羽中央署生活安全課

赤羽に捨て置かれた四人の高齢者の身元を捜す疋田。お国訛りを手掛かりに、やがて現代日本の病巣へと辿りつく。

笹本稜平
未踏峰
ヒマラヤ未踏峰に挑む三人。祈りの《ピンテイ・》峰《チユリ》と名付けた無垢の頂《いただき》に、彼らは何を見るのか？ 魂をすすぐ山岳巨編！

笹本稜平
南極風
眺望絶佳《ちょうぼうぜっか》な山の表情と圧巻の雪山行、そして決して諦めない男の法廷対決を描く、愛と奇跡の感動作。

祥伝社文庫の好評既刊

渡辺裕之

傭兵代理店

「映像化されたら、必ず出演したい。比類なきアクション大作である」――同姓同名の俳優・渡辺裕之氏も激賞！

渡辺裕之

悪魔の旅団《デビルズ・ブリゲード》

傭兵代理店

大戦下、ドイツ軍を恐怖に陥れたという伝説の軍団再来か？　孤高の傭兵・藤堂浩志《こうじ》が立ち向かう！

渡辺裕之

復讐者たち《リベンジャーズ》

傭兵代理店

イラク戦争で生まれた狂気が日本を襲う！　藤堂浩志率いる傭兵部隊が、米陸軍最強部隊を迎え撃つ。

渡辺裕之

継承者《けいしょうしゃ》の印《しるし》

傭兵代理店

ミャンマー軍、国際犯罪組織が関わるかつてない規模の戦いに、藤堂率いる傭兵部隊が挑む！

渡辺裕之

謀略《ぼうりゃく》の海域《かいいき》

傭兵代理店

海賊対策としてソマリアに派遣された藤堂。渦中のソマリアを舞台に、大国の謀略が錯綜する！

渡辺裕之

死線《しせん》の魔物《まもの》

傭兵代理店

「死線の魔物を止めてくれ」――悉《ことごと》く殺される関係者。近づく韓国大統領の訪日。死線の魔物の狙いとは⁉